古典文學研究輯刊

二十編
曾永義 主編

第10冊

《三國演義》當代改編文本研究(下)

黃脩紋 著

國家圖書館出版品預行編目資料

《三國演義》當代改編文本研究（下）／黃脩紋 著 ── 初版 ──
新北市：花木蘭文化事業有限公司，2019〔民 108〕
目 6+194 面；19×26 公分
（古典文學研究輯刊 二十編；第 10 冊）
ISBN 978-986-485-884-2（精裝）
1. 三國演義 2. 研究考訂
820.8   108011729

ISBN-978-986-485-884-2

9 789864 858842

古典文學研究輯刊
二十編　第 十 冊
ISBN：978-986-485-884-2

《三國演義》當代改編文本研究（下）

作　　者　黃脩紋
主　　編　曾永義
總 編 輯　杜潔祥
副總編輯　楊嘉樂
編　　輯　許郁翎、王筑、張雅淋　美術編輯　陳逸婷
出　　版　花木蘭文化事業有限公司
發 行 人　高小娟
聯絡地址　235　新北市中和區中安街七二號十三樓
　　　　　電話：02-2923-1455／傳真：02-2923-1452
網　　址　http://www.huamulan.tw　信箱 hml810518@gmail.com
印　　刷　普羅文化出版廣告事業
初　　版　2019 年 9 月
全書字數　344815 字
定　　價　二十編 19 冊（精裝）新台幣 40,000 元　　版權所有 · 請勿翻印

《三國演義》當代改編文本研究(下)

黃脩紋 著

目

次

第四章　《三國演義》當代改編文本變異論

　　《三國演義》，根源三國史戰，卻因羅貫中個人主觀，刻意渲染的藝術效果，以及作者對於歷史年代、地理區域的曲解誤植，所生種種紕漏，隨著此書廣泛流傳，遂將偏離史實的小說敘事，深植於民眾心中。因此，提起三國時代，眾口傳頌之事：張翼德怒鞭督郵、曹操滅門呂伯奢、諸葛亮舌戰群儒、關雲長刮骨療傷，均是文人虛構的無稽之事，卻令讀者再三讚嘆、傳頌不歇。今日之四川閬中「張飛墓」，即有怒鞭督郵的張飛塑像；而於河北涿洲，因其為劉備出生地，遂有祭祀三兄弟的「三義廟」，當中石碑記載：「（石碑）所在地方，正是當年桃園結義的舞台。」〔註 1〕至於湖北當陽，尚有「漢武烈侯周將軍諱倉之墓」，墓穴後面則有手持青龍刀的周倉石雕。上述皆為三國觀光勝地，卻均是演義杜撰之事，張飛未鞭督郵、桃園未見結義、周倉更是杜撰人物，可見《三國演義》藝術效果，不僅兼併虛實，更使無中生有之事，反倒成為普羅大眾對於三國情境之既定印象。

　　時至近代，三國故事猶仍盛行，三國改編更是歷久不衰，卻也招致讀者反抗；堅守文本者，認為改編作品取材經典，實際卻為「掛羊頭賣狗肉」，增添過多虛設情節、架空場景、自創人物，逕自杜撰劇情，反與原設衝突倒錯，甚至損毀《三國演義》主軸意涵，實令忠實粉絲無法忍受。然而，倘以今日觀點，《三國演義》實可視為中國最著名的同人誌作品：依託經典文本，卻又另闢新事，刻意忽略、混淆解讀、斷然捨棄原作內容，引導讀者偏離原軌，

〔註 1〕　〔日〕佐久良剛著，王俊譯，《三國志男》（上海：上海社會科學院，2012），
　　　　　頁 334。

轉而認同再創情節。上述作法，成功擄獲萬千讀者；卻也招致斥責，因其嚴重誤導史實，紊亂人物真實樣貌。但是，無論讚譽毀謗，均無法否認《三國演義》強大魅力，正是在於虛實交錯，方可造就精采絕倫的藝術成果。由此觀之，今日飽受抨擊的三國改編，等到時遷境轉，是否亦會受到後世讀者的推崇讚譽；如此一來，現今對於改編作品的批判譴責，是否過於食古不化？

三國改編作品，為求凸顯己作，再創者努力開發嶄新領域，即便聚焦相同情境，也會採取不同媒介，亦或更迭表現技巧，務使作品獨樹一格。誠如周貽白所言：「中國戲劇的取材，始終跳不出歷史故事的範圍，很少專為戲劇而憑空杜撰者。甚至同一故事，作而又作，不惜重翻舊案，蹈襲前人。」〔註 2〕屬於歷史題材的三國故事，即是承接歷史，以及前人講史舊聞。關四平曾言：「元雜劇三國戲的數量是相當可觀的，不僅超過了東周列國、隋唐等歷史題材劇，也超過了水滸戲、包公戲等傳奇題材劇，成了元雜劇中格外繁盛的一個題材類別」；〔註 3〕時至明清，承續元代三國戲，加上《三國演義》再創詮釋，菊壇屢次搬演三國事蹟，清朝中葉「三慶班」，班主程長庚（1811－1880），禮聘落第書生盧勝奎（1822－1889），單憑演義改編戲曲，劇目即達 36 本。〔註 4〕時至今日，為求轉換觀眾感受，迴避前人舊作，改用新式媒介，卻是萬變不離其宗地延續文本，卻又必須殺出重圍、有所變化；因此，演繹本事的改編技巧，更形關鍵。

沈惠如歸結戲曲改編法則：一、原典的多重詮釋。二、劇種特色的認知。三、透視時代的氛圍。四、思索創作的本質。五、風格意念的展現。六、跨領域與跨文化。七、舞台藝術的重組再造。〔註 5〕改編技巧，猶如後現代主義的「解構主義」、「新詮釋學」、「知識異化」、「拼貼扭轉」，強調突破原作框架，並以當代風氣、個人觀點，甚或迎合讀者的思維意識，改造舊作意涵，使其更為進化，更能顯現當代價值，《三國演義》改編文本，同是遵循此般作法；此外，研究三國改編，除了探討再創者突顯之處，也應聚焦於割捨之點，交相比照之下，更見所欲傳達的理念，及其藉由文本隱喻之意。下文，分就「史觀立場」、「主題內容」、「形象塑造」，探析三國改編異變情形，及其肇因與影響。

〔註 2〕 周貽白，《中國戲劇發展史》，頁 765。
〔註 3〕 關四平，《三國演義源流研究》，頁 185。
〔註 4〕 丘振聲，《三國演義縱橫談》，頁 350。
〔註 5〕 沈惠如，《從原創到改編──戲曲編劇的多重對話》，頁 422-425。

第一節　史觀立場

　　三國改編雖以史事爲脈絡，仍難呈現完全客觀的歷史眞相——因爲，所有創作都無法避免意識形態：源自歷代傳述之影響，或是個人主觀之解讀，亦或改編者爲求滿足讀者，投諸其中的喜惡導引。中國歷代演述三國，包括詩詞、話本、劇曲、小說，逐漸形成「尊劉抑曹」之主流趨勢，如同《東坡志林》所述：「王彭嘗云：『塗巷中小兒薄劣，其家所厭苦，輒與錢，令聚作聽說古語。至說三國事，聞劉玄德敗，頻蹙有出涕者；聞曹操敗，則喜唱快。以是知君子小人之澤，百世不斬。』」〔註6〕宋代「說三分」，已見史觀偏向。之後的三國衍作，大多秉持蜀漢正統，又以羅貫中藉由《三國演義》寄託平生不得志，獨讚蜀漢之偏頗史觀，造生影響最爲徹底：一方面極度彰顯劉備集團之才智過人、勇猛無雙，兼又慈恤百姓的仁義胸襟；另一方面，不惜篡改歷史，大肆修改戰情發展，刻意貶低人物形貌。相較於優化、美化、強化、甚或神格化的蜀漢，統籌中原且安定大局的曹魏，竟成奸佞誤國的野心份子；稱霸沿海、鼎足一方的大國東吳，則被極度輕忽以至存在感模糊，僅成魏、蜀角力之下，隨時倒戈、結盟親附的邊緣化國家。

　　三國故事，經由歷代傳誦，加諸集體改寫、增補添刪，早已蔚爲中華文化圈的普及事蹟，甚至傳頌於日、韓諸國；三國故事的劇情走向、趨勢結尾，更是萬千讀者瞭然於心的陳腔舊調。誠如沈伯俊所言：

> 「三國文化」並不僅僅指、並不等同於「三國時期的文化」，而是指以三國時期的歷史文化爲源，以三國故事的傳播演變爲流，以《三國演義》及其諸多衍生現象爲重要內容的綜合性文化。不過，對於「以三國故事的傳播演變爲流」一語，我想略加補充，改爲「以三國故事和三國精神的傳播演變爲流」。比之前面兩個層次的「三國文化觀」，廣義的「三國文化」觀具有更大的涵蓋性和更廣的適應性，更便於認知和解釋很多複雜的精神文化現象。〔註7〕

肇基於廣大穩固的觀眾群，以及深植人心的劇情底本，相較於新創作品，三國題材更能引發關注、共鳴及迴響，遂以各種形式，屢次搬演新繹，採取舊瓶裝新酒的改裝形式，迎合大眾既定印象。但是，全爲舊調重提，終將乏善可陳；爲求作品特點與觀賞樂趣，務必另萌新意、另創新境。因此，面對眾

〔註6〕〔北宋〕蘇軾，《東坡志林》（西安：三秦，2003），頁7。
〔註7〕沈伯俊，《神遊三國》，頁302。

所皆知的三國情事，如何增添新鮮感受：刪改事件、調換視野、逆轉評價，甚至增添出場人物、旁生無稽情節，遂成改編三國之慣用手法。其中，又以「史觀變異」最爲根本。探討史觀變異之前，必須先行定義：何爲「史觀」？

> 史觀，乃是對歷史所採取的一種觀點。此觀點，也即是一種看法。這種看法，既來自對歷史事實的科學分析、歸納與解釋；更來自對歷史觀念的哲學綜合、演繹與規範……一言以蔽之，「史觀」乃是人類在理性反省中，對人類過去生存活動所作的一個整體的觀照：人類文化的統觀……論史觀概念者，當知其構成有三大階段：第一階段，完全了解歷史事實；第二階段，完成歷史事實之結合與排列；第三階段，達到歷史事實與文化價值之全般關聯。〔註 8〕

史事本爲客觀存在，卻因文化思維、個人主觀，甚至標新立異的逆轉思考，造成觀測角度不同，遂使解讀懸殊。其中，創作者之個體思維，將使歷史事件經由不同撰述者的處理之後，產生殊異甚大的不同樣貌：

> 由於講述者的立足點不同，同一事件將會變得大異其趣。在敘事文中，不單是觀察角度會左右事件的性質，敘述者在材料的取捨、組織結構乃至語氣的運用上都會不同程度地影響故事的面貌和色彩。〔註 9〕

創作者各秉立場，檢視史事歷程，會因觀察角度的異變，產生歪曲原意亦或另有新解；即使努力把持客觀，仍因個人所見有限，仍會不自覺偏頗，筆者認爲，此乃創作者「潛意識之史觀變異」。另種殊異之因，則是創作者解讀史事之際，刻意選擇有利佐證，藉此加強己身論點，同時捨棄看法衝突的部份材料，避免造生矛盾；甚至，部份創作者，並未明申個人立場，而是技巧行文，利用曖昧、側重、誤導、避重就輕……等等手法，模糊事件本質，逐步洗腦導引，遂使讀者於潛移默化之中，同意創作者之個人意圖，順理成章接受新述，筆者認爲，此爲創作者「前意識之史觀變異」。

一、潛意識變動

榮格（Carl Gustav Jung，1875－1961）曾說：「不是歌德寫浮士德，而是浮士德寫歌德。」他認爲，文學透過作家而呈現，作家只是文學作品得以表現的工

〔註 8〕 「中華百科全書線上版」：
http://ap6.pccu.edu.tw/Encyclopedia/data.asp?id=58&htm=02-537-1157%A5v%C6[.htm（2014.03.08）。

〔註 9〕 胡亞敏，《敘事學》，頁 19。

具。〔註10〕文學作品，源自創作者的腦內活動與心靈悸動，交相彙整方能體現；創作者或許沉浮人海，亦或離群索居，但均難脫所屬時代的思想浸潤，所述所論均會蘊含當代思維，即為「潛意識」的先行影響。《三國演義》陳述漢末鏖戰，此書撰寫背景，則為兵荒馬亂的元末明初；羅貫中極力張揚「崇蜀抑魏」的史觀立場，就其潛意識而言，嗟嘆蜀漢時運不濟，未嘗不是對於元末大亂的哀悼神傷。《三國演義》肇基史事，雖有荒誕情節，仍是依循史實，試圖「再現」往昔戰局。所謂「再現」（representation），意指使用某種方式，再次呈現某個物件，並且顯現意義、產生感知，屬於「文化迴圈」層序之一，誠如劉紀蕙所言：

> 任何一種歷史書寫，都是在一個特定的觀點（point of view）、特定的角度，而且在某個特定的敘事方式（narrative）中完成。書寫者決定了這個歷史敘述的開始、過程、結尾，以及怎麼去賦予這些事件意義。因此，任何一本歷史書都不見得是客觀的事實。我們不能像追尋事實真相，那樣接受歷史書籍的說法。同一個歷史事件，可以有數十種、數百種，甚至上千種版本。一個事件從文化脈絡之內看，從文化框架之外看，或是從不同的政治立場，都會有不同的解釋方式。當某個事件被敘述之後，我們便需要檢查這個敘述的立場在哪裡，以及敘述的結構是什麼。〔註11〕

羅貫中推崇蜀漢，甚至顛倒是非、無中生有，肇因為何？王圻（1530－1615）《稗史彙編》：「如宗秀羅貫中、國初葛可久，皆有志圖王者，乃遇真主。」〔註12〕一說羅貫中曾為張士誠幕客，上述「真主」，即是張士誠；〔註13〕既是如此，羅貫中滿懷壯志，正待追隨明主以再創盛世，卻見樓起樓塌，轉瞬之間已成敗寇，徒留後人憑弔嗟吁。兵敗如山倒，向來令人心酸，羅貫中無法逆轉戰情，便將滿腔哀惻，投射於同是「壯志未酬身先死」的蜀漢君臣。

（一）反戰思想

恨惘千秋一灑淚，蕭條異代不同時，元末有其亂世氛圍，今日同有當代意識，蔡源煌認為：

〔註10〕〔瑞士〕Carl Gustav Jung 著，馮川、蘇克譯，《心理學與文學》（臺北：久大文化，1990），頁108。
〔註11〕劉紀蕙，《文學與電影：影像‧真實‧文化批判》，頁57-58。
〔註12〕〔明〕王圻，《稗史彙編》（臺北：新興書局，1969），頁1558。
〔註13〕丘振聲，《三國演義縱橫談》，頁66。

> 一部作品，固然是由某個作者執筆寫成，但是在從事寫作時，作者
> 的意識形態與社會成分都會寫入作品之中。那麼，作者的個人性顯
> 然遜於其社會性。他的思想、信仰、價值觀等等都是屬於意識形態
> 的範疇，而這些理念的表達也與作者所處的社會架構和經濟狀況息
> 息相關。一個作者所採取的觀點，就不僅僅是個人經驗之產物了；
> 反之，他的觀點或多或少就摻入了他所隸屬的團體的意識。作品中
> 少不了意識形態的呈現，固然我們並不是說，每一部作品都能約化
> 爲某種意識形態。作者在他的作品所作的陳述，無疑地也間接顯示
> 出它的社會成分與社會觀或世界觀。〔註14〕

隨著時空變化，概以冷兵器對峙的《三國演義》，早已失去戰謀價值，今日研究三國意涵的實用評論，改以職場教戰爲大宗。雖然，東亞曾於 20 世紀初捲入大戰陰霾，隨著承平日久，更與當代思潮相互結合者，乃是身處太平盛世的年輕世代、亦或經歷戰況但不願重蹈的先輩長者，均所浸淫的「反戰」思想。與其說是「反戰」，不如解讀爲對於戰爭的陌生、隔離、疏遠、排斥，因而無從反應，也不願涉足其中。內心深植「反戰」，遂於處理軍事題材的《三國演義》，將會衍生不同前代的創作意識。

譬如漫畫《諸葛孔明時之地平線》，由諸葛亮直抒理論：「我想引發一種新思維，現今這個時代，都高喊著暴力才是通往和平的捷徑。但我想屏除暴力，以建構和平的方式重建世界。」〔註15〕另部漫畫《三國志烈傳・破龍》，同由諸葛亮暢抒理念：「國與國之間的共存，那才是通往天下太平之路……就連那個曹操，花了一輩子都無法納入掌中的天下，我的主子可以得到的機率，就連萬分之一也沒有……我與大人的心願只有一個，就是想要建立一個人民可以安居樂業的國家。」〔註16〕改編作品之中，諸葛亮精心擘劃天下三分，卻非爲了興復漢室，而是藉由三國共存，維持平衡、減少戰燹。沈惠如認爲，創作者對於相同題材各有不同處理，關鍵在於：一、外在環境的制約，比如當時的風氣、傳統、輿論、禮制；二、內在思維的闡發，譬如自身的信念、體悟、解讀、創發等；三、創作目的的影響：爲演員量身訂做、命題作文之類型。〔註17〕筆者認

〔註14〕 蔡源煌，《從浪漫主義到後現代主義：文學術語新詮》，頁 205。
〔註15〕 諏訪綠，《諸葛孔明時之地平線・14》（臺北：青文，2007），頁 238。
〔註16〕 長池智子，《三國志烈傳・破龍・5》（臺北：長鴻，2008），頁 172-174。
〔註17〕 沈惠如，《從原創到改編——戲曲編劇的多重對話》，頁 49。

為，所謂的風氣傳統，便近似於當代大眾的集體意識，是股無形無拘卻又龐大莫拒的推力，暗中引領創作意圖，因此不變於前朝思維。

《三國演義》動漫改編，常以格鬥方式呈現戰爭場景，雖是刀光劍影、激烈交戰，卻對死亡場面更為謹慎、嚴肅，甚至全然避免。一方面，肇因 ACG 市場本以青少年族群為大宗，必須顧及年齡分類，所以刻意縮減、或是淡化死亡。譬如山崎拓味《新三國志》，首回即見張飛大喊「戰場不殺生」，〔註18〕藉此顯現蜀漢仁德，營造作品特點，同時避免血腥畫面。再者，普羅大眾對於動漫電玩，通常抱持娛樂心態，創作者為求投其所好，常會避免嚴肅議題，遂將殺戮血景輕巧帶過，甚或詼諧逗趣以輕鬆待之。譬如，白井惠理子《三國笑傳之曹操跌停板》、《三國笑傳之孔明的逆襲》、《三國笑傳之玄德大進擊》，〔註19〕均以四格形式，演繹《三國演義》，內容滿溢歡樂，交戰無關生死，反是插科打諢、博君一笑。

另外，筆者認為，尚因當今人們對於戰爭的戒慎恐懼，潛意識逃脫征戰死傷。譬如電玩《真·三國無雙》，「國傳模式」遵循史事脈絡，如同三國交戰局勢；每當坑家殲滅對手，或是不幸落敗敵軍，角色只會頹然倒地，彷彿只是體力不支、暫時休眠。又如漫畫《大家的吳》，敘述吳國始末，包括侵擾山越、討伐黃祖、平定江東；鳴金擊鼓的戰場鏖戰，經由可愛畫風，加上刻意添加的現代元素：出戰之前的「精神喊話」、「業績目標」，亦或交戰當下的「敵情連播」、「子母畫面」，全然消弭肅殺之氣，三國征戰宛如團康遊戲。再如《一騎當千》，常見近身肉搏，對峙角色源由史實，遂有張飛鬥張郃、呂布弒董卓、孫策決戰太史慈；每回交戰，縱使人物鮮血淋漓、筋骨盡碎，主要角色仍可鳴金收兵，宛如拳擊擂台離場休息，來日康復又是一條好漢。《一騎當千》之中，雖有數位角色亡故，卻非戰死沙場：呂布因病亡殞、陳宮墜崖殉情、典韋情殺魏諷、王允及華佗則是自願吸收瘴氣而亡，《三國演義》刀起頭落的畫面，早已不復存在。創作者諱言死亡，即便情節需要也不過於鋪陳，有時是為留下角色，以便推演後情；有時，則可能源自於創作者、閱覽者均未察明的內在思維：對於戰爭的恐懼，對於死亡的忌諱。此種「潛意識變動」

〔註18〕 山崎拓味，《新三國志·1》（臺北：東立，2005），頁15。
〔註19〕 白井惠理子，《三國笑傳之曹操跌停板》（臺北：東立，2006）。
　　　　白井惠理子，《三國笑傳之孔明的逆襲》（臺北：東立，2006）。
　　　　白井惠理子，《三國笑傳之玄德大進擊》。

的史觀立場，並非崇蜀、崇魏之正統認定，而是架構於更大層面的逆轉反思：當今創作者，雖是選擇三國題材，卻於內心深層意識，先行忽略奠基三國的軍事背景。誠如呂西安·費弗爾（Lucien Febvre，1878－1956）所言：「歷史是根據活人的需要向死人索求答案，在歷史理解中，現在與過去一向是糾纏不清的」。〔註20〕因此，浸淫反戰思想的現今時空，遂使三國改編情事，產生有別原設之變異。

（二）物哀美學

「潛意識變動」之史觀思維，尚有專屬日本的特殊狀況：「物哀」所生影響。「物哀」，簡譯自日語「物の哀れ」（もののあわれ，MONONOAWARE），意指「接觸某物時自然流洩而出的情感」，是最爲眞誠的直觀感受，迴盪於心的悠久情懷。江戶時代的國學家本居宣長（1730－1801）對於「物哀」之定義：「見到或聽到、接觸到某一事物時，因受感動而發出的嘆息或感嘆。」另外，《學研·國語大辭典》對於「物哀」之註解：

> 平安時代の文学および時代精神をあらわす理念。「もの」は対象客観を示し、「あわれ」は感動主観を示す語。「もの」にふれて起こる感動の調和された優美で情趣的な世界、およびそれを受け止める観照的態度をいう……〔自然・人生に即した〕外界の事物に触れて、何とはなしに起こるしみとした情感。〔註21〕

上文所述，意指「物哀」乃是接觸某一事物時所感受的美好、和諧，以及內心秉持的欣賞態度。由此可見，「物哀」近於中文所言「悸動」，乃是個體面對外在事物之情緒波瀾。平安時代（794－1185），「物哀」主導王朝文學，成爲重要審美理念，頻頻現於《源氏物語》、《枕草子》、《徒然草》。「物哀」表現於文學，通常偏於「哀惻」之情：藉由敘寫景物，多半爲蕭瑟之景，可能是枝梢飄落的秋葉，亦或枯竭索然的冬日河丘，以此表達內心的感慨、哀戚甚或對於人世的無奈，卻又隱晦曖昧，韻味無盡。本居宣長《安波禮辨》：「夫和歌之道，可以『物哀』一語概之。自神代至今，以致後世無窮，所有和歌皆可以此一語蔽之。」〔註22〕由此可見，「物哀」不僅影響日本文學，國外作

〔註20〕張育菁，《呂西安·費弗爾的史學理念與實踐》（新北：稻鄉，2013），頁50。
〔註21〕〔日〕金田一春彦、池田彌三郎，《學研·國語大辭典》（東京：學習研究社，1978），頁1957。
〔註22〕轉引自邱嶺、吳芳齡，《三國演義在日本》，頁172。

品於日本翻譯之際，同會受到編撰者之潛意識寄託，遂使作品產生迥異原作的哀戚壯烈；而於讀者評鑑，牽連於內心既定的「物哀」之情，遂會偏好於殘缺、遺憾、發人感慨的惻怛景物。

　　日本是個推崇「悲淒」的國度，一般人歌頌繁花盛開，日本人同能欣賞凋零山水，中國戲劇追求皆大歡喜，日本能劇則重於悲傷幽微。中國雖有哀感文化，但與日本「物哀」之情，卻爲涇渭之別：

> 中國哀感文化的外緣層次是文學的，膝理是宗教的，核心是道德的，
> 精神是歸藏的，氣質是詩學的。日本的哀感文學有文學層次和佛教
> 層次，但是道德層面先天不足，後天失調，歸藏層次付之闕如……
> 其明顯的表徵是自我反思、自我懺悔和自我節制的缺失。〔註23〕

因此，日本的「物哀」之情，通常根源於殘缺事物之感慨，譬如《古今和歌集》收有戀歌 5 卷，多是悲哀之戀、相思折磨；即便是描述景物的四季和歌，詠春題材同樣多見傷春。〔註 24〕檢視《三國演義》於日本流傳歷程，便知爲何日方偏愛蜀國人物：地狹物窘、馬瘦糧缺的蜀漢，偏是「知其不可而爲之」，獨立支拄忠義大旗，期許有朝興復漢室，最終卻仍兵敗垂成、霸業成空；壯烈犧牲的國族群像，恰好迎合「物哀」之情，更令故事扣人心弦，萬千讀者泫然淚下。肇因日人「物哀」之情，橫山光輝《三國志》更將貂蟬結局，改爲自殺明志，「三國迷」佐久良剛（？－）造訪中國米脂貂蟬紀念館，方知原設情節並非如此：「我一直以爲在董卓被殺的時候，貂蟬也微笑著自殺了呢。沒想到在她的故鄉，結果竟是這樣的……我倒覺得年紀輕輕就香消玉殞，才更能突出她完美的形象。」〔註 25〕日本人追求美，也追求悲，認爲眞正震懾人心的美感，往往蘊含於最爲慘惻的悲戚；此種立場，同樣源於潛意識，遂使《三國演義》之日製改編，常見物哀風格。

　　最末，筆者尚得提出一點但書：上文雖述，創作者無從察覺的潛意識思維，將會不由自主成爲作品蘊藉，譬如反戰思想、物哀美學；但是，誠如劉紀蕙所言：「書寫者決定了這個歷史敘述的開始、過程、結尾，以及怎麼去賦予這些事件意義。」〔註26〕所謂「決定」，可能源自內心直覺，也可能來自有

〔註23〕 趙偉，〈中日哀感文學之啓示〉，《外國文學研究》（武漢：華中師範大學，2015），
　　　　 2015 年第 2 期，頁 16。
〔註24〕 轉引自邱嶺、吳芳齡，《三國演義在日本》，頁 47。
〔註25〕 〔日〕佐久良剛著，王俊譯，《三國志男》，頁 303。
〔註26〕 劉紀蕙，《文學與電影：影像・眞實・文化批判》，頁 57。

意為之的主題設計，甚至是改編者刻意營造的作品情境，例如電影《赤壁：決戰天下》，吳國雖然大勝敵軍，周瑜卻於劇末慨歎：「這場戰，大家都輸了。」〔註 27〕鏡頭掃視死傷慘烈的雙方兵卒，藉此闡述對於戰爭的抨擊與無奈；如此改寫，肇因於導演吳宇森之深意寄託：「以前喜歡描寫一些悲劇英雄，（現在）覺得悲劇英雄不適合在這時候存在，沒有悲劇，只有我們希望看到的美好的一面……描寫古代戰爭並不是表現我們是好戰的民族，其實戲裡是反戰的。」〔註 28〕亦如漫畫《龍狼傳》：「身為日本人，我們本來就應該對國外說『不要打仗吧』，同時要盡我們最大的努力，避免戰爭發生這樣子才對。」〔註 29〕主角天地志狼投身三國亂世，身為時空旅人，知曉戰事關鍵，卻是極力避免兵燹重演，此乃寄託創作者的當代思維，甚可視為日本國民對於引發二戰之沉痛愧疚，遂不願重蹈覆轍。倘是如此，自是非屬「潛意識變動」，而為下文所介之「前意識變動」。

二、前意識變動

　　人的意識，可依察覺與否，分為潛意識（subconscious）、前意識（preconscious）。潛意識亦稱無意識，是無從察覺的深層思維，卻能影響個體直觀；前意識則為可招回、可追溯的經驗想法，得以察覺也能夠掌控。人類行為，先受潛意識影響，再由前意識決斷；創作亦是如此，作者能夠直觀秉述，遂使作品應運而生；也能刻意行文，力求切合預定目標。羅曼・雅克愼（Roman Jakobson，1896－1982）曾言：「任何傳播都少不了六個因素：說話人（addresser）、聽話人（addressee）、信息（message）、指涉（context）、媒介（contact）、語碼（code）。」〔註 30〕對照三國改編，說話人為作者，聽話人為讀者，信息即是傳達資訊，藉由呈顯媒介，以及語碼示意，將作者腦中構想，蛻為其他個體得以感知的實際作品。尚有一處關鍵，名為「指涉」，意指有意、刻意的行動，個體使用語句指涉，必然具有某種目的或意圖，欲和聽者討論溝通、亦或說服灌輸；因此，語句指涉意涵，不能單憑說話人內容，尚須考量接收端情境，方可瞭解信息意涵。

〔註 27〕吳宇森導演，陳汗編劇，《赤壁：決戰天下》。
〔註 28〕「吳宇森：這是一個世界性的三國」：
　　　　http://www.lifeweek.com.cn/2008/0701/22062.shtml（2015.07.05）。
〔註 29〕山原義人，《龍狼傳・1》，頁 62。
〔註 30〕周英雄，《小說・歷史・心理・人物》，頁 15。

　　小說同是傳播模式，「論述」爲其基本手法。「論述」（discourse）必有意識型態，源自創作者所處社會文化；「論述」藉由口語、文字、行爲，交相傳遞、擴散延展，蘊含其中的意識型態，潛移默化爲世俗大眾的價值理念。因此，透過爭議主題之「論述」，遂能理解當代秉持觀念；〔註31〕中國文化圈，欲探討自我意識造使史觀殊異，必須先論影響甚鉅的「天命思想」。何謂天命？意指「上天所主宰的命運」，無法預測、不可逃脫，卻能影響個人、族群、國家乃至整體世界的趨勢走向。好事者以此解讀王朝輪替、江山迭代，均是源自上天意旨，藉此強化「君權神授」，以便主政者收攬民心；「天命」亦常作爲新政託辭，藉由天命輪轉之相生相剋，強化自身政權的正當性、合理性。

　　「天命」難以抓摸，無法肉眼觀測，也無根據證明；然而，相信此道之人，小或憑賴此道操控人心者，則夸夸其辭以佐證「天命」，又以史書爲盛。歷史學家海登・懷特（Hayden White，1928－）認爲：每部歷史都有其深層結構，決定史家使用什麼典範以解釋歷史；這種先入爲主的深層模式，於作品中產生「預佈的作用」（prefiguration），決定史籍的發展格局。〔註32〕以此解讀中國史籍，「天命」即是史家觀點的「預佈作用」：天命所歸，方能鎔匯時運、成就霸業；失卻天命者，縱使費盡心思、力挽狂瀾，終究只是時不我予而徒留憾恨。

　　論述天命，則將牽涉「正統」之論，正統之說源於春秋，意指符合儒家道統的仁義正道，藉此抨擊僭越禮制的亂臣賊子。戰國時代，正統之論衍伸爲「五德終始說」：宇宙運轉規律，概以金、木、水、火、土，五種德性循環輪替，鄒衍（B.C.305－B.C.240）以此解釋王朝變遷，全可歸咎所屬德性之相生相剋。隨著時代演進，天命也會移運，端賴人間王朝能否對應。倘若相合，即爲天命所歸之正統；倘若無法切合五德次序，即便稱霸天下，終究無法久安。因此，黃帝爲土德，夏爲金德，商爲水德，周爲木德，漢爲火德，〔註33〕接承天命而生，淪喪道統則亡；直至東漢末年、群雄爭霸，正統之運又該歸

〔註31〕劉紀蕙，《文學與電影：影像・眞實・文化批判》，頁 69。
〔註32〕轉引自周英雄，《小說・歷史・心理・人物》，頁 53。
〔註33〕朝代之代表德性，眾說紛紜。漢初張蒼提倡，黃帝爲土德，夏爲木德，商爲金德，周爲火德，漢爲水德，秦爲暴政且國祚衰短，將其秉除於正統之外；漢武帝時期，學者認定秦朝應屬正統，改述秦爲水德，漢爲土德；王莽執政之後，則採劉向觀點，改以黃帝爲土德，夏爲金德，商爲水德，周爲木德，漢爲火德。本論文以末者觀點論之。

屬何者？宋代《冊府元龜》：「夫餘分爲閏，既異夫居正之統，王綱失紐，或有乎僭命之號，斯蓋豪傑竊起，以蓄乎覬覦，強弱相凌，分據乎土宇，雖政令之自出，非運繫之所繫。」〔註34〕時局紊亂、天道隱晦，各方梟雄狼子野心，自許「彼可取而代之」，各自標榜正統天命。

蔡源煌認爲：「倘就廣義、徹底的界定而言，所有的文學（文字構設、文章）都具有虛構的成分，『虛構』一詞，換上尼采（Friedrich Nietzsche，1844－1900）的套語，即是指個人的詮釋；換句話說，文章當中之所呈現，乃是個人的主觀見解，是個人對此『現實』的詮釋。」〔註35〕因此，歷史小說宛如史籍，行文運筆有所預佈，主觀意圖更爲強烈、也更無所拘束。然而，「天命」與「正統」，二者互有關連，卻非必成因果：擁有天命者，自詡爲正統所歸；肩負正統者，卻不一定能爲天命蔭佑。譬如《三國演義》，羅貫中遵奉蜀漢爲正統，卻又藉由司馬徽爲其慨歎：「臥龍雖得其主，不得其時，惜哉！」〔註36〕《三國演義》以「天命」、「正統」之相互牽連，造使蜀漢成就大局，卻又陡然落空。三國究竟孰爲正統，各家史觀另有歧異，當代改編更是無所忌憚，意在突破前人框架，如同大衛‧洛吉所言：「小說家最重要的抉擇，就是決定讓故事從哪個觀點出發。這個抉擇，會影響讀者如何在情感上或道德上，回應小說主角與他們的行爲舉止。」〔註37〕各家史觀之論，如何影響《三國演義》後續改編，茲於下文分述說明。

（一）尊魏抑蜀

現今流傳之三國故事，兼雜諸多稗官野史：花關索是否眞爲關羽嗣子？關羽又曾否華容道義釋曹孟德？陸遜有無陷於漁浦腹八卦陣，又賴黃承彥指點營救？此時，常會回溯正史以辨眞僞，即是陳壽《三國志》；此書採取「帝魏寇蜀」之史觀：首先，僅爲曹魏設立「本紀」，吳、蜀二主則以「傳記」；其次，遵奉曹操爲太祖，奉稱曹丕、曹叡爲帝，對於蜀漢、東吳之歷任國君，卻直呼全名未有避諱；此外，於魏稱中國，於蜀、吳直稱國號，視其爲附庸；再者，魏國用兵稱「征伐」，蜀、吳伐魏則稱「入寇」或「入侵」。〔註38〕最

〔註34〕〔北宋〕王欽若編纂，周勛初校訂，《冊府元龜‧僭僞部總序》（南京：鳳凰，2006），頁2466。
〔註35〕蔡源煌，《從浪漫主義到後現代主義：文學術語新詮》，頁108-109。
〔註36〕古本小說集成委員會編，《古本小說集成‧三國志通俗演義（萬卷樓本）》，頁683。
〔註37〕〔英〕David Lodge著，李維拉譯，《小說的五十堂課》，頁42。
〔註38〕李則芬，《三國歷史論文集》，頁191。

末，記載吳、蜀二主之死，採取《蜀書》、《吳書》彼此互載，《吳書》：「黃武二年劉備薨於白帝城」，〔註39〕《蜀書》：「延熙十五年吳王孫權薨」。〔註40〕三國本是相互抗衡，陳壽卻刻意推崇魏國並降低蜀、吳層級；乃因晉朝承襲曹魏，魏又篡位於漢，唯有遵奉曹魏爲正統，晉朝國祚方可遠溯東漢，具備政權合理性。

　　《三國志》原分三部：《魏書》、《吳書》、《蜀書》，可見陳壽欲將三國視爲平行的政權；此種作法，不同王沈《魏書》、魚豢《魏略》、韋昭《吳書》，以此避免存己廢彼之主觀褊狹。清代史學家錢大昕（1728－1804）讚許：「《三國志》，創前人未有之例，懸諸日月而不刊者也。」〔註41〕除卻體例，《三國志》大致秉筆直書，至今仍是考察三國的重要史料；影響當代更爲深遠者，則是「尊魏抑蜀」之史觀思維，譬如東晉一朝的史書論點：孫盛（302－373）《魏略》、《魏氏春秋》、《魏武故事》、《魏名臣奏》；王隱（？－？）、虞預（285－340）、干寶（？－336）等幾部《晉書》，均是秉持尊魏態度。〔註42〕南朝范曄《後漢書》、唐代歐陽詢（557－641）《藝文類聚》，同是沿襲陳壽之論。此外，尚有北宋《冊府元龜》：

　　建安失御，三國分峙，魏文受山陽之禪，都天地之中，謂之正統，得其宜矣。劉先主避處梁、益，孫大帝遠據江、吳，自竊尊名，靡有神器，誠非共工之匹，然亦異於正統，共同爲閏焉。劉氏雖爲孝景之後，有季漢之稱，蓋以赤伏之數已盡，黃星之兆又彰，不足據矣。〔註43〕

《冊府元龜》屬於「宋代四大類書」，宋眞宗詔令王欽若（962－1025）、楊億（974－1020）修撰歷代君臣事蹟，以作後世典範，起自上古、迄於五代，涵括三國君臣之事。北宋時期，朝廷遵循陳壽觀點，秉持「曹魏正統、蜀吳僭僞」；即便民間歌頌蜀漢，改以「尊蜀抑魏」爲主流思想，仍有學者依循陳壽史觀，譬如明代田汝成（1503－1557）《浙江省西湖遊覽志餘》：「（羅貫中）變詐百端，壞人心術，其子孫三代皆啞，天道好還之報如此。」〔註44〕認爲

〔註39〕〔西晉〕陳壽著，〔南朝宋〕裴松之注，《新校本三國志注附索引》，頁1130。
〔註40〕〔西晉〕陳壽著，〔南朝宋〕裴松之注，《新校本三國志注附索引》，頁898。
〔註41〕李純蛟，《三國志研究》，頁66-68。
〔註42〕李則芬，《三國歷史論文集》，頁192。
〔註43〕〔北宋〕王欽若編纂，周勛初校訂，《冊府元龜·僭僞部總序》，頁2017。
〔註44〕〔明〕田汝成，《浙江省西湖遊覽志餘》（臺北：成文，1983），頁1134。

羅氏顛倒史實、敗壞綱紀，必將禍延子孫。

　　宋代以降，說書戲曲廣泛流傳，加上《三國演義》之盛行，「尊魏抑蜀」反成異說。然而，若欲突破舊作，此番「復古」反成新境；羅貫中立論乃對陳壽之「反動」，直至現世，《三國演義》也成陳舊文本，遂被改編者再次「反動」、「解構」。此外，中國史觀常與「天命」相互映照，創作者尊奉曹魏爲正統，有利於連貫漢晉，更見歷史全貌。漫畫《蒼天航路》、《曹操孟德正傳》，即是捨棄演義、依循正史，以曹魏爲正統、曹操爲主角，極力歌頌梟雄事蹟；迥異於蜀漢爲宗的三國改編，遂能更爲眞實、更加公允，檢視蜀漢功過，還原曹魏眞貌，甚至美化曹操形象，將其塑造爲肩負社稷的漢室忠臣；李學仁（1945－1998）、王欣太（1962－）自剖創作意圖，便言：「《蒼天航路》是我爲了和三世紀時陳壽所著之正史，及十五世紀時羅貫中所寫的小說，做敘事上的分庭抗禮，而創造出帶有現代音樂劇風格的作品！」〔註45〕作者不願跟隨流俗，自許能對曹操功過有所嶄新解讀，突破企圖不言可喻。又如電玩《三國志》、《眞‧三國無雙》，雖然凸顯蜀漢人物，卻也讚譽曹魏事蹟；遊戲陳述三國亂世，甚將結局推衍至西晉立國，改以司馬炎統合大局，嘆笑三國亂世之短暫紛擾，遂將史觀更爲提升，改以旁觀角度，脫離於三國之外。

（二）尊蜀抑魏

　　蜀國（221－263），三國時期之西南政權，始於劉備稱帝，亡於後主出降。劉備自稱中山靖王後裔，並以興復漢室爲號召；成都稱帝之後，立國號爲「漢」，亦稱「季漢」，以與兩漢區別。亡國之後，西晉視其爲割據亂軍、並非正統政權，以其位處四川，貶稱爲「蜀」，陳壽《三國志》編有《蜀書》15卷。直至後世，方以「蜀漢」作爲此國通稱。

　　西晉朝廷，因其篡魏而立，自是尊崇曹魏、貶低吳蜀，以證國祚承續正統，鞏固自身政權合理性。出身蜀地的史官陳壽，編撰《三國志》，同樣採取「帝魏寇蜀」之史觀立場，稱呼曹魏君王爲「帝」，吳、蜀則僅稱爲「主」；並於三國排序，尚將蜀國置於最末。常璩《華陽國志‧陳壽傳》：「吳平後，壽乃鳩合三國史，著《魏》、《吳》、《蜀》三書六十五篇。」〔註46〕直至後晉劉昫（888－947）《舊唐書‧經籍志》，始將「蜀」提於「吳」前，遂沿襲至今。〔註47〕

〔註45〕李學仁著，王欣太繪，《蒼天航路‧1》（臺北：尖端，1997），頁231。
〔註46〕〔東晉〕常璩撰，錢穀鈔校，《華陽國志》（臺北：世界書局，1979），頁417。
〔註47〕李純蛟，《三國志研究》，頁15。

西晉一代，秉持「崇魏抑蜀」，直至東晉時期，開始出現轉折。起因為襄陽豪族習鑿齒，善於尺牘書議，曾任荊州刺使桓溫（312－373）別駕，後因忤逆主上，遂被貶為滎陽太守；當時，桓溫殲滅成漢而聲勢大振，又曾三次北伐，進而掌握朝政，甚至易儲廢帝，意欲收攬江山以自立為帝。忌憚於桓溫權勢，朝廷大臣莫敢違逆，當朝重臣謝安（320－385）親至新亭迎接桓溫，百官列道於側，全以君臣禮數尊奉桓溫。習鑿齒有意勸誡，「裁正」桓溫圖謀帝位之覬覦，遂撰《漢晉春秋》：「起漢光武帝，終於晉愍帝。於三國之時，蜀以宗室為正，魏武雖受漢禪晉，尚為篡逆。至文帝平蜀，乃為漢亡，而晉始興焉。」〔註48〕他認為，表面上東漢終結於獻帝遜位，實因曹魏逼宮、篡逆稱帝，唯有蜀國方是正統；晉室政權之所能承襲東漢國祚，乃是因其剷除曹奸、殲滅國賊。習鑿齒抹去司馬篡魏的惡跡，同時警示桓溫：僭越不得人心，終究受到裁正。〔註49〕習鑿齒推翻常論，以晉繼漢，大肆抨擊曹魏誤國、德祚缺敗，甚言：「魏有代王之德，則其道不足；有靖亂之功，則孫劉鼎立。道不足則不可謂製當年，當年不製於魏，則魏未曾為天下之主；王道不足於曹，則曹未始為一日之王矣。」〔註50〕否認曹魏延續天命，僅為天下分裂的禍亂根源。上述立場，有其鞏固晉室、警惕權臣之政治訴求，卻也同時開啟「帝蜀寇魏」之史觀。

東晉袁崧（？－401），同樣秉持「帝蜀寇魏」之說，其作《後漢書》論述：「曹氏始于勤王，終至滔天，遂力制群雄，負鼎而趨，然因其利器，假而不反，迴山倒海，遂移天日。昔田常假湯武而殺君，操因堯舜而竊國。所乘不同濟，其盜賊之身一也。」〔註51〕認為曹魏非屬正統，只為「竊國者侯」。之後，北魏拓跋氏兼併華北、建立帝國，重新改修《三國志》，以曹魏繫年統合史事，將分列撰述的《魏書》、《吳書》、《蜀書》，併為《國統》；北魏推崇曹氏，乃因北魏敵對東晉，遂對南方政權多所詆毀，又將「正統」回歸曹魏。東晉末年，劉裕（363－422）縊殺安帝（382－419）、紊亂朝綱，受封九錫後篡晉建宋，為替劉宋政權爭為正統，又有范曄《後漢書》重申「帝蜀寇魏」之主張。〔註52〕歷代史觀接連翻轉，蜀、魏誰為正統，眾說紛紜各有主張，

〔註48〕　〔唐〕房玄齡撰，《晉書》，頁 2154。
〔註49〕　李純蛟，《三國志研究》，頁 166。
〔註50〕　〔唐〕房玄齡撰，《晉書》，頁 2155。
〔註51〕　陝西震旦漢唐研究院，《魏晉南北朝文明卷》（西安：人民，2007），頁 719。
〔註52〕　李純蛟，《三國志研究》，頁 167-168。

但非爭論史實，而是迎合當權者需要。國家大一統之際，自然推崇執掌中原的曹魏，藉此強化統治天下之合理性，譬如《資治通鑑》之「以魏紀事，而昭烈爲僭」；〔註53〕倘若國家積弱不振，則視蜀漢爲同病相憐，自比爲偏安一隅、延續國祚的正統政權，譬如朱熹《資治通鑑綱目》：「大書後漢昭烈皇帝章武元年，而以吳、魏分注其下。」〔註 54〕縱使蜀國狹弱、不堪外凌，仍爲漢祚正宗，誠如南宋處境危險，猶仍秉奉華夏正道。

　　朝廷方面，對於三國孰爲正統，端賴何種說法有益當權者；文人方面，陸游曾述「邦命中興漢，天心大討曹」，蘇軾卻言「釃酒臨江，橫槊賦詩，固一世之雄也」，見解殊異卻無關對錯，詩人弔古只爲抒己幽情。廣漠無名的民間百姓，則只關注故事是否精彩，得以引發共鳴；與其引經據典以明辨正統，廣大民眾更重內心直覺，「撫我則后，虐我則仇」。面臨弱肉強食的現實，個體常感渺小不安；因此，人們容易同情弱者，卻又景仰英雄事蹟；同情弱者，肇因感同身受，崇拜強者，則是寄託難以實現的偉大夢想。遂知，爲何百姓推崇蜀漢，又對曹操深惡痛絕；一方面，來自《三國演義》偏袒蜀漢之影響，潛移默化而成讀者意識；再者，加上毛宗崗評刪之際，尊劉黜曹之觀念影響；最末，則因文化心理，見劉備墮涕也爲之憐憫，見蜀國頹敗也爲之不忍，是對弱者的憐憫；崇敬趙雲突圍救嗣，感佩關羽梟首殉節，讚嘆諸葛亮鞠躬盡瘁，則是對於英雄事蹟的崇拜與歌頌。

　　近世肇因小說影響，以及儒家仁德思想，三國評價幾乎盡以蜀漢爲正宗、以曹魏爲僭僞。毛宗崗《讀三國志法》：「讀《三國志》（三國演義）者，當知有正統、閏運、僭國之別。正統者何？蜀漢是也；僭國者何？吳魏是也；閏運者何？晉是也。」〔註55〕再如馮文樓評析《三國演義》：

　　　　蘊含著儒家特有的價值判斷和倫理建構。如在正統地位的確立上，
　　　　政治觀念的闡釋上，人格價值的評論上，人才使用的判定上等等，
　　　　均是按照儒家的文化理路和內部眼界而展開的。「擁劉反曹」就是這
　　　　一文化理路和內部眼界最集中、最鮮明的顯示。〔註56〕

在在可見，「帝蜀寇魏」幾近等同基本設定。民初章回小說《反三國演義》，故事沿襲原作，人物雷同史傳，「尊蜀抑魏」如同《三國演義》，唯一改造在

〔註53〕〔元〕郝經，《續後漢書》（北京：中華，1985），頁 10。
〔註54〕朱一玄、劉毓忱，《三國演義資料匯編》，頁 265。
〔註55〕朱一玄、劉毓忱，《三國演義資料匯編》，頁 254。
〔註56〕馮文樓，《四大奇書的文本文化學闡釋》，頁 34。

於篡改結局，收結於蜀漢滅魏、曹植北遁。此書頌揚蜀漢，貶抑曹魏、東吳，三國角力不復存在，僅見蜀軍所向無敵、輕取天下。讀者對其毀譽參半，但於日本卻甚受歡迎；1991 年，渡邊經一（？－）將此書譯爲日文，經由講談社發行，遂於日本廣佈流傳，再度強化東瀛讀者的尊蜀史觀。〔註 57〕另有漫畫《新三國志》，同樣竄改史實，描述十八路諸侯分崩離析，「但是，還是有一群人留下來了……他們是眞正無私無欲、憂國憂民的英雄。」〔註 58〕曹操追擊董卓之事無復存在，反倒變爲劉備率軍直取長安，作者顚錯史事只爲凸顯蜀漢崇高，同是架構於尊蜀史觀。直至今日，三國改編倘有未遵蜀漢史觀，尚會加註爲「別開新境」、「逆向思考」，更知蜀漢爲宗的正統史觀，已成根深蒂固的既定主軸。

（三）尊吳

　　吳國（229－280），東漢末年割據勢力，始於孫堅盤據、孫策平定江東，再由孫權建立政權、自封「吳王」，成爲鼎立一方的軍事強權。勢力範圍涵括江東，遂稱「東吳」；並由孫姓統領，亦稱「孫吳」。吳國地處江南，相較中原地帶仍爲開發較晚；但因氣候溫暖適宜居處，兼又湖川縈繞物產豐足，加上北方難民南遷移居，漸成人煙聚集之處。吳國憑藉豐足米糧、蓬勃人丁，以及獨霸海隅的水軍戰艦，拓展自身勢力，併吞周遭州郡，蠶食鯨吞以進軍中原，參與瓜分天下的權謀爭戰，成爲三國鼎立之一方強霸。吳國經濟活絡，鹽業與造船遠勝曹魏，更非窮兵黷武的蜀國足以比擬；國力方面，孫吳積極拓展四境，降伏山越，探索夷州，甚至遠達朝鮮、林邑（越南）、扶南（柬埔寨）等地；此外，吳國同是最後傾覆的三國政權，直至 279 年西晉發動滅吳之戰，歷經四帝、延續半世紀的軍權強國，終自歷史舞台退幕。

　　孫吳盤據長江，乃是不容小覷的江東猛虎。然而，三國正統多半聚焦蜀、魏，各自提出「魏帝蜀寇」亦或「尊蜀抑魏」，吳國淪爲附屬朝臣；元劇《三戰呂布》，孫堅以淨角登場，上場詩爲：「我做將軍也稀有，無人與我做敵手。聽得臨陣肚裡疼，吃上幾盅熱燒酒。」〔註 59〕無復英雄氣魄，僅成怯戰佞臣。當代衍生作品，同是比重失衡，捨棄《三國志》分述魏、吳、蜀之面面俱到，反倒追隨《三國演義》之劇情失衡，遂使鼎霸一隅的吳國，仍被徹底漠視。

〔註 57〕邱嶺、吳芳齡，《三國演義在日本》，頁 77。
〔註 58〕山崎拓味，《新三國志‧6》（臺北：東立，2006），頁 96。
〔註 59〕轉引自關四平，《三國演義源流研究》，頁 218。

改編文本之吳國，偶而親附曹魏，旋又結盟蜀漢，此國存在僅是用以加深曹、劉衝突。吳國爲何總被漠視？誠如前述，魏晉辯論正統之際，吳國既非統領正祚，又無自詡東漢血脈，自是擱置一旁、無關大局；時至宋話本、元雜劇，三國題材偏向蜀漢中心；迨至《三國演義》問世，羅貫中爲求凸顯蜀漢忠義、誇擬曹魏奸佞，遂而淡化東吳，種種無心插柳，持續發酵遂成此況。回顧往昔，南宋詞人辛棄疾曾經讚嘆：「天下英雄誰敵手？曹劉。生子當如孫仲謀。」詩人憑弔曹、劉爭霸，同時引用魏武之語，大肆讚揚孫權才謀。時至今日，日本作家北方謙三卻如此評論：「吳這個國家，在周瑜死了之後，就失去了魅力。」〔註60〕因此，歷朝歷代之《三國演義》改編，遂留下極少涉足的特殊立場：以吳爲尊。

日本作家伴野朗，創寫《吳‧三國志　燃燒的長江》，即因意識上述問題：曹魏與蜀漢，屢被鎖定、極盡鋪陳，均已發掘始盡；與其搜索枯腸也只能舊調重彈，何不另闢新境，改以吳國爲敘事主軸？一來，縱使史事秉持原貌，轉換立場仍可呈現不同感受，在讚蜀、譽魏的主流浪潮，覓得出奇制勝的創作空間。二來，於史實發展，吳國同樣佔有一席之地，赤壁大戰見其剛強，樊城戰役見其野心，夷陵之戰見其沉穩，吳國實力不亞於蜀、魏，人才浩繁也非泛泛之輩，足以成爲新創故事的豐厚基底。波西‧路伯克（Percy Lubbock，1879－1965）有言：「小說寫作的技巧錯綜複雜，關鍵全在敘事觀點（point of view），也就是敘述者與故事的關係上。」〔註61〕尊崇曹魏者，鄙棄孫氏割據江南之不忠，秉護蜀漢者，直斥東吳背棄盟約之不義，上述見解，自與尊吳立場有所齟齬，故事詮釋遂能另生解讀；因此，採取東吳史觀，無論是認同理念，或是爲求別開生面，均能造成有別於往的敘事思維，予以作品嶄新風貌。

有趣的是，「以吳爲主」的史觀立場，於動漫改編特別興盛。《一騎當千》便以孫策作爲主角，作者塩崎雄二直言，乃因「並無任何作品，是以孫策做爲主人公。」〔註62〕歷朝忽視東吳政權，反倒造就三國當代改編，面對屢加演繹的歷史題材，猶可尋覓鮮有涉足的嶄新領域。此外，漫畫《武靈士三國志》、《大家的吳》，同樣改弦易轍，奠基吳國爲主題。前者以孫策爲主，將其設定爲22世紀的日本暴走族，聯同東吳陣營，齊心對抗敵營廝殺。後者主述

〔註60〕 王向遠，《中國題材日本文學史》，頁303。
〔註61〕 〔英〕E. M. Forster 著，蘇希亞譯，《小說面面觀》，頁105。
〔註62〕 塩崎雄二，《一騎當千‧1》（臺北：尖端，2001），頁160。

吳國發展，不再只是魏、蜀之附庸，而是自有上下一心的奮鬥目標，藉此彰顯吳國之關鍵地位。此外，漫畫《侍靈演武》，〔註63〕主角爲居於荊州卻厭惡三國的現代高中生，卻因意外機緣，而得周瑜保護，歷經戰鬥以匯集同伴，主角名爲孫宸，亦可視爲孫策之化身。

　　歷代史家偏廢吳國，除卻「尊蜀抑魏」、「帝魏寇蜀」之史觀拉鋸，已然佔去所有鋒頭；此外，相較於蜀漢傾力北伐，亦或曹魏吞併群雄，吳國相顯保守且偏安東南，甚至卑躬屈膝向曹操稱臣。此番作爲，造就史官撰筆之際，便將孫吳視爲臣服於魏的行政區域，不以正統政權視之。但是，吳國的保守謹慎，實是因爲外患頻繁、蠻族侵擾，孫權之弟孫翊，便於丹陽太守任內，身死山寇刀下。這些細瑣衝突，多被視爲三國時代的旁枝末葉；因此，《大家的吳》反其道而行，極力呈顯吳國要事，引領讀者逐步觀賞，海隅強權的興起始末。

　　此外，部分作品雖未採取吳國史觀，也非因襲舊作之輕忽東吳，而是客觀審視江東崛起，及其人才濟濟、物阜民豐，予以肯定及重視，並且形塑江東人士之正面形象，畢竟天下三分，孫吳政權更是延續最久，絕非浪得虛名的等閒之輩。電視劇《三國》，演繹孫權之事：其一，先言董卓憂懼孫堅兵力，意欲結爲兒女親家，藉此消弭長沙威脅，源出《三國演義》第六回：

> 堅曰：「汝來何爲？」催曰：「丞相所敬者，惟將軍耳。今特使催
> 來結親：丞相有女，欲配將軍之子。」堅大怒，叱曰：「董卓逆天
> 無道，蕩覆王室，吾欲夷其九族，以謝天下，安肯與逆賊結親耶！
> 吾不斬汝！汝當速去，早早獻關，饒你性命！倘若遲誤，粉骨碎
> 身！」〔註64〕

不同之處，演義描述孫堅悍然拒絕，電視劇《三國》卻杜撰年僅九歲的孫權，由中洞悉利害關係，力勸父親勿中圈套，更見其聰明睿智；其二，孫權僅爲髫齡之童，知悉父親暗中埋伏、身死人手，單槍匹馬前往敵營以領回父屍，面對劉表嘲諷、蔡瑁威脅，稚齡孫權卻能侃侃而談：「劉伯伯有皇室之風，忠義厚道，是袁紹逼著他們伏擊我們的，要復仇應該找袁紹復仇，江東與袁紹勢不兩立！爹爹還說爲了江東的安危，我們應該與劉伯伯化干戈爲玉帛，兩家修好和睦相處！」〔註65〕此番言辭愷切流暢，遂使劉表卸下心防；考證史

〔註63〕白貓、左小權，《侍靈演武‧1-3》（北京：人民郵電，2012-2013）。
〔註64〕古本小説集成委員會編，《古本小説集成‧三國志通俗演義（萬卷樓本）》，頁101。
〔註65〕高希希導演，朱蘇進編劇，《三國‧7》。

實，自是無稽之事，卻使吳王形貌更顯豐沛，得以說服觀眾認同，東吳崛起絕非僥倖。因此，該作史觀雖未偏向吳國，但於敘事立場，至少予其更爲公平的評論基點。

第二節　主題內容

「主題」，意指作者藉由作品表達之特定意涵，用以傳達個人思維。三國故事源自史實，千百年來廣泛傳頌，遠勝於同是歷史題材的《東周列國志》、《隋唐演義》、《殘唐五代史演義》……歷朝史事；究其原因，除了改編者投入新意、闡述新事，尚因《三國演義》之豐富意涵，造生讀者更大感悟與更強共鳴。三國故事，採用尊劉貶曹之觀點，眾所皆知；羅貫中借他人酒杯以澆心中鬱壘，藉事抒懷之願景，同爲眾人熟稔。因此，三國題材作品，大多承襲舊原作思維，且爲配合通俗觀眾，僅只擇選重點篇章，並將意旨凝聚爲「宣揚教化」——教化君臣之義，譬如典韋死守曹操生路；教化兄弟之誼，譬如關羽千里單騎追隨劉備；教化人倫之孝，譬如徐庶終身不獻一策；教化重信守諾，譬如孔明揮淚斬馬謖；教化親賢遠佞，譬如孫皓敗紀亂朝綱；教化忠誠效國，譬如貂蟬獻身之連環計，亦或獻帝血書之衣帶詔。誠如胡適（1891－1962）所言：「《三國演義》究竟是一部絕好的通俗歷史，在幾千年的通俗教育中，從沒有一部比得上它的魔力。五百年來，無數的失學國民從這部書裡，得著了無數的常識與智慧；從這部書裡，學會了看書、寫信、作文的技能；從這部書裡，學得了做人與應世的本領。」〔註 66〕封建時代，對於民智未開的廣大百姓，四書五經太過遙遠，傳說故事方是教忠教孝的道德指標；《三國演義》即是如此，它不僅是情節精彩的通俗小說，更是宣揚美善的楷模典範。

時至當代社會，「盡忠報孝」竟成八股教條，觀眾不再侷限於狹隘視角，不再遵循於宣揚口條，更不願滿足於淺俗簡化的籠統意旨；誠如《火鳳燎原》作者陳某（1970－），藉由角色所言：「忠義，是一種手段，是文人送傻瓜去死的讒言。是君王爲保住利益的下流手段。」〔註 67〕三國故事持續搬演，卻非一味遵循傳統、複誦教義，反而需要全然翻轉，轉變爲吸引讀者的嶄新路

〔註66〕胡適，《中國章回小說考證》（合肥：安徽教育，1999），頁 289。
〔註67〕陳某，《火鳳燎原・21》（臺北：東立，2005），頁 188。

線。往昔時空，三國故事以「忠義」作為收攬讀者的中心思維，妥善結合社會倫理；現今社會，傳統價值幾近崩盤，相同題材為覓生路，務必別出心裁，方能迎合口味丕變的普羅大眾；筆者認為，當今三國改編之共通性，乃在於「奇」。《三國演義》雖是流傳廣泛，猶有群眾未曾拜讀；筆者卻可大膽推定，身處東亞文化圈的普羅觀眾，都曾接觸三國題材：或為口耳流傳，或是宗教聖蹟，亦或來自影劇視聽、動漫遊戲，處處可見三國故事興盛蓬勃，卻也成為陳腔濫調。回顧小說要素，包括人物、情節、場景，倘再細密分類，尚可切割為主題、衝突、對話、觀點……等等細項；於三國故事，上述特點已被開發殆盡，與其重談舊調，不如出奇制勝，遂造就三國改編，常見於史無稽的橫生異事。

　　所謂奇事，雖為特立獨行，卻也有其脈絡，絕非任憑杜撰；畢竟再創者翻轉史事，乃是為求讀者共鳴，倘若作品龐雜無章，勢必無法吸引關注，遑論深入瞭解。同人文化研究者吳憲鎮（？－），認為再創者轉化舊材、書寫新文本之過程，可整合為四種模式：補遺、顛覆、擷取、拼貼。補遺，利用原始文本之空白，衍生可供銜合的自創情節；顛覆，則是無視原設定義，憑賴再創想像以逆轉新詮；擷取，乃為針對特定橋段，放大、凸顯並增添觀點以形塑之；拼貼，將無所關連的殊異文本，藉由再創者主觀意識，相互連結以成新生文本。〔註 68〕上述技巧，均是架構於相同基點：再創者的敘事手法，能否達到預期良效，勢必奠基於閱聽人對原作有一定程度的理解。〔註 69〕因此，多如過江之鯽的三國改編，僅有數款作品獲得好評，甚能開啓新境；部分改編作品，反倒招致惡評，公認為名實不符的效顰之作。取材相近，角色相同，演繹手法相去不遠，何以差異如此懸殊？筆者認為，歷史題材之改編，拿捏分寸甚為玄妙——必須脫離史實另創新意，方能塑立作品特點；卻又不可全然違背歷史，以免失去閱聽人理解作品之基礎。倘若掌控得宜，便是改編作品博取好評的先行關鍵。

　　《三國演義》善於掌握歷史題材的雙面運作：架構依循史事，增進讀者認同；事件詳細過程，卻是篡改杜撰以成驚奇，同時展現獨具巧思。沈伯俊

〔註 68〕吳憲鎮，〈漫畫同人誌創作者的閱讀與書寫之研究〉（嘉義：嘉義大學視覺藝術研究所碩士論文，2004），頁 131。

〔註 69〕沈裕博，〈從臺灣漫畫同人誌歷史沿革到 VIVA〉（高雄：高雄師範大學美術系理論組碩士論文，2009），頁 78。

歸納《三國演義》編織情節的主要方法，概爲五種：一、移花接木，張冠李戴；譬如，劉備鞭督郵，改爲張飛的義憤之舉。二、更改時間，調換地點；譬如，徐庶離開劉備麾下，提前爲戰勝之際，更顯軍師盡孝的無可奈何。三、添枝加葉，踵事增華；譬如，誇張渲染三顧茅廬，藉此顯現角色性格。四、以虛補實，合理延伸；譬如，妄傳闞澤密獻降書、黃蓋挨受苦肉計。五、馳騁想像，憑空虛構；譬如，孟德獻刀於董卓，趙雲力斬龐五將。〔註 70〕上述例證，有些僅於史書略述，卻被羅貫中恣意添補其中細節；部分事蹟則爲民間異聞，同被採用以成劇情；尚有部分內容，源於無中生有，全爲假想編造。由此而視，此部章回宛若《三國志》之同人誌，羅貫中將史實翻轉、拼貼、擷取、再製，明確交代史事流變，又於枯燥乏味的史卷之中，增添震懾人心的藝術美感，成就此書經典價值。因此，當代三國改編，均可視爲《三國志》、《三國演義》以及三國相關記載的廣義同人作；花樣翻新各有訣竅，改造手法卻是如出一轍——以奇爲宗。

上述同人文化研究模式，筆者認爲，卻非侷限於同人作品；肇因三國題材普遍流傳，後世改編無論採取何種類型、何方媒介，同可套用上述理論。戲曲理論家張庚（1911－2003）曾言：「改編可以說是一種再創造。」〔註 71〕因此，三國改編雖是根源羅貫中小說，人物無所變動，情節架構雷同，僅於劇情略作異動，卻已是截然不同的嶄新成品。下文針對主題內容之「改動」、「新添」，分項析述。

一、改動

所有的史實記載、故事流傳，不可避免將與真實情境產生落差，甚至闕損遺漏各成異說，這些敘述不確的模糊地帶，正是後起者得以見縫插針的闡釋空間。三國故事，最大特點在於虛實交錯，杜撰情節經由歷朝演繹，早已深植人心，譬如貂蟬施展美人計、張飛縛杖鞭督郵、曹操巧獻七星刀、許褚裸衣戰馬超、諸葛亮七擒孟獲，琅琅上口的經典橋段，泰半出於小說虛構，卻已成爲三國代稱；相對而言，倘若小說容許語不驚人死不休，史書則應證據確切、無所篡假，仔細審度卻也並非如此。茲引詹京斯論點：

〔註70〕 沈伯俊，《羅貫中與三國演義》，頁 182-184。
〔註71〕 張庚，《新編聊齋戲曲集》（濟南：齊魯書社，1981），頁 3。

> 沒有任何歷史學家可以涵蓋並因而尋回過去的所有事實，因為其「內
> 容」幾乎是沒有限量的……單是過去的龐大，便使得全面和完整的
> 歷史成為不可能……由於過去已經一去不返，沒有任何敘述可以向
> 過去本身查證，而只能向其它的敘述查證……根本上，並沒有真實
> 的敘述，沒有正確的歷史……歷史學家的觀點和偏好，仍然決定了
> 對歷史資料的取擇，而我們個人的思維結構則決定我們對這些歷史
> 的看法。〔註72〕

個人史觀立場，不僅影響創作內容，早於著筆之前，便會決定擇選材料之偏
好。主觀源發內心，無法根除也難以超脫，最大差別僅在於個體是否察覺，
再分類為「潛意識」、「前意識」二大類型。因此，歷史學家猶為凡胎，必有
個人好惡，該人撰寫的史事記載，也必定存在視野侷限，以及觀點偏私的敘
事瑕疵。《三國志》雖為正史，為人詬病之處，在於「為尊者諱」、「抑蜀崇
魏」之先決立場，全書尊奉魏祚而諱言鄙弊，無敘曹操屠城，也避言赤壁大
敗，倘若史家有所避重就輕，又怎能企盼後世得以知悉歷史真貌？此外，尚
因資料疏漏、人力有限、地理隔閡、年代久遠，均會造成史書記載未臻完善；
陳壽即曾錯失盛行當世的寶貴資料：於吳國未述丞相孫邵，外族蠻陌未述匈
奴，蜀志漏遺西南夷，吳志未述交趾及武陵五蠻溪，〔註73〕有心迴避、無意
缺損，再度造使歷史真相混淆不清。敘事未盡的空缺，再創者便得著力；除
此之外，更因體裁不同、用意殊異，再創者也勢必另尋空間再作發揮，誠如
佛斯特所言：

> 回憶錄是歷史，必須本於事實，有幾分證據說幾話。小說的基礎
> 則是事實加X或減X，X這個未知數，就是小說家的性格，這個
> 未知數不停的修正著事實對小說的作用，有時候甚至讓他改頭換
> 面。〔註74〕

撰述史書必求信度，不可單憑己見；若是三國題材創作，全然忠於事實，反
倒消索乏味，讀者期待之處，正是經由再創者個人觀點，加乘史事既存框架，
兩相衝擊的嶄新突破，也正是改編作品展現新貌的價值所在。下文將對三國
故事之改動方式，分為「合理補述」、「文武調置」與「異動結局」，以茲探討。

〔註72〕〔英〕Keith Jenkins 著，賈士蘅譯，《歷史的再思考》，頁64-67。
〔註73〕李則芬，《三國歷史論文集》，頁193。
〔註74〕〔英〕E. M. Forster 著，蘇希亞譯，《小說面面觀》，頁69。

（一）合理補述

清朝章學誠《丙辰箚記》：「《三國演義》，則七分實事，三分虛構，以致觀者往往爲所惑亂。如桃園等事，學士大夫直作故事用矣。……故演義之屬，雖無當於著述之倫，然流俗耳目漸染，實有益於勸懲。但必實則概從其實，虛則明著寓言，不可錯雜如《三國》之淆人耳。」〔註75〕章學誠認爲，《三國演義》奠基正史，卻是處處偏離、事事虛泛，造使後世有所誤解，也正是歷史小說吸引讀者之妙。《三國演義》游移虛實，令人信服卻又別創奇景；羅貫中巧妙利用史書，針對略述而過的隻字片語，加以擴充、延展、恣意增補以渲染添撰，誠如金聖嘆評《水滸傳》：「須知文到入妙處，純是虛中有實，實中有虛，聯縮激射，正復不定，斷非一語所得盡贊耳。」〔註76〕全然秉實，易流於僵化，倘若恣意架空，則又失於妄言浮泛；正因虛實交錯，部分情節符合史事而顯具實，卻又大肆虛構俾使情節曲折，經由感染強大的藝術魅力，後世甚將《三國演義》視爲歷史事件之眞實進展。清人王侃（？－？），《江州筆談》慨言：「士大夫且據《演義》而爲之文，直不知有陳壽志者，可勝慨嘆。」〔註77〕如此評論，羅貫中反有喧賓奪主、謬誤史事之過。近世評論卻屢加讚譽，推崇小說藝術成果，不在於保存眞相，而在於穿插虛構兼能銜續史實，俾使作品流暢貫通，卻可不落俗套，成爲自有整體的敘事情境。《三國演義》承接史實以翻轉新事，後世再創，同能針對演義未盡之處，詳加補述，使其內容另有創境，亦或更合情理。

《三國演義》事件繁複，作者難以兼顧，常予讀者意猶未盡。因此，民間傳說三國佚事，部分故事描寫人物早年事蹟：《關公出世的傳說》、《諸葛亮出師》、《諸葛亮召親》、《趙子龍學藝》、《神童周瑜》；亦或下延時限，補充結局：《諸葛亮巧設葬身計》、《斬鄧艾》；甚或旁枝斜出，衍伸再創故事：《關羽爲何是瞇縫眼》、《關羽畫竹明志》、《制服周倉》、《張飛練字畫畫》、《張飛穿針》、《張飛與諸葛對啞謎》、《張飛審案》、《張飛智鬥曹操》、《劉備請客》、《諸葛亮和周瑜對詩》、《龐統和張飛酒》、《小喬題詩難周郎》。〔註78〕上述作品，各秉奇思，成爲自有脈絡的獨立作品；然而，故事意旨亦或時序事件，又可扣合三國情境，做爲原設事件之補充，或是事件癥結之說明，同是屬於「合

〔註75〕〔清〕章學誠，《丙辰箚記》，《叢書集成續編・20》，頁 706。
〔註76〕宋儉，《奇書四評》，頁 288。
〔註77〕朱一玄、劉毓忱，《三國演義資料匯編》，頁 99。
〔註78〕沈伯俊，《羅貫中與三國演義》，頁 214。

理補述」的創作類型。京劇藝術家蕭長華（1878－1967），曾經改編《赤壁鏖兵》，概括三國改編之五字要點：「攢、擇、補、刪、改」，即爲攢本子、擇頭緒、補殘缺、刪枝節、改不足。〔註79〕面對素材龐雜的三國故事，再創者勢必選擇可供再造的有效文本：鎖定目標事件、重點人物，針對原設闕疑而加強補述，或是端賴劇情而增添延展，加諸上述手法，即便故事架構換湯不換藥，仍可於滾瓜爛熟的舊作之中，極力翻轉出原設未及的新異述事。

　　上述故事，多爲口耳流傳；刻印成篇的文學作品，也曾採取相同模式，加以改撰三國故事，譬如陳舜臣《秘本三國志》。陳舜臣學貫中日、語言嫻熟，作品橫跨隨筆、評論、漢詩、小說、譯作，其所擅長的小說領域，除了歷史題材，更以推理小說《枯草之根》，榮獲第七回（1961）「江戶川亂步獎」；兩相結合，陳舜臣遂以歷史架構結合推理情境，重新解讀《二國演義》：

> 盤置青梅，一樽煮酒。二人對坐，開懷暢飲。酒至半酣，忽陰雲漠漠，聚雨將至。從人遙指天外龍掛，操與玄德憑欄觀之。操曰：「使君知龍之變化否……龍之爲物，可比世之英雄。玄德久歷四方，必知當世英雄。請試指言之。」……操曰：「夫英雄者，胸懷大志，腹有良謀，有包藏宇宙之機，吞吐天地之志者也。」玄德曰：「誰能當之？」操以手指玄德，後自指，曰：「今天下英雄，惟使君與操耳！」玄德聞言，吃了一驚，手中所執匙箸，不覺落於地下。時正值天雨將至，雷聲大作。玄德乃從容俯首拾箸曰：「一震之威，乃至於此。」〔註80〕

曹操與劉備煮酒論英雄，乃是三國經典情節；陳舜臣卻筆鋒一變、逕行逆轉：正因英雄相惜，遂而密謀合作。劉備投奔袁紹，非因敗戰小沛，實是作爲曹操間諜，暗中洩漏袁軍局勢，甚至誤導顏良，使其相信關羽只會虛應戰事，輕敵之下遂遭斬殺，肇使白馬之圍潰散。曹操吞併袁紹、北定河山，實是仰賴劉備佈局；諸葛亮卻覺不智，藉由〈隆中對〉析論天下局勢，方使劉備幡然醒悟應及早抽身，以免成爲利用殆盡的一方棋著，結盟因此坼裂，天下版圖轉爲三分鼎立，再次扣回演義情節。《秘本三國志》藉由「陰謀論」架構，重新審視史事發展，〔註81〕同時解釋兩點疑思：一是，曹操曾言：「今天下英

〔註79〕沈惠如，《從原創到改編——戲曲編劇的多重對話》，頁166。

〔註80〕古本小說集成委員會編，《古本小說集成‧三國志通俗演義（萬卷樓本）》，頁401-402。

〔註81〕「陰謀論」（conspiracism），意指對已成定見的歷史概況，提出迥異世俗的嶄新觀點，並將事件過程解讀爲刻意操縱的發展結果。史事發展，並非來自天

雄，唯使君與操耳。」既然認定對方可與爭鋒，篤志殲滅群雄的曹操，何又
厚待劉備、禮遇有加，未若曹操對待他人之趕盡殺絕？另一疑點，即是三國
故事之「關羽斬顏良」，《三國志》描述「羽望見良麾蓋，策馬刺良於萬眾之
中，斬其首還，紹諸將莫能當者。」〔註82〕《三國演義》更加渲染，「顏良正
在麾蓋下，見關公衝來，方欲問時，關公赤兔馬快，早已跑到面前；顏良措
手不及，被雲長手起一刀，刺於馬下」，〔註83〕關羽兵貴神速、秒殺顏良，足
見軍神武藝過人；然而，正史記載顏良爲「河北三雄」，聲名顯赫的百戰將軍，
何以輕易遭人擊殺？若以《三國演義》爲例，曾述徐晃戰平關羽，又言徐晃
不敵顏良，再言關羽速斬顏良，即便章回小說乃是虛多於實，單就邏輯卻也
前後矛盾。因此，正史、小說均令人難以信服，陳舜臣遂以「陰謀論」置入
解讀，俾使事件更爲合理，突破前人舊作論見。

　　《秘本三國志》尚有幾處改寫，同以「陰謀論」置入解讀：譬如「七擒
孟獲」，成爲諸葛亮與南蠻王的私下密約，一方以此提振士氣，另一方則藉由
臣服以博取更大自治權。又如蜀漢北伐，作者杜撰爲兩大權臣之利益交換：
諸葛亮憑藉北伐，俾使蜀漢成爲三國關鍵，不因國力貧弱而被邊緣化；司馬
懿則是唯恐兔死狗烹，仰賴前線戰事以使曹魏王朝投鼠忌器，不敢貿然剷除
司馬氏勢力。爾虞我詐的三國局勢，竟成精心構劃的串謀演出，歷史走向不
再隨機，英雄豪傑成爲主宰命運的關鍵推手；陳舜臣意圖突顯「人」的重要
性，藉由亂世背景的小說情節，追尋恆定久遠的最終價值：始於人心深處的
堅持與志向。

　　上番改造，同見於漫畫《諸葛孔明時之地平線》，〔註84〕此書以諸葛亮爲
主角，杜撰諸多情事：先是曹操屠城造成孔明流離，憎恨此人不共戴天，再
言曹操求賢徵召臥龍，但因理念不同，諸葛亮決定輔佐劉備。肇因幼時經歷，
諸葛亮成爲憎惡戰爭的反戰主義者，遂與孟獲協商，意圖建立「前所未有的
自治政策，無論越、昆明、苗族、漢族，都能對等地維持和平」；〔註85〕之後，

　　　　意宿命，也非來自變因加乘；實際上，乃由某些團體從中斡旋，遂使事件成
　　　　爲既定樣貌，特定團體從中獲得好處，普凡大眾卻一味認爲，此乃歷史推衍
　　　　的必然結果。
〔註82〕〔西晉〕陳壽著，〔南朝宋〕裴松之注，《新校本三國志注附索引》，頁939。
〔註83〕古本小說集成委員會編，《古本小說集成・三國志通俗演義（萬卷樓本）》，頁479。
〔註84〕按照時間推算，應是漫畫仿造小說情節：陳舜臣《秘本三國志》以連載方式，刊
　　　　於《文藝春秋》，起於1974年；諏訪綠《諸葛孔明時之地平線》，則始於2000年。
〔註85〕諏訪綠，《諸葛孔明時之地平線・14》，頁73。

又於沉痾之際，贈送女裝於司馬懿，乃是承襲演義所述：「孔明乃取巾幗並婦人縞素之服，盛於大盒之內，修書一封，遣人送至魏寨。」〔註86〕卻又杜撰原因，實為方便司馬懿喬裝婦孺、潛入蜀營，親赴諸葛亮以商討大事，兩人密約合作，蜀軍不再北伐，魏軍切莫追擊，諸葛亮甚言：「國家如果能『和平統一』，無論是哪個王朝接手都一樣」，〔註87〕相較於興復漢室，諸葛亮更在乎蒼生安樂。作品承接演義架構，卻又竄改其中詳情，渾然流暢而另有新解，同為「合理補述」之改編手法。

　　另部漫畫《曹操孟德正傳》，則是串聯本無相關的多件史事：先述曹操、袁紹劫奪新娘，曹操與此女萌生情愫、珠胎暗結，此女後來成為嬪妃王美人，誕下一子劉協；多年之後，獻帝知曉真相卻不願承認，密詔張繡暗殺曹操，曹操僥倖逃脫之後，於雷雨之際將真相告訴劉備，遂使對方聞而驚箸……上述情節，援引《世說新語》、《三國志》、《華陽國志》多件史事，經由作者增補細節，遂使劇情緊密扣合，甚至震撼人心，確實體現史事新詮。作者大西巷一（1973－），自剖創作意圖：

　　　我必須先聲明，獻帝其實是曹操的兒子（或許吧），這一點是我虛構的。雖然書名說是『正傳』，不過本作品是虛構的故事。雖然基於史實，還是穿插了一些虛構的情節。要了解曹操這號人物，他與漢王室之間的關係是非常重要的主軸，「皇帝」、「天子」這個人給當時的人們所帶來的感覺有多麼的重要，對於我們生活在現代的人來說是很難以理解的。筆者本身的想法是與其去描繪無法理解的關係，不如將它置換成可以理解的關係，這種嘗試成功與否，就只能夠靠各位讀者去判斷了。〔註88〕

作者自言，為利讀者感同身受，遂而錯亂人物關係；如此一來，造使角色衝突加劇，故事湧現高潮，卻又巧妙銜合史實，雖屬虛構卻也邏輯貫通，令人耳目一新。

　　三國故事膾炙人口，卻也存有諸多疑點，「逝者已矣」難以回溯，「來者可追」更見紛紜；譬如網路文章：〈趙雲是女人論〉，〔註89〕開頭明言「1999

〔註86〕　古本小說集成委員會編，《古本小說集成・三國志通俗演義（萬卷樓本）》，頁1598。
〔註87〕　諏訪綠，《諸葛孔明時之地平線・14》，頁251。
〔註88〕　大西巷一，《曹操孟德正傳・3》（臺北：東立，2006），頁208。
〔註89〕　「趙雲是女人論」：
　　　　　http://evchk.wikia.com/wiki/%E3%80%8C%E8%B6%99%E9%9B%B2%E6%98
　　　　　%AF%E5%A5%B3%E4%BA%BA%E3%80%8D%E8%AB%96（2015.02.24）。

年 3 月，中央政府的一支考古隊伍將劉備墓出土，發現了一大批東漢末年的文物」，肇因劉備手稿，發現趙雲乃爲女扮男裝的巾幗英雄。文章析論諸多疑點：譬如，同是身庇幼兒、突圍戰場，何以呂布攜女無法殺出重圍，趙雲懷抱嗣子卻可單騎破敵營？又如，趙雲跟隨公孫瓚回京覆命，劉備竟是「知其不反，捉手而別」；〔註90〕曹操追擊長坂，也曾下令「如趙雲到，不許放冷箭，只要捉活」，〔註91〕引領群傑的此二梟雄，何以獨鍾趙雲？此外，趙雲面對美色卻能不動於心，毅然拒納國色樊氏，相較於張飛強擄民女、關羽乞娶秦宜祿之妻，以及曹操四處獵豔，亦或呂布難過美人關，更加突顯趙雲動心忍性，儼然柳下惠坐懷不亂？綜合上述，網友推論箇中眞相，在於趙雲乃爲喬扮男子的戎裝麗人。但是，仔細覽閱文章，便會發現疏漏甚多，除卻無中生有的考古報告、倒果爲因的武斷推論，最大瑕疵在於錯雜史實與傳說，反將虛構杜撰的小說家語，誤爲證據確鑿的關鍵癥結；所謂虛構，便是「在已有的材料分析、推理的基礎上，對可能發生之事的創作。」〔註92〕如此一來，虛實交錯、眞假撲朔，加上諸多網友未經查證便逕行轉貼，至今已成熱門文章；部分網友提出疑義，也有讀者深信不疑，漫畫《超三國志霸－LORD》承接異說，將威震萬軍的常山趙子龍，設定成喬裝上陣的三國花木蘭。故事描述，趙雲雖爲婦孺，卻秉懷雄心，因此身披鎧甲、矯拈鬚鬢，投身軍旅以殲滅讎敵；偶然與劉備相遇相知，感佩其仁者雄心，朝夕相處也漸生男女情愫。歷朝謳歌蜀漢，多是讚譽君臣忠義，作者武論尊（1947－）卻顛覆常情，反將趙雲投誠於劉備麾下，逕自解讀爲兒女情感，以證趙雲全心奉獻，效忠劉備的堅定情誼。肇因性別逆轉，作品旁生枝節，虛撰趙雲遭呂布染指，爾後珠胎暗結，生下一子名爲關平；藉此銜合史實：東漢興平二年（195），呂布敗逃之後投靠劉備，頗爲敬重且稱其爲弟，不久卻又襲取下邳，俘虜劉備妻兒作爲人質。呂布爲人反覆、寡恩薄情，漫畫卻另行詮釋爲情敵廝殺，呂布甚言：「勝負並不是要拼個你死我活，只是爲了搶回那女人的心，證明我的一切，都凌駕在劉備玄德這個人之上」。〔註93〕因此，前文所謂「合理補述」，尙有不同狀況：部分作品之更動篡改，是爲彌補原設缺漏，俾使故事更合情理；有些三國故事之改造，卻是離經叛道、令人咋舌，但因結合史事始末，乍看

〔註90〕〔西晉〕陳壽著，〔南朝宋〕裴松之注，《新校本三國志注附索引》，頁 949。
〔註91〕古本小說集成委員會編，《古本小說集成・三國志通俗演義（萬卷樓本）》，頁 810。
〔註92〕鍾大豐、潘若簡、莊宇新主編，《電影理論：新的詮釋與話語》，頁 390。
〔註93〕武論尊作，池上遼一畫，《超三國志霸－LORD・7》（臺北：東立，2007），頁 9。

之下，同可視為概定史實的另番解讀，只是端賴讀者能否接受。

　　更動演義內容，以使事件過程流暢合理，於戲劇改編更為常見；電視劇《三國演義》，大致參照原著，甚至考核時代，修正演義瑕誤，力圖呈顯三國真貌；此劇卻也自創新角、異動敘事，即為四十八回「宴長江曹操賦詩」：

> 時操已醉，乃取槊立於船上，以酒奠於江中，滿飲三爵，橫槊謂諸將曰……忽座間一人進曰：「大軍相當之際，將士用命之時，丞相何故出此不吉之言？」操視之，乃揚州刺史，沛國相人：姓劉，名馥，字元穎。馥起自合淝，創立州治，聚逃散之民，立學校，廣屯田，興治教，久事曹操，多立功績。當下操橫槊問曰：「吾言有何不吉？」馥曰：「『月明星稀，烏鵲南飛，遶樹三匝，無枝可依。』此不吉之言。」操大怒曰：「汝安敢敗吾興！」手起一槊，刺死劉馥。眾皆驚駭，遂罷宴。〔註94〕

《三國演義》描述，劉馥忠言逆耳、逢主之怒，出言不遜死於曹操長槊；倘若循照史實，劉馥為揚州刺史、鎮守合肥，不曾隨軍討伐荊州，更不可能參與江上酒宴。因此，《三國演義》電視劇，自創新角師勖，取代劉馥之言論。一來，師勖身為樂師，理當參與宴會，彈奏雅樂以助興；二來，師勖地位低下，單憑數句「不吉之言」，觸怒主君、慘遭殛刑，更加合乎邏輯。編劇捏造新角，不僅保留原作劇情，並且更顯情理貫通。〔註95〕因此，調整、異動部分情節，實是有助故事推展，同能避免突兀劇情。

　　時至 2010 年，歷史大劇《三國》，同是演述三國，卻是恣意顛改，極盡增添稗官野語，譬如曹植私通甄氏、尚香留情陸遜、魚水之情齟齬、貂蟬自殺殉情；並對「鳳雛殞命落鳳坡」，大肆竄改其中癥結：

> 玄德曰：「吾所疑者，孔明之書也。軍師還守涪關，如何？」龐統大笑曰：「主公被孔明所惑矣。彼不欲令統獨成大功，故作此言以疑主公之心。」……玄德跳下馬，自來籠住那馬。玄德曰：「軍師何故乘此劣馬？」龐統曰：「此馬乘久，不曾如此。」玄德曰：「臨陣眼生，誤人性命。吾所騎白馬，性極馴熟。軍師可騎，萬無一失。劣馬吾自乘之。」遂與龐統更換所騎之馬。〔註96〕

〔註94〕古本小說集成委員會編，《古本小說集成・三國志通俗演義（萬卷樓本）》，頁906。
〔註95〕沈伯俊，《神遊三國》，頁161。
〔註96〕古本小說集成委員會編，《古本小說集成・三國志通俗演義（萬卷樓本）》，頁1179-1180。

《三國演義》之中，龐統亟欲建功，加上臨陣換馬，遂使張任軍團誤認其為劉備，箭如飛蝗、大開殺戒，尚未建功的鳳雛，僅成夭折雛鳥、憾恨以終；電視劇《三國》摹述此段，卻言龐統執意領兵，自願換馬前行，並且急欲擺脫魏延，甚至留有遺書一封，可見龐統執意赴死，利用己身命喪沙場，成全劉備攻取西川之正當理由。〔註97〕《三國》之中，劉備意圖奪取川蜀，以成天下三分之計，卻又擔心師出無名、毀仁敗義，只能徒然錯失良機；龐統暗中佈局、逆轉情勢，並於遺書自述心路：

> 主公，張松是我出賣的。目的就是逼劉璋對主公動手，主公不是擔心出師無名嗎？現在主公出師有名了，劉璋恩將仇報，在主公退軍路上設伏，並殺死了你的軍師，主公以此為名攻取西川，足以說服天下人了吧，足以說服主公自己了吧！前面是死谷落鳳坡，那是我們回荊州的路上，最適合伏兵的地方，也是上天留給我的最佳墓地。〔註98〕

由此可見，龐統殞落並非意外，而是精心構畫的一盤險棋；如此改寫，全然顛覆演義情節，卻又扣合史實脈絡，縱使心生異議，也無憑證直指其非。筆者認為，此番改寫合理通暢，龐統智略更攀高峰；照理來說，「鳳雛」、「臥龍」既是相提並論，才華應屬勢均力敵，卻因羅貫中過度推崇諸葛亮，反使龐統虛晃一招，僅成略施小計的早夭說客。此外，《三國》此劇，龐統於赤壁戰後才登場，劇情內容又刪去涪水關一戰，倘無落鳳坡之計，龐統全無發揮空間。因此，部分改編作品之情節異動，俾助角色形貌更為突出，劇情發展更顯深化。

劇情合理補述，尚因修改之後的必要處理：前部劇情已遭改編，後續情節必將變化，為求劇情通貫合理，遂將突兀之處略做調整。譬如，漫畫《霸王之劍》省略朝廷斡旋之事，直述關東聯軍對戰董卓，下述情節遂無疾而終：

> 酒行數巡，卓拔劍曰：「今上闇弱，不可以奉宗廟；吾將依伊尹、霍光故事，廢帝為弘農王，立陳留王皇帝。有不從者斬！」群臣惶怖莫敢對。中軍校尉袁紹挺身出曰：「今上即位未幾，並無失德；汝欲廢嫡立庶，非反而何？」卓怒曰：「天下事在我！我今為之，誰敢不從？汝視我之劍不利否？」袁紹亦拔劍曰：「汝劍利，吾劍未嘗不利！」兩個在筵上對敵。〔註99〕

〔註97〕 莊志文，〈電視劇《三國》的人物分析〉（新竹：玄奘大學中國語文學系碩士論文，2012），頁89。
〔註98〕 高希希導演，朱蘇進編劇，《三國·66》。
〔註99〕 古本小說集成委員會編，《古本小說集成·三國志通俗演義（萬卷樓本）》，頁62。

改編漫畫卻不願割捨上述情事，遂於關卡之前，同見董卓拔劍威嚇，卻是曹操挺身阻撓：「我的劍跟你一樣，也很鋒利！」〔註100〕如此改動劇情，既可兼併史料以加快節奏，又可藉機強化人物性格，遂被廣泛應用於娛樂改編，雖是效率之舉，也易成顛錯史事之誤，惹來諸多非議。譬如《BB戰士三國傳：風雲豪傑篇》，敘述關東聯軍進攻洛陽，卻見典韋誓死守衛曹操，時空錯亂以演繹宛城之戰；又如《新三國志》，追擊黃巾黨之時，劉備、曹操互生齟齬，遂見關羽對戰夏侯惇，提前上演關羽千里行之最終決戰。上述數例，均為加速節奏，亦或製造高潮，遂將經典橋段錯亂時序，提前搬演以饗讀者。

　　尚有一種改編作品之合理補述，肇因於《三國演義》之情節反動，尤以荒謬無稽的鬼神之說。《三國演義》源生民間，加上封建中國之傳統思維，羅貫中雖是講述有所憑據的歷史故事，卻又兼雜讖緯奇譚，譬如赤壁大戰之大文異象，亦或關羽索命以致呂蒙暴斃，均是怪力亂神之說。時至今日，部分觀眾猶仍驚懼鬼神，卻有更多觀眾秉持科學證據、理性思考，遂對《三國演義》的鬼神情節，嗤之以鼻，視之為敗筆。吉川英治便言：

> 無論是五行觀或星宿學，都是在中國黃土大地上的老百姓累世以來根深柢固的信仰，也是構成他們宇宙觀的基礎，甚而已和他們的人生觀結合，因此若加以否定，則《三國演義》的全書架構也就無由成立……筆者改寫之後的《三國志》既然不可免於這方面的描述，因而每當遇到相關情節時，總是備感吃力，一方面也是因為這一部分對現代的讀者而言，難免會視之怪力亂神的異說。〔註101〕

現今改編，雖使史事發展不變，癥結卻是更顯合理、更具邏輯。例如赤壁前夕，本為濃霧瀰江，孔明甚言「亮於三日前已算定，今日有大霧」，〔註102〕開戰前刻轉為天朗氣清，俾利吳軍攻勢，全由孔明運擘掌中，視為仙道實不為過；漫畫《龍狼傳》之「龍娘娘」泉真澄，卻是憑藉20世紀的科學常識，擘析此乃自然現象：「江上大霧，起因為地表空氣冷於河水，所生之『蒸發霧』現象，天氣不回昇，霧便不會散去。此刻正是秋冬之際，溫度落差較為懸殊，等到進入冬季，霧氣便會散去。」〔註103〕電影《赤壁：決戰天下》，同見諸葛亮科學論見：

〔註100〕塀內夏子，《霸王之劍・3》（臺北：東立，2005），頁150。
〔註101〕〔日〕吉川英治著，鍾憲譯，〈諸葛菜〉，《三國英雄傳・10》，頁373。
〔註102〕古本小說集成委員會編，《古本小說集成・三國志通俗演義（萬卷樓本）》，頁876。
〔註103〕山原義人，《龍狼傳・10》（臺北：東立，1999），頁60。

「東方黑氣攔遮，此爲太陽晶伏氣，名曰欻火伏氣，都是風向要轉變的癥兆，以我多年種田的經驗，若逢暖冬又看得見欻火伏氣這景象，那麼長江沿岸的九個山險水闊之處，會吹起陸湖風，就是暖暖的東南風。」〔註104〕霧氣瞬散、風向翻轉，並非來自人爲操縱，單單只是自然變化，作者摒棄奇門遁甲之說，藉由當代知識置入作品，邏輯通暢合宜，更能貼切當代讀者的認知感受。

《三國演義》另述，肇因東吳襲取荊州，關羽戰敗遂遭斬首，一代戰將心有不甘，化爲幽魂附託敵將：

> 呂蒙接酒欲飲，忽然擲盃於地，一手揪住孫權，厲聲大罵曰：「碧眼小兒！紫髯鼠輩，還識我否？」眾將大驚。急救時，蒙推倒孫權，大步前進，坐於孫權位上，兩眉倒豎，雙眼圓睜，大喝曰：「我自破黃巾以來，縱橫天下三十餘年，今被汝一旦以奸計圖我，我生不能啖汝之肉，死當追呂賊之魂！我乃漢壽亭侯關雲長也。」權大驚，慌忙率大小將士，皆下拜。只見呂蒙倒於地上，七竅流血而死。〔註105〕

端視上述，呂蒙之死在於關羽顯靈，遂使百姓敬畏軍神，奉爲關聖帝君、伏魔大聖、伽藍菩薩……種種法號；電視劇《三國》則述孫權下令勿殺關羽，呂蒙卻因私仇齟齬、痛下殺機，再言呂蒙暴斃於宴席，改由陸遜接任都督，但看張昭苦心勸告：「（大都督）違抗主公軍令，一意孤行，置東吳於危機之中，死了也是上天報應！」〔註106〕章回小說將呂蒙之死歸咎於亡魂索命，當今電視劇另有見解，認爲呂蒙大罪在於殘殺盟將，造使吳蜀同盟破局，遂令吳國腹背受敵，實爲不智之舉；呂蒙突然暴斃，並非鬼神詛咒，更可能來自孫權暗殺，以此懲戒不服命令的狂傲將領，〔註107〕張昭提醒陸遜，軍權在握也不得逾越分寸，以免引發吳王殺機，反倒葬送自身小命。此般改寫，脫離幽冥玄說，變爲宮廷內鬥的權謀暗殺，得使觀眾信服，俾使劇情得當，同時切合當代思潮之嶄新解讀。

（二）文武調置

沈惠如重編京劇《水滸英義》，歸納戲曲修編的四點方向：一、武戲文編。二、人物深化。三、挖掘素材。四、翻案新詮。〔註108〕中國劇曲，必須奠基

〔註104〕吳宇森導演，陳汗編劇，《赤壁：決戰天下》。
〔註105〕古本小說集成委員會編，《古本小說集成·三國志通俗演義（萬卷樓本）》，頁1451-1454。
〔註106〕高希希導演，朱蘇進編劇，《三國·72》。
〔註107〕莊志文，〈電視劇《三國》的人物分析〉，頁104。
〔註108〕沈惠如，《從原創到改編——戲曲編劇的多重對話》，頁68。

演員四項基本功：唱、做、念、打，唱爲曲文演唱，做爲形體動作，念爲說詞口白，打爲武打身段，四者搭配合宜，演出方得成效；隨著觀衆口味挪改、演出形式調整、武生演員大幅減少、武戲劇碼逐年消頹，遂生「武戲文編」的因應之道：將原設作品之武打場景，改編爲文唱說白以詮釋之；相對而言，另有「文戲武編」的改造方式，則是文唱說白佐以舞蹈、武打，強調曲文之外的身體表現，俾使演出效果得以別生新貌，重新引發觀衆興趣。

當今三國題材，常見運用前述特點：武戲文編、文戲武編，均可得見，筆者稱此爲「文武調置」。首先，文戲武編之因，除卻轉換形式以達嶄新面貌，更能加快事件節奏，提升內容張力，尤以強調刺激的電玩作品，最爲常見。電玩《真・三國無雙》，玩家操縱三國英豪以大展殺戮，便是遊戲主要脈絡；即便牽涉情感，仍可改寫成熱血沸騰的戰鬥場景，端賴交戰勝負，決定事件成果。三國時代，豪傑梟雄邂逅絕代佳人的亂世戀歌，倘於傳統戲曲，多是訴諸才子佳人的深情對唱，摹寫其間情意綿綿；現今改編，經由遊戲廠商的文戲武編，凡事均可訴諸武鬥，愛情故事竟成「二喬奪還戰」、「月英獲得戰」、「美女亂舞戰」，但見有情人，個個成爲廝殺慘烈的格鬥高手。

「文戲武編」改造形式，不僅興盛於愛情場面，更能涉及經典橋段，譬如：王允巧設連環計、劉玄德三顧茅廬、兩軍師隔江鬥智、周瑜反間戲蔣幹，以及諸葛亮設套降迫麒麟兒，上述場景，但看《三國演義》之轉折跌宕，正是精彩所在；如同上述，本是內心思量之文戲描摹，同可改爲驚心動魄的戰鬥場面，即便過程如同原設，細節未見增添，結局如出一轍，卻因轉換詮釋手法，遂使舊調重彈的經典情節，得以造生新異風貌。世俗常言，「少不讀水滸，老不讀三國」，肇因三國虞詐縱橫，看破世事的沉穩老者，切莫再因三國訛詐，重燃心頭種種紛擾；因此，巧佈計謀之運籌帷幄，即是三國概定印象；綜觀妙計，最經典且爲人熟知，乃是貂蟬巧設美人計：

> 董卓自納貂蟬後，爲色所迷，月餘不出理事。卓偶染小疾，貂蟬衣不解帶，曲意逢迎，卓心愈喜。呂布入內問安，正值卓睡。貂蟬於床後探半身望布，以手指心，又以手指董卓，揮淚不止。布心如碎。卓朦朧雙目，見布注視床後，目不轉睛；回身一看，見貂蟬立於床後。卓大怒，叱布曰：「汝敢戲吾愛姬耶！喚左右逐出，今後不許入堂。」〔註109〕

〔註109〕古本小說集成委員會編，《古本小說集成・三國志通俗演義（萬卷樓本）》，頁149-150。

但看貂蟬心思玲瓏，巧妙周旋於董、呂之間，故作曖昧以挑起衝突，實為董卓傾覆的先行導火線。後世改編，譬如 1994 年《三國演義》、2010 年《三國》，兩部戲劇遵循原作，甚至大加渲染兒女情愛，遂於兵馬倥傯之中，添得一縷柔情。《妖姬三國》、《舞姬三國》、《夢貂蟬》……多款線上遊戲，〔註 110〕貂蟬依舊婀娜多姿，卻不再眉目傳情使兩雄廝鬥，反倒投身戰場，化身驍勇女戰士，手執武器大開殺戒，接連擊敗董卓、呂布、甚或王允等人，一一過關斬將，獲得最終勝利，即為「文戲武編」之例。

又如漫畫《一騎當千》，敘述劉備玄德尋訪諸葛孔明，協同關羽雲長、張飛翼德，前往鬥士修練之「桃源院」，此般情節，承襲於老少咸知的三顧茅廬：

> 玄德來到莊前下馬，親叩柴門，一童出問。玄德曰：「漢左將軍宜城亭侯領豫州牧皇叔劉備特來拜見先生。」……三人回至新野，過了數日，玄德使人探聽孔明。回報曰：「臥龍先生已回矣。」……玄德回新野之後，光陰荏苒，又早新春。乃令卜者揲蓍，選擇吉期，齋戒三日，薰沐更衣，再往臥龍岡謁孔明。〔註 111〕

漫畫先述關羽雲長隻身前往，親尋孔明祈求協助；卻於途中遭逢怪人，施行迷藥兼又拳腳過招，此名怪異老頭名為單福（即為徐庶），情節脫胎自《三國演義》的「元直走馬薦諸葛」，先有徐庶為引、後見孔明壓軸；差別在於，從人物的月旦，變為拳腳相向的擂台擊殺，劉備一行人必須過關斬將，方能造訪隱身在單福、黃忠之後的臥龍先生。經由「文戲武編」改造手法，劉玄德三顧茅廬之禮賢下士，反倒如同勇者鬥惡龍的歷險過程，自是別開生面、另添新趣。

至於「武戲文編」，則將《三國演義》之鏖戰壯景，不再鋪設廝殺械鬥，轉而探索人物心態，藉由外在衝突過程，形塑角色內心氛圍，或是細剖事件關鍵。《三國演義》全書，大小戰役接連迭生，事件衝突波鋒相連，尤以兩雄交鋒，更令讀者心迷神蕩：先有關羽斬華雄，後有三英鬥呂布，或見小霸王酣戰太史慈，亦有關雲長義釋黃漢忠，尚見張飛鬥張郃、馬超戰許褚、姜維廝鬥鄧艾、馬岱擊殺魏延、羊祜亦敵亦友以待陸抗，纏纏如貫珠，遍處均是武戲題材。常見作法，即是同以武鬥形式，摹述事件發展；倘若轉以「武戲文編」，將使劇情更為深入，卻也容易拖沓節奏，遂使熱血沸騰的英雄世界，

〔註 110〕蜂巢遊戲，《妖姬三國》（北京：蜂巢遊戲，2013）。
　　　　力量網路科技，《舞姬三國》（東京：SNSPLUS，2013）。
　　　　墨麟集團，《夢貂蟬》（臺北：G 妹遊戲，2014）。
〔註 111〕古本小說集成委員會編，《古本小說集成・三國志通俗演義（萬卷樓本）》，頁 702。

成爲迂迴行事的紙上談兵。筆者認爲，三國「武戲文編」可分爲三類：一是，沿用相同情節，卻變化技巧以重新詮釋，突顯作品新貌以便脫穎而出。譬如漫畫《漢晉春秋司馬仲達傳三國志司馬仲先生》，藉由司馬懿生平以述重要史事，〔註112〕此作詼諧逗趣，戰爭場景更成相聲吐槽，輕鬆交代源流始末；看似輕忽褻慢，實則考證歷歷，對於演義杜撰之虛實混淆，譬如連環計、空城計、草船借箭，常有附註說明，乃是論述嚴謹的改編之作，〔註113〕只是爲求風格醒目，遂於形式有所變化，因而造生「武戲文編」之感。

第二類「武戲文編」，則以戲劇作品最屬常態，源於有限資金，勢必調度、修改、縮減場景。《火鳳燎原》作者陳某，立志成爲電影導演，後來卻成漫畫家，雖是轉爲平面創作，畫面仍如電影取鏡，展現不同凡響的立體美學，陳某曾言：「在漫畫裡，我可以畫出要動用驚人資金，才能在電影中呈現的畫面；在漫畫中，我可以調用無數資金。」〔註114〕三國影劇改編，營造戰場、籌組佈景、遴選演員均需龐大資金，在在可見現實考量。1994 年《三國演義》電視劇，依循演義舊章，逐字論句搬演劇情；原汁原味獲得極多讚賞，卻也有人由此發難，認爲失卻改編意涵，更因台詞之文言套語，遂令觀眾倍感煩瑣。但是，《三國演義》全書雄景，逐鹿中原的浩瀚景態，赴諸實行卻極爲困難：取景不易、外拍顛簸、演員調度、以及龐大軍隊所需動員人海，絕非往昔劇組所能肩負；即便投資鉅額的 2010 年《三國》，也是改以電腦動畫，以便演繹戰爭事件。因此，電視劇《三國演義》之武戰場景，譬如趙雲七進七出、張飛喝斷長坂、關羽過關斬將，經典武戲常見削減、淡化，甚至改以英雄人物相互「叫」戰，取代千軍萬馬之奔騰實景，遂有觀眾嘲諷：「一眾英雄都有點嘴強功夫軟」，〔註115〕此種「武戲文編」，則是源於考量預算之不得已。

〔註112〕此書爲之日文原名：《漢晉春秋司馬仲達伝三国志しばちゅうさん》，「しばちゅう」即爲「司馬仲」，源自於「司馬懿仲達」之簡稱。

〔註113〕《漢晉春秋司馬仲達傳三國志司馬仲先生》，曾介紹「《典論》：是史上第一本文學評論集，全 100 篇，但現存的只有 19 篇」、「曹丕讓趙咨帶回去的賞賜品有這些：馬一匹、白氀子裘一領、石蜜五斛、鮿魚千枚。氀又稱爲黃鼠，是一種齧齒類。」上述內容，有別漫畫用語之簡淺明白，反是考證歷歷。（末弘《漢晉春秋司馬仲達傳三國志司馬仲先生·1》（臺北：東立，2013），頁 48-49。）

〔註114〕王蘭芬，〈創造新三國熱潮的漫畫家　現身說法　陳某今天亮相〉，《民生報》，2003.02.11。

〔註115〕「王扶林親戰三國　鮑國安演活曹操」：http://www.sanguocn.com/article-1002-4.html（2015.05.02）。

「武戲文編」第三類型，源於作者有意爲之：史實記載的既存戰役，早已蔚爲經典場景，讀者總能指數細節，宛若親臨現場；再創者不甘鸚鵡學舌以搬演舊作，與其在乎戰情發展，更欲探討關鍵角色之參戰心態，轉而深析人物思維，遂成「武戲文編」之新詮。譬如《諸葛孔明時之地平線》，僅用一頁交代博望坡戰役，卻詳加描摹諸葛亮哀祭死者之罪惡不捨，藉此抒發反戰思想。另部漫畫《異鄉之草》，黃忠自言「想變成岩石」，趙雲不解其意；直至定軍山之戰，黃忠一刀了結夏侯淵，同時殺了前來救父的夏侯榮，因此回想陣亡沙場的幼子黃敘，老淚縱橫、悔恨交加，冀望能如岩石沉重、堅硬、紋風不動；作者藉由戰事，側寫戰將內心糾葛，及其戮殺生命的罪惡感。又如《三國戀戰記》，誤入異世界的少女山田花，擁有預測戰情的神祕天書，俾助陣營所向無敵；然而，此部電玩、及其衍生漫畫，並未著重戰策運用，反是偏重人物心情，對於戰爭所生感觸，以及各自秉持的交戰初衷，遂將廝戰實況轉爲情懷渲染，即是「武戲文編」之態。亦如《火鳳燎原》，作者陳某雖是演繹戰事之高手，卻未荒廢人物內心。筆下呂布，先是剷除異己溺殺董璜、後又洛陽兵變弒殺董卓、再則奪取小沛、最末兵敗下邳，作者鋪畫戰事流程，卻也預設空間以深入內心，細膩揣摩一代戰神的內心世界，俾使人物血肉豐足、角色形貌厚實多元，同是屬於「武戲文編」。

（三）異動結局

何謂結局？眾所皆知，乃爲故事最後局勢。直至劇情結束，方得察見最終歸結；對於作者，故事結局卻可能是最早擘畫的預設目標。作者通常先畫靶心、後製外環，預設結局再回推全文脈絡，適時增添伏筆暗線，以使故事水到渠成，巧妙銜合於早已確定的最終章。《三國演義》即爲如此，所謂三國，應是赤壁戰後之三方盤據，擘制行政並即位稱王，「三個國家」方始成形。羅貫中除卻三國爭霸，更加前承桓靈亂政，後敘司馬篡祚，意欲呈顯「合久必分、分久必合」的歷史循環；作者心中預存目標，結局早已了然於心，前述種種都爲鋪疊。柴田鍊三郎《三國志》，同是預設結局再行回溯；柴田此作，類似吉川英治《三國志》，均是譯撰夾雜的半自創形式，卻於演義第 91 回嘎然而止，正是「祭瀘水漢相班師，伐中原武侯上表」，乃爲諸葛亮北伐前夕，後續劇情仍見高潮迭起：天水降伏麒麟兒、街亭揮淚斬馬謖、武侯虛晃空城計，以及最爲震撼之「隕大星漢丞相歸天，見木像魏都督喪膽」，萬千讀者既爲丞相殞世而痛哭，卻又再

次懾服諸葛孔明的神機妙算。柴田三國志，罔顧後文就此作結，他說：「（柴田《三國志》）於『伐中原武侯上表』此處擱筆，看似作者的任性。其實，準備寫《三國志》時，就已經決定要在此擱筆。甚至可以說，我是爲了寫孔明上表、出征伐魏的經典場面，才提筆創作《三國志》。」〔註116〕對於所有創作者，無論題材根源何方，當其編纂、撰述之際，所有元素全由作者操控，即是主宰作品的唯一神祇，其中，自然包括對於結局的規劃。

　　《三國演義》爲確切存在的歷史事件，縱使羅貫中恣意增添、觀點偏頗，結局終究回歸歷史：蜀、魏、吳相繼滅亡，鼎足三分成夢，徒留後世嗟吁。讀者不甘英雄結局蕭條，尤以深受「尊蜀抑魏」影響之中華文化圈，除卻慨歎於心，更有讀者另起爐灶，逆轉結局以明心志。許麗芳（？－）認爲：就實用角度，文類代表著一種「契約」，即是投讀者所好，滿足其心理期待（horizon of expectation）；〔註117〕因此，改編者重寫結局，除了立意圖突破，更是投其所好，滿足大眾對於三國結局的另番想望。明清之際，蒲松齡（1640－1715）另創《快曲》四聯：〈遣將〉、〈快境〉、〈慶功〉、〈燒耳〉，承續《三國演義》曹操敗走華容道，關羽阻撓卻又不忍下手，此時張飛縱馬殺出，一矛刺死曹操。蜀將回營獻功，高懸曹操首級並射箭爲樂，又將曹操之耳烹燒嚼咬、以洩憤恨。情節誇張且背離史實，蒲松齡也於卷末自云：「天下事不必定是有，好事在人做。殺了司馬懿，滅了曹操後，雖然撈不著，咱且快活口。」〔註118〕可見此作只爲抒發心性、自娛自樂；此般心態，如同當代盛行之「迷文化」：

> 著迷的讀者在閱讀之際，會因過度的愛，所生慾望無法被（原作）滿
> 足的狀態，爲了解決這樣的匱乏，「偷獵」著迷的作品，依循自己的
> 詮釋加以改寫、再創作，並在這過程中追求充滿熱情的快感……換言
> 之，在迷文化的閱讀中，存在著認同感與滿足匱乏的熱情。〔註119〕

迷文化（fandom），意指熱衷相同事物的崇拜者，對於特定領域擁有豐富見解，相互交流、分享新知，亦或互相競爭，藉此顯現過人狂熱；當代之同人活動、影視娛樂、運動競賽、蒐集物品、甚至冷僻學科的專業交流，均見「迷文化」

〔註116〕轉引自邱嶺、吳芳齡，《三國演義在日本》，頁69。
〔註117〕許麗芳，《章回小說的歷史書寫：以三國演義語水滸傳的敘事爲例》，頁156。
〔註118〕盛偉編，《蒲松齡全集》（上海：上海學林，1998），頁2755。
〔註119〕李衣雲，《漫畫的文化研究》，頁146。

鼎盛。《三國演義》同有迷文化現象，萬千讀者沉迷此作，不僅熟稔章回劇情，甚至意猶未盡，「盜獵文本」（textual poaching）以改撰再造，逕行顛覆章節結局，俾使自身獲得滿足，即是「迷文化」之確切展現。如同蒲松齡《快曲》，並非立意翻案，而是藉由文學想像，療慰心中未盡理想。

　　時至民國，又有周大荒《反三國演義》，秉持「帝蜀寇魏」之史觀，呈現歷代讀者的渴求，他們「聞劉玄德敗，頻蹙有出涕者；聞曹操敗，則喜暢快。」〔註120〕宋元以來，受到話本影響，同情標榜仁義的蜀漢，鄙視奸佞篡謀的曹魏，然而史實已定，無力回天。周大荒身處民國初年，面對皇朝衰頹、新政矗立，軍閥各擁兵權、驕矜圖謀，正如群魔橫行的三國亂世，遂使文人心有戚戚焉；同處紛亂世道，更加企求王道復立，聖君再起以拯天下黎民；遂將此念寄託文字，冀能扭轉史局以復興漢祚。周大荒以蜀國稱帝爲改造之果，因此反推敗因，自「元直走馬薦諸葛」大爲翻轉：包括徐庶中計奔曹營、龐統殞落落風坡、關雲長敗走麥城、劉備遁敗白帝城，以及劉禪昏愚誤朝政，所有敗因均被一筆勾去，並以馬超、趙雲爲新篇主角，屢戰告捷以殲滅敵軍，最終收復故土，達成蜀漢一統。眾所憎惡的敵對陣營，爲求宣洩群眾恚恨，自是下場悲慘，譬如呂蒙陣亡沙場、曹丕兵敗自殺、司馬懿落入孔明計謀，最後慘遭地雷炸死，馬超甚至掘盡曹操七十二疑塚，平復家族血恨。《反三國演義》延續角色塑造，劇情卻全然偏離，處處歌頌蜀軍神武，大肆醜化曹魏陣營，甚至顛覆史實，改寫蜀漢併吞天下，滿足作者崇蜀仇魏之史觀。如此改寫，反倒失卻三國傾軋的精彩張力，藝術效果遠不如《三國演義》，卻也顯現妄想結局之狂熱愛好。

　　三國故事，同樣風靡日本，同有讀者不滿結局因而大肆改造。1992 年，伴野朗發表《孔明未死》，結局翻轉關鍵，在於保全馬謖與孔明未死。內容敘述，諸葛亮北伐之際，病勢沉痾，幸得眾人照料而康復無恙，並與馬謖暗中協合，大破司馬懿陣法，直取許昌獲得勝利。此書與《反三國演義》如出一轍，均是抗拒史實結局，而將天命歸於蜀漢；倘就作品蘊意，邱嶺、吳芳齡認爲：「（改造結局）中國人是出於言志的需要，日本人是出於對弱者的同情。」〔註121〕中國讀者欣賞蜀漢，因其具備忠義仁德，《三國演義》描述蜀國，無論是關羽千里護兄嫂，亦或趙雲單騎救幼主，甚或孔明受託六尺之孤，徐母剛

〔註120〕〔北宋〕蘇軾，《東坡志林》，頁 7。
〔註121〕邱嶺、吳芳齡，《三國演義在日本》，頁 78。

烈訓子明志，在在符合「五倫」至善，遂使蜀漢人物，備受中國推崇。而於東瀛島國，另有喜好觀點，大和民族讚賞光榮盛景，卻更加心醉於悲壯美學；因此，蜀漢延續漢祚但不敵天命捉弄，兵敗如山倒之壯烈慘惻，同樣符合日本的物哀美學。中日觀點雖有紛歧，卻是殊途同歸，均以改造結局，表達對於蜀漢的支持與同情。

　　翻轉史局之前，必先構思擘劃：逆轉何處癥結，方能弭平禍源敗因？人之常言，「早知如此」則可趨吉避凶；三國之人，也常見此番感慨。《三國志》記載，曹操兵敗赤壁，慨然悲嘆：「郭奉孝在，不使孤至此！」〔註122〕天才軍師的殞落，造使曹操誤中圈套，進軍江南的野心，就此湮滅於江面大火。無獨有偶，麥城戰後，劉備眼見關羽遭戮，決意毀棄同盟、興師伐吳，文武大臣臣紛紛諫阻，劉備猶然一意孤行，導致兵敗夷陵，蜀軍士氣更為潰散；諸葛亮為此惻嘆：「法孝直若在，則能制主上，令不東行。就復東行，必不傾危也。」〔註123〕諸葛亮洞見先機，早知二虎相鬥必有一傷。太和二年（228）街亭之戰，深謀熟慮的蜀漢丞相，卻又懊悔自身決策：

> 參軍蔣琬自成都至，見武士欲斬馬謖，大驚，高叫：「留人！」入見孔明曰：「昔楚殺得臣而文公喜。今天下未定，而戮智謀之臣，豈不可惜乎？」孔明流涕而答曰：「昔孫武所以能制勝於天下者，用法明也。今四方分爭，兵戈方始，若復廢法，何以討賊耶？合當斬之。」須臾，武士獻馬謖首級於階下。孔明大哭不已。蔣琬問曰：「今幼常得罪，既正軍法，丞相何故哭耶？」孔明曰：「吾非為馬謖而哭。吾想先帝在白帝城臨危之時，曾囑吾曰：『馬謖言過其實，不可大用。』今果應此言。乃深恨己之不明，追思先帝之言，因此痛哭耳！」〔註124〕

倘若諸葛亮審慎遣將，北伐戰線不至潰敗，蜀漢得以長驅直入、逕取許昌，三國情勢就此逆轉。時光無法倒流，千金難買早知道，往昔豪傑與今朝後輩，只能接受歷史定局；普羅大眾的無奈感傷，蔚為集體趨勢，遂使廠商覓得商機。電玩遊戲肇因軟體即時運算，雖是演繹三國史事，卻可同時提供多種路線，端賴玩家操作遊戲，是否集合必備要素，即可開啟有別史實的假想結局。譬如《真・三國無雙》系列，為達求新求變，每代作品均須另創賣點，遂於

〔註122〕〔西晉〕陳壽著，〔南朝宋〕裴松之注，《新校本三國志注附索引》，頁435。
〔註123〕〔西晉〕陳壽著，〔南朝宋〕裴松之注，《新校本三國志注附索引》，頁962。
〔註124〕古本小說集成委員會編，《古本小說集成・三國志通俗演義（萬卷樓本）》，頁1342。

《眞‧三國無雙7》，廠商仿效戰略模擬，另行開發架空幻想的「IF 結局」；玩家選擇 IF 路線，只要滿足特定條件，便可改變史實、引發新況：郭嘉得以不死，孫策長鎮江東，赤壁之火湮然熄滅，水淹七軍僅成空談，決定勝敗的關鍵變因，均能操諸玩家掌中。一個環節的改變，必將影響後續連動——東風不來，三分天下是否只成幻局？子午谷奇謀奏效，漢末江山是否改由蜀國獨霸？愛德華‧佛斯特有云：「身爲一則故事，它唯一的價值，是激使讀者想知道後續發的興趣。反之，它也只能有一個過失：無法激起讀者想知道後續發展的興趣。」〔註 125〕已成定局的戰事發展，再三重述必將索然失味；文學批評家大衛‧洛吉，論述小說「驚奇」元素，同有剖析：「如果我們可以預測劇情裡所有的轉折，故事就不可能抓住我們的注意力了。轉折必須出乎意料，又得合理，亞里斯多德稱這種效果爲『邃變』（peripeteia），或是逆轉，指得是事物在突然間轉變爲相反的狀態。」〔註 126〕所謂轉折，可以是劇情發展過程，也能是歷史題材的原始結局；唯有跳脫既定印象，重新喚醒讀者好奇，藉由難以掌控的不確定感，方能增添新奇樂趣。讀者閱覽三國故事，共同慨歎的「假想」情境，藉由電腦軟體多元運算，竟可眞切實現。

　　翻轉結局，肇因既定結果難服人心，遂使再創者另闢蹊徑，滿足讀者渴望；尚有一種特殊類型，同樣改寫三國結局，乃因改編文本援引三國題材，卻又另闢焦點以盡情發揮，進而抒發無關三國的另類主題，譬如《三國戀戰記》與《三國群英傳》。前者屬於戀愛遊戲，玩家面對各具魅力的不同角色，逕行選擇以達相戀結局；因應玩家個別傾向，程式預設所有角色的相戀場景，遂見情事殊異的各種結尾。譬如，玩家選擇劉備，則會婚配成爲蜀漢皇后；若是抉擇孫權，無緣結合的劉備則會迎娶孫尚香，再度回歸史實結局。此外，爲免結局太過相似，尚會出現戰爭弭平、重回盛世的特殊結尾，更是罔顧歷史實貌。遊戲擅改三國結尾，卻無關於翻案欲望、讀者期待，乃因此作爲戀愛主題，玩家在意的故事結局，並非三國交戰亦或何人稱霸，而是最終匹配哪位角色。至於《三國群英傳》，屬於回合戰術遊戲，玩家化身不同梟雄，各自經營內政、佈局戰略、亦或結盟互利，肇因玩家多元選擇，遊戲預設多款結局，作爲各種勢力之稱霸終章；可見劉備率領五虎將收復中原，亦或孫吳艦隊逆流北上吞噬河山，尚有董卓復甦遂使天下蒼生永劫不復。多樣結局同

〔註 125〕〔英〕E. M. Forster 著，蘇希亞譯，《小說面面觀》，頁 50。
〔註 126〕〔英〕David Lodge 著，李維拉譯，《小說的五十堂課》，頁 100。

時並行，鞭策玩家努力達成預設條件，藉此增強遊戲變化，以及誘使玩家投身其中的驅動力。

二、新添

所謂新添，便是無中生有、虛撰情事。三國僅只百年，卻是牽涉複雜，除卻史書記傳，千百年來的改編再創，信手拈來均是題材，又何苦搜索枯腸，增添無稽之事？筆者認爲，原因有二：歷史容許多元解讀，以及創作者自主意識。首先，後世對於三國時代的瞭解，泰半來自史書記載，即爲《魏書》、《魏略》、《吳書》、《三國志》，卻不等同於三國時空的眞實呈顯。一來，當代之人身處歷史現場，礙於地理屏障、資訊流通、以及能力限囿，不可能全然瞭解三國之事；二來，史官亦或謄錄史事之人，身分地位必將決定所見所聞，同時影響對於事物之解讀、批判，甚或最基本的資料擇捨。﹝註127﹞歷史有太多的空白與模糊，好事者便可搜尋邊縫以增撰異事，讀者即使反對，也無法佐證必無此事；此種見縫插針，又以「愛情故事」最屬常見。情慾乃爲人性，兒女情長卻又難登大雅之堂，「有可能發生卻又失卻相關記載」——湮沒史蹟的愛情故事，恰好切合創作需求，遂於三國改編屢屢登場，甚至成爲情節特點。

此外，當代創作意圖，不再執迷於「經國大業，不朽盛事」之名山事業，而是如何博取觀眾的讚賞或批評。由於當代思潮影響，尤以後現代主義爲盛，讀者與作者不再臣服於文本權威，他們嘗試挑戰、更動、質疑，甚至全然顛覆，改以自身解讀爲基本架構。學者約翰・費斯克，認爲大眾文本應該是「生產者式的」（producerly），大眾文本所提供的不僅僅是一種意義的多元性，更在於閱讀方式以及消費模式的多元性。﹝註128﹞費斯克認爲文本具有再塑性，經典作品的迷人元素可一一拆解，逕行拼貼、組裝、錯置，轉變爲另有意涵的嶄新作品。前文所述之流行文化（popular culture），意指盛行當代的觀點、態度、標誌，藉由工業傳媒以傳播，譬如電視、電影、網路、出版社以及小眾交流文化圈（社團、結盟）。三國題材極爲盛行的影視動漫、大眾文學、同人作品，即是端賴上述平台爲載體；通常也於上述類型，查見承括作者意圖的「嶄新元素」、「文本互涉」，甚至成爲作品主旨。

﹝註127﹞周英雄，《小說・歷史・心理・人物》，頁48。
﹝註128﹞〔英〕John Fiske著，王曉珏、宋偉杰譯，《理解大眾文化》（北京：中央編譯，2001），頁171。

（一）嶄新元素

明代呂天成（1580－1617）《曲品》，收錄戲曲以評比等級；承繼孫鑛（1543－1613）「南戲十要」，評論優秀作品的必備要點：第一要事佳，第二要關目好，第三要頒出來好，第四要按宮調、諧音律，第五要使人易曉，第六要詞采，第七要善敷衍——淡處做得濃，閒處做得熱鬧，第八要各角色派得勻妥，第九要脫套，第十要合世情、關風化。〔註 129〕其中，「事佳」又可分為「奇」與「真」；由此可見，真假參半、虛實相輔，乃是改編作品引人之處，尤以歷史題材最為明顯。一方面架構史實，鞏固故事信度，另一方面仰賴虛構，增添活潑變化。所謂變化，並非殊異原作即可；而是另創焦點，務使觀眾耳目一新，引發興趣或加深印象，甚至成為作品主軸，不再侷限於原作框架。因此，創作者再三新添的「嶄新元素」，往往成為後世改編，得以超越前作的致勝之舉。

嶄新元素可以增添，代表此元素非屬必須，並不影響劇情脈絡；因此，如何增補，亦或新添哪些元素，通常取決於是否吸引觀眾，亦或滿足作者企求。回溯往昔，庶民正規教育有限，素養常識來自世代流傳的倫理訓條，以及日漸普及的宗教規範，尤以道教、佛教最為鼎盛。佛家常言因果，認為一切事物因緣而生，善因造就善報，惡業則導源於惡緣；果報不一定瞬現於當下，尚會拓延來世，影響有情俗眾的生生世世。佛教於漢代傳入中原，便將思潮散播於普羅大眾，成為百姓心靈寄託，以此寬慰未盡如意的現世，同時戒慎己行，以免來生遭逢惡報。奠基民間的《三國志平話》，便將錯綜複雜的史事發展，改以因果全然概之。一方面僅述因果迴報，俾使大眾快速理解；另一方面，利用民間百姓的既定思想，加強作品之可信與共鳴，遂使相互盤據的三國大勢，變為命中註定的前世因緣：

> 交韓信分中原為曹操；交彭越為蜀川劉備；交英布分江東長沙吳王為孫權；交漢高祖生許昌為獻帝；呂后為伏皇后。交曹操佔得天時，因其獻帝，殺伏皇后報讎，江東孫權佔得地利，十山九水，蜀川劉備佔得人和。劉備索取關、張之勇，卻無謀略之人。交蒯通生濟州，為琅琊郡複姓諸葛明亮字孔明，道號臥龍先生，於南陽都州臥龍崗上建庵居住。此處是君臣聚會之處，共立天下，往西川益州建都為皇帝，約五十餘年。交仲相生在陽間複姓司馬，

　　　　字仲達，三國並收，獨霸天下。〔註130〕

命定之說淺顯易懂，俾使聽覽說書的街頭百姓，立即瞭解前因後果，並且留
存強烈印象。時至章回小說，改以文句鋪排，因果前提反倒箝制創作，也將
折損文學藝術；因此，《三國演義》刪除輪迴前情，直述漢末概況。但是，觀
察演義情事，依稀留存命定之說：譬如，的盧騰躍過檀溪、龐統命殞落風坡、
魏延誤滅七星燈，均爲宿命之說；又如，小霸王怒斬于吉、左慈擲盃戲曹操、
卜周易管輅知機，則屬幻術仙法。綜觀全書，尚有揲蓍、卜易、讖緯、圓夢、
相術、巫術、奇門遁甲；若以預測對象的問題性質，則集中於三方面：人物
的祥災生死、戰爭的勝敗利鈍、國運的興衰存亡。〔註131〕由此可見，三國故
事肇源史實，猶仍夾雜宗教思維，包括陰陽術數、玄虛天命甚或因果輪替，
用以迎合觀眾心態；這些元素，或許無益於故事推衍，甚使角色形貌矛盾，
卻能緊緊吸引目光，加強讀者對於作品的熟悉與認定。因此，普羅文學架構
內容，並非僅只考量「作者所欲表達」，尚須同時關注「讀者所欲關切」，造
使三國故事之嶄新元素，更形蓬勃多樣。

　　三國故事改編之際，除了依循原作，尚會端視作者意圖；某些作品之新
增元素，反倒成爲作品主軸，乃因中日之間的認知差距。對於日本讀者，三
國時代屬於外國史地，即便沉迷其中、熟稔劇情，仍因文化不同、風俗殊異，
讀者無法全然理解中國故事的意涵蘊藉；譬如，夾雜其中的因緣果報、讖緯
蓍龜，雖可憑藉日本的陰陽咒術相以連結，仍是有所殊異。甚至，部分基本
常識，同因文化隔閡，反成日本讀者愕然之處；漫畫《三國志魂》、〔註132〕
《江東之曉》、《王者的遊戲》，均另闢篇章以說明中國人之字、號差別，但爲
顧及讀者認知，「這麼一來就會更加混亂，所以還是以日本人的叫法爲準」。〔註
133〕由此可見，日本改編三國之際，更需大肆修改、添增元素，以此彌補中日
文化之殊異。

　　三國故事之嶄新元素，雖可營造新貌，但是太過頻繁、太搶鋒頭的新異
述事，雖然拓展故事強度，卻也稀釋歷史眞相，遂也衍生諸多非議，再創者
仍是趨之若鶩，何也？周英雄認爲：此乃作品「預設性」之曖昧拿捏。預佈
性太低，讀者難以推演將來發展；相反的，如果預佈性高、敘述性強，往往

〔註130〕古本小說集成委員會編，《古本小說集成・三國志平話》，頁 5。
〔註131〕凌宇，《符號：生命的虛妄與輝煌：三國演義的文化意蘊》，頁 31。
〔註132〕荒川弘、杜康潤，《三國志魂》（臺北：尖端，2013）。
〔註133〕瀧口琳々，《江東之曉・1》（臺北：長鴻，2001），頁 185。

將歷史運作的神祕性剝奪殆盡，天命不可知的神秘面紗也不復存在。因此，
預佈過高過低，都會妨礙讀者全盤投入歷史處境，主體與客體也難以產生辯
證的動態關係。〔註134〕歷史題材而言，完全遵照史實定局，即便創作者文筆
奇佳，整體作品也將乏善可陳，無法挑動讀者好奇；因此，維持既定的骨架，
適時切入可供開發的模糊空間，增添自身奇想亦或嶄新元素，方使歷史題材
有所突破，不再只是舊事重提，甚至得見當代意識。

　　當代改編三國之楷模——吉川英治，創作《三國志》小說之際，便曾暢
言創作意圖：

> 《三國演義》中有詩。這些詩句不單是記述龐大的治亂興亡的戰紀
> 軍談之類，其中含有一種血脈鼓動的和諧、音樂與色彩。如果從《三
> 國演義》中除去詩，堪稱為世界級偉大構想的價值就會變得相當枯
> 燥乏味。所以，如果勉強加以濃縮或翻譯，將會失去獨特的韻味，
> 更易錯過感人至深的情節。也因此，我不是簡譯或抄述，而是嘗試
> 把它寫成適於撰寫的報紙長篇連載小說。除了劉備、曹操、關羽和
> 張飛之外，對其他主要人物的描繪，都揉入了筆者個人的詮釋角度
> 和創意，字裡行間隨處可見原著中所沒有的辭句、對話，這些都是
> 我寫這本書的著力重點。〔註135〕

吉川《三國志》，雖然參照《三國演義》，卻常見作者虛撰。譬如，張飛此人，
《三國志》未釋生平來歷，《三國演義》則述為「世居涿郡，頗有莊田，賣酒
屠豬」，〔註136〕應為小康屠戶；吉川版《三國志》，卻言此人乃鴻氏家臣，屬
於芙蓉姬之家族僕侍。「家臣」一詞，源於春秋時代，意指卿大夫之臣屬，亦
可泛稱為諸侯、王公之私臣；然而，鴻家並非王侯，僅為縣令層級。張飛所
任「家臣」，實為日本中古時期，依附領主的家僕。對於中國讀者，此番設定
頗為唐突，但於日本讀者，則是倍感親切，有助迅速瞭解人物關聯。〔註137〕

　　又有日本作家伴野朗，同樣奠基三國史事，卻是轉換立場，改以吳國視

〔註134〕周英雄，《小說・歷史・心理・人物》，頁53。
〔註135〕〔日〕吉川英治著，鍾憲譯，〈作者自白〉，《三國英雄傳・1》，頁6-7。
〔註136〕古本小說集成委員會編，《古本小說集成・三國志通俗演義（萬卷樓本）》，
　　　　頁9。
〔註137〕山崎拓味《新三國志》，張飛同樣自稱「鴻姓家臣」；河承男《三國志》，關羽、
　　　　張飛執意成為劉備家臣，經由劉備請託才義結為兄弟；漫畫《關鍵鬼牌三國
　　　　志》，同以「家臣」介紹諸葛亮身分；漫畫《三國戀戰記》，劉備不滿曹操，
　　　　乃因認定其為「漢室家臣」，卻僭越主上的奪權行為。

野創作《吳‧三國志　燃燒的長江》。伴野朗畢業於東京外國語大學中國語學科，之後任職朝日新聞社，曾於 1980 年代後期，前往上海擔任報社特派員，三年之間遍遊江南風光。肇因熟稔中文，伴野朗廣泛閱覽三國典籍，查閱第一手資料，加上實地遊覽的親身體驗，遂對吳國存有深厚情感。伴野朗與東吳之關聯，存在諸多巧合，他搜尋素材、籌措創作，發現《語林》記載：「堅有五子：策、權、翊、匡，吳氏所生；少子朗，庶生也，一名仁。」〔註 138〕此名庶生幼子，即被伴野朗慧眼相中，鎖定爲《吳‧三國志　燃燒的長江》的第一主角。孫朗，字早安，一說別名孫仁，於黃武元年（222）誤損軍備而遭孫權禁錮終身，此後闕然不詳、不知所終；伴野朗擇選此人作爲主角，尚有讀者誤以爲自創人物，甚至視爲作者「朗」的化身。〔註 139〕選定事蹟殘缺的人物作爲敘事主體，以便拓展創作彈性，予以史事新詮空間；伴野朗憑藉記者職業的特殊經驗，將三國謀略之縱橫捭闔，解讀爲明爭暗鬥的「情報戰爭」。伴野朗設定，三國時代除卻明確據點，尚有暗中進行的特務人員，秘密活動以刺探情報、暗殺襲擊。三國各有情報組織，分別爲曹棄領導的「青州眼」、孫歷籌組之「臥龍耳」、以及孫朗統領之「浙江耳」。曹棄爲曹操庶子，長相醜陋但頭腦靈敏，培養死士作爲曹魏耳目；孫歷則爲墨家後代，投身蜀營創設情報基地；上述二位均爲虛構，加上史料闕然的孫朗，眞眞假假撲朔迷離，予以再創者極爲寬廣的敘事空間。〔註 140〕上述劇情，雖然架構於三國，卻是全然杜撰，熟知史事的讀者，也無法精準預測，情報人員的後續目標，亦或任務行動是否成功，劇情發展全由作者定奪。唯有增添嶄新元素，將其作爲故事主軸，再創者方能取得更多籌碼，重新掌握作品主導權。

　　增補嶄新元素，動漫遊戲更爲常見。相較於文學作品之細膩佈局，ACG 市場更強調立即顯現的搶眼特點，方能在發行迅速、數量龐雜的眾多作品，快速博取讀者關注，增強作品有利因素。上述差別，肇因讀者類型不同：動漫遊戲之主力族群，多爲年輕讀者，相較於伏筆鋪衍，他們更喜愛簡化迅速的衝擊震撼，這也正是動漫文化的長處所在。此外，20 世紀萌芽之「接受美學理論」

〔註 138〕〔西晉〕陳壽著，〔南朝宋〕裴松之注，《新校本三國志注附索引》，頁 1101。
〔註 139〕王向遠，《中國題材日本文學史》，頁 300。
〔註 140〕孫朗此角，同見於電玩《三國戀戰記》，僅以字號「早安」稱之。筆者認爲，
　　　　二者設定甚爲類似，伴野《三國志》的孫朗，是吳國情報人員；《三國戀戰記》
　　　　的早安，則是周瑜豢養的死士，監視敵營軍師，甚至假扮孫尚香以暗殺劉備，
　　　　同是潛伏暗處的特務人員。

（Receptional Aesthetic）：認為藝術的價值，是由創作意識和接受意識共同運作的結果，作品乃為開放系統，必須藉由讀者或觀眾不斷破譯的密碼，方得展現作品意義。〔註141〕作品完成之際，文本看似完整，卻須加諸讀者的審閱理解，經由作者、作品、讀者之動態交流，方能展現作品意義。三國改編者，前身均是詮釋文本的讀者，即便覽閱相同作品，仍能因應自身理念，而將作品另行活化、增添新素。遂使動漫類型之嶄新元素，恣意添造、無所忌憚；詹明信對於後現代創作特色，如此評析：「當前的作家與藝術家，不再有能力創造新的風格與世界，還有另一重意義──種種風格與世界都有人翻新過；只剩下為數有限的組合還行得通；最獨特的已經有人想過了。所以說，整個現代主義美學傳統──如今死了。」〔註142〕早於詩詞曲賦、宋元話本、明清劇曲，三國改編便已蔚為熱潮，諸多名作傳頌於世；面對開採殆盡的文本題材，當今改編者若欲別開生面，實為艱鉅且機會渺茫。誠如王國維（1877－1927）所言：

> 四言敝而有楚辭，楚辭敝而有五言，五言敝而有七言，古詩敝而有律絕，律絕敝而有詞。蓋文體通行既久，染指遂多，自成習套。豪傑之士，亦難於其中自出新意，故遁而作他體，以自解脫。一切文體所以始盛終衰者，皆由於此。〔註143〕

王國維解讀文體演變，除卻時勢所趨，尚因體制發展已達極致，即便後人天縱英才，也難翻出新套；筆者認為，內容詮釋亦有其困境，與其固守山窮水盡的舊有途徑，不如探尋柳暗花明的另番轉折。因此，動漫類型三國改編，常會加添自創元素，泰半採用當代題材，前衛設定雖與古風戰事有所齟齬，卻是現今再創者，避免重蹈前作的一線生機。

　　漫畫作品《一騎當千》，敘述三國英雄殞世腐朽，凜冽鬥氣卻蘊涵於勾玉，隨著繼承三國英魂的少年少女──部份名將甚至性轉女體──重新投胎轉世，繼續三國時代勝負未決的對戰，直至分出統領天下的真正霸主。《一騎當千》的作者塩崎雄二，曾言：「（創作之前）其實連《三國演義》也沒看過，所以當初來臺灣舉辦簽名會的時候，還特地到關帝廟上香，原諒他把關二哥畫成水手服御姐。」〔註144〕作者並不瞭解三國史事，倘若依照史實，

〔註141〕魏怡，《戲劇鑑賞入門》（臺北：萬卷樓圖書，1994），頁65。
〔註142〕〔美〕詹明信著，吳美真譯，《後現代主義或晚期資本主義的文化邏輯》，頁170。
〔註143〕〔清〕王國維，《人間詞話》（新北：頂淵，2001），頁33。
〔註144〕「遊戲基地新聞」：http://aglucon2.rssing.com/chan-2526718/all_p251.html
　　　　　（2015.02.18）。

必將處處掣肘、難以盡情施展，甚至行文述事漏洞百出；與其勞神思索卻成效慘澹，不如另闢主題、大肆發揮，遂而增添己所擅長的嶄新元素，成為作品主幹。

《一騎當千》此作，增添許多新奇設定，做為劇情主軸：首先，作者創塑「鬥士」身分，他們接承三國豪傑的性格、力量與命運，外表均為高校男女，卻擁有過於常人的鬥志戰力，仿若梟雄再世，但又各具家庭生活、人際關係，遂使角色互動不必侷於史料。此外，故事背景為現代日本，以學園對抗取代勢力盤據，譬如董卓為首的「洛陽高校」、孫策所屬的「南陽學園」、曹操領軍的「許昌學院」、劉備率領的「成都學院」，此外尚有「吳郡高校」、「南蠻高校」、「豫州學院」、「揚州學院」、「荊州學院」、「涼州學院」，觀其名稱宛若十八路諸侯，卻已成為眾所熟悉的校園場景。新增元素之中，尚有二處更顯獨特：一是，作者設定關鍵寶物「勾玉」，源自日本繩文時代的首飾配件；其中蘊涵「鬥士」力量，依序為 S 級、特 A 級、A 級、B 級、C 級、D 級、E 級，各自搭配三國名將的能力等級。〔註145〕配戴相符的勾玉，能使角色發揮實力、迎戰敵人，倘若躍升層級使用超等勾玉，則會反受吞噬而淪喪理智，卻可提昇至所向無敵的狂暴威力；上述設定，遂可重置名將強弱，予以故事更多變化，甚至無關史實，全然操縱於作者意圖。譬如，此作之漫畫、動畫版本，各有甘寧與司馬懿配戴呂布專屬勾玉，提昇實力以逆轉戰局。另處新增元素，則是作者再三強調的「扭轉宿命」，書中角色承續名將力量，註定擁有相同命運，角色卻想逃脫宿命：周瑜力求延續孫策壽命，馬謖意欲制勝魏軍，呂布則想逃脫董卓箝制，遂見遠悖史實的情節逆轉，俾使作者擁有更具彈性的主導空間。愛德華‧佛斯特曾言：「小說中有兩股力量，亦即人物，以及許多各式各樣的非人物素材，而將這兩股力量加以調和，就是小說家的任務。」〔註146〕因此，羅貫中延續史傳，卻又新增事由，即是利用虛構情事以發揮角色；當代改編，遵循演義主幹，但又虛擬元素，既能承攬三國威名以增加聲勢，又能避開架構龐雜的史傳框架，務使其作更見自主，更具整體渾然之新創特點。

〔註145〕《一騎當千》之中，關羽雲長被設定為特 A 級，馬超孟起為 A 級近於特 A 級，張飛翼德則是 C 級，卻又加述「具有特 A 級的潛質」，呼應《三國志》所言「關羽、張飛皆萬人敵也。」

〔註146〕〔英〕E. M. Forster 著，蘇希亞譯，《小說面面觀》，頁 134。

　　另部漫畫,《武靈士三國志》同樣另創主題,以「志向」、「道」、「陣」作爲全作要素。作品設定,三國人物終生未臻的雄圖野心、肱股忠誠、使命價值,並非隨著生命終結而消散,而是蛻爲「志向」以留存千載,「武靈士」便是繼承此道之人。他們身處 22 世紀,有其名氏、家族、身份,以及自我思維和個人理念;譬如:御子神鷹彥乃趙雲「武靈士」,卻是蜷身貧民窟的中國藥劑師;赫希‧小島爲黃月英「武靈士」,轉身爲風靡全中國的美少女偶像。角色設定,對於ACG 作品實屬關鍵,甚至攸關整體成敗;因爲動漫讀者以青少年爲主,他們追求自我認同,努力呈顯個人特異,卻又渴望融合群體,此般企求同樣顯現於角色認同——具備個人特徵,外貌顯眼獨特,又具有團體歸屬的形象設定,甚爲迎合年輕族群的喜愛。三國勢力劃分,便已具備特定歸屬,俾利強化羈絆、亦或激化衝突;但是,單就人物特點與角色形貌,數千年前的遺風流俗,難比當代元素之引發共鳴,若再考量人物背景,形塑過程也必多限制。因此,此部作品的「轉世」設定,造使劇情超脫歷史,並使角色更爲靈活。除卻上述,《武靈士三國志》添置諸多電玩元素,譬如陣行佈置、人物強弱、防禦攻擊之搭配運用,相互加乘以決定戰果,如同電玩計算以定勝敗,差別在於勝負改由作者決斷,遂能跳脫歷史結果,予以翻轉再創。譬如,該作演繹之逍遙津大戰:

> 孫權縱馬上橋,橋南已折丈餘,並無一片板。孫權驚得手足無措……孫權跳過橋南,徐盛、董襲駕舟相迎。凌統、谷利抵住張遼。甘寧、呂蒙引軍回救,卻被樂進從後追來,李典又截住廝殺,吳兵折了大半。凌統所領三百餘人,盡被殺死。統身中數槍,殺到橋邊,橋已折斷,繞河而逃。孫權在舟中望見,急令董襲棹舟接之,乃得渡回。〔註 147〕

孫權揮軍北伐、一舉攻佔合肥,無奈曹魏猛將如雲,先有蔣濟堅守城池,後有張遼大敗敵將,孫權只好倉皇撤退,諸多戰將更是身負重傷、幾近殞命。《武靈士三國志》同見曹魏、孫吳相互對峙,與戰人員如同史實,魏軍有李典、樂進,吳軍則見周泰、凌統;結尾卻大相逕庭,改以吳軍反敗爲勝,造使曹魏憾恨以歸。歷史題材之改編作品,既知結局易成最大敗因,礙於事實卻又無法全然割捨,如何脫離史實範疇,便成再創者精心佈置的一大考量。

　　又有漫畫《三國神兵》,卞玲瓏爲張讓間諜,〔註 148〕伺機暗殺曹操,曹

〔註 147〕古本小説集成委員會編,《古本小説集成‧三國志通俗演義(萬卷樓本)》,頁 1267。
〔註 148〕此作之卞玲瓏,應爲「武宣皇后卞氏」(159-230),即爲《三國志》所稱「卞夫人」,亦是曹丕、曹彰、曹植、曹熊之生母。

操瀕死之際看見北斗：「作爲上天所選定的『授印者』，你有免於死亡的特權，只要你肯交換生命中最重要的東西……帶著良心做人，只能成爲芝麻官，大志不伸庸碌一生；如果拋棄良心，就能成爲最強的『授印者』，名聲遠震成爲一代霸主。」〔註149〕作者以此解釋，曹操捨棄倫理規範，邁向亂世奸雄之因。另部漫畫《蜀雲藏龍記》，則見諸葛亮之妻黃綬，自述祖先爲夏朝「四嶽十二牧」，以恢復禪讓爲使命；其父黃承彥，命令徒弟張角創立太平道教，組織黃巾反漢，實欲推翻王朝、重建禪讓制度。作者新詮黃巾起因，扣合三國史事，卻又耗費極大篇幅，描寫黃綬輕功、孔明內力、黃承彥「黃石寶典天地人」，以及佛道門派的廝殺恩仇，大量添加武林元素，直至作品後段，已成江湖俠客決戰中原，三國局勢僅用數頁匆匆交代。此部作品，便將嶄新元素作爲特點，但因調度失衡，反使全作嚴重失焦。

　　三國改編戲劇，同見此類新添。電視劇《回到三國》，陳述香港尼特族司馬信，終日沉迷於三國題材的線上遊戲，偶因颱風襲擊，墜入時光隧道，遂穿越至三國時代；劇情依循史脈，但是引發關注與迴響之處，則是刻意穿插流行元素於歷史場景，所生之突兀笑料。譬如，司馬信熱衷遊戲，利用 google 搜尋三國史料，得知荊州人口數量，爲使三國人士理解，遂將資訊來源解釋爲信鴿「咕咕」；又如，糜夫人亡故之後，司馬信諫請劉備，將其封爲「犀利人妻」；再如，男主角傳授 BBQ、火腿三明治之料理方式，作爲蜀軍軍糧。劇情之所以逗引發噱，並非來自史料重詮，而是肇因當代元素錯置時空的荒謬喜感。可見添置嶄新元素，意在加強改編作品之獨特，有時卻是反客爲主，取代史事脈絡，成爲引發青睞的關鍵要素。

（二）文本互涉

　　「文本互涉」（interextuality），或譯爲「互文性」、「文互涉」，意指任何一個文本，均可利用不同形式以提及另個文本，包括謔仿（parody）、拼貼（pastiche）、呼應（echo）、暗指（allusion）、直接利用（direct quaotation）、結構對位（structural parallelism）……種種手法；部分理論家甚至倡言，文學創作的唯一條件，就是文本互涉。〔註150〕俄國文藝理論家米哈伊爾・巴赫金（Mihail Bahitin，1895－1975）認爲：文本結構並非簡單地「存在」，而

〔註149〕蔡明發，《三國神兵・9》（香港：玉皇朝，2009），頁 2009。
〔註150〕〔英〕David Lodge 著，李維拉譯，《小說的五十堂課》，頁 136。

是在與「另一個」結構的關係中產生；「文學語言」是諸種文本的交織，而非一個論點（一個固定不變的意義）；是數個文本之間的對話，是作者、故事人物、當代文化語境與早前文化語境之間的對話。〔註 151〕作品創作之際，作家並非單憑意志以行文述事，而是潛移默化之中，早已浸淫其他文本，是故所創成品，均可端見其他文本之置入或影響。最早明確提出「文本互涉」之語，來自法國文論家茱莉亞‧克莉絲特娃（Julia Kristeva，1941－），她認為：

> 每一文本的文字乃是諸種文本的文字之交織，從中至少可讀到另一文本的文字。我們一但在文本中讀到其他作品，看出作品依賴其他作品，將它們吸收、變化，我們便進入了文本互涉的空間。在此空間裡，任何文本都是以引文摘句的鑲嵌方式構成，任何文本均是對另一文本的吸收與轉化。〔註 152〕

所有的文本，均可視爲先前文本之吸收與轉化──可以是單純的承襲、套用，亦或作者咀嚼意涵之後，另生解讀的再創詮釋；此種現象廣泛存在，自然包括《三國演義》及其衍生的改編文本。

　　憑藉上述觀點，檢閱《三國演義》全書內容，同可發現「文本互涉」之況。演義首篇，雖言「宴桃園豪傑三結義，斬黃巾英雄立首功」，應是主述桃園三兄弟之剿匪平亂，羅貫中卻先述桓、靈之際的朝政紊敗、天象凶兆，並言：「建寧二年四月望日，帝御溫德殿。方陞座，殿角狂風驟起，只見一條大青蛇，從梁上飛將下來，蟠於椅上。」〔註 153〕難以解釋的詭異徵象，代表東漢王朝即將傾覆；數百年前的秦漢之末，亦有類似景狀，藉由動物詭譎姿態，暗示江山即將轉渡，即是《史記》之「劉邦醉斬白帝子」：

> 高祖被酒，夜徑澤中，令一人行前。行前者還報曰：「前有大蛇當徑，願還。」高祖醉，曰：「壯士行，何畏！」乃前，拔劍擊斬蛇。蛇遂分爲兩，徑開。行數里醉，因臥。後人來至蛇所，有一老嫗夜哭。人問何哭，嫗曰：「人殺吾子，故哭之。」人曰：「嫗子何爲見殺？」嫗曰：「吾子，白帝子也，化爲蛇當道，今爲赤帝子斬之，故哭。」

〔註 151〕轉引自周建渝，《多重視野中的〈三國志通俗演義〉》（北京：中國社會科學，2009），頁 7。
〔註 152〕轉引自周建渝，《多重視野中的〈三國志通俗演義〉》，頁 7。
〔註 153〕古本小說集成委員會編，《古本小說集成‧三國志通俗演義（萬卷樓本）》，頁 1。

人乃以嫗爲不誠，欲告之，嫗因忽不見。後人至，高祖覺。後人告高祖，高祖乃心獨喜，自負。〔註154〕

「白帝」掌管西方，喻指金德秦朝，「赤帝」掌管南方，喻指火德劉邦，即爲老嫗所言「赤帝子」、秦始皇所憂懼「東南有天子氣」；劉邦斬白蛇，不僅斷送精怪性命，實則終結秦朝皇祚，就此奠定漢室天下。前有高祖斬白蛇，造就西漢之初始，後有青蛇儡靈帝，正是東漢王朝氣數已盡，誠如毛宗崗點評：「白蛇斬而興漢，青蛇見而漢危，青蛇、白蛇遙遙相對。」〔註155〕亦如周建渝（？－）析述：「《史記》裡白蛇爲劉邦所殺，其生命的終結預示秦朝的滅亡，《演義》中青蛇蟠踞皇帝玉座，其生命的活力則預示新王朝的興起。」〔註156〕《三國演義》開篇情節，並非純爲怪力亂神，乃是遙相呼應西漢之始的高祖事蹟，讀者瀏覽劇情，倘能連結另份文本，將使閱讀更生趣味、更臻高境，即爲「文本互涉」之效。

　　《三國演義》尚有其他「文本互涉」，譬如「劉玄德三顧茅廬」。《三國志》僅記「先主遂詣亮，凡三往，乃見」，〔註157〕羅貫中卻詳述過程，極力呈顯劉備求才懇切，以及臥龍先生的高森莫測，周建渝認爲，《三國演義》大加渲染事件經過，正如周文王求訪姜子牙，紆尊降貴以禮賢下士，遂使人才感佩於心，爲其籌劃運擘、甚至輔佐兩代君王，同是「文本互涉」之例。〔註158〕此外，《三國演義》敘述徐母訓子、自縊成仁之事，並無見於《三國志》、《三國志平話》，反與《敦煌遺書·漢將王陵變》，事件過程諸多相似：敵方主君懾服名將卻又難以招降，遂而挾持人母爲質，迫其作書卻被拒絕，名將之母皆以自殺作結、明示大義；〔註159〕羅貫中應是參照《敦煌遺書》，仿效事件以新添情節，俾使徐庶投曹之後續發展，更見衝突張力。

　　三國改編文本，同有「文本互涉」之況，誠如〈東海孝婦〉於《竇娥冤》之傳承，亦如〈張生煮海〉於〈柳毅傳書〉之體現，陳金現（？－）對於「文

〔註154〕〔西漢〕司馬遷著，《史記》（臺南：大行，1978），頁 109-110。

〔註155〕〔明〕羅貫中著，〔清〕毛宗崗評改，《三國演義》（上海：上海古籍，1989），頁 4。

〔註156〕周建渝，《多重視野中的〈三國志通俗演義〉》，頁 87。

〔註157〕〔西晉〕陳壽著，〔南朝宋〕裴松之注，《新校本三國志注附索引》，頁 912。

〔註158〕周建渝，《多重視野中的〈三國志通俗演義〉》，頁 74-76。

〔註159〕杜貴晨，《〈三國演義〉徐庶歸曹故事源流考論——兼論話本與變文的關係以及「三國學」的視野與方法〉，《山東師範大學學報》（濟南：山東師範大學，2003），2003 年第 48 卷第 1 期，頁 3-7。

本互涉」，歸結出更廣泛的定義：

> 互文性可分爲狹義與廣義二種。狹義的互文性理論以熱奈特（Gérard
> Genette，1930－）爲代表，他認爲一篇文本在另一篇文本中確實地
> 出現，即重視互文關係的可辨認和可論證性。廣義互文性以克麗絲
> 蒂娃、羅蘭·巴特爲代表，他們認定所有的文本都是互文本，文本
> 不能脫離宏大的文化（社會）的文本性。文本由「文化文本」構成，
> 這個文化（社會）文本包括所有不同的話語、言說方式以及構成我
> 們文化的體制結構。〔註160〕

若是採取廣泛定義，筆者歸結所見，將《三國演義》當代改編文本之「互文
性」，分爲：典籍資料、非屬三國之情事、非屬中國之文化，此三項論述之。

1. 與典籍資料之互涉

　　三國當代改編文本，大多依循《三國演義》，尤以時序安排、情節設計、
人物特質，均可見其端倪。譬如，敘事多以「黃巾之戰」爲首，順應演義首
篇事端；又如，戰爭過程亦或參戰人員，常見偏離史實，逕以演義爲依歸，
諸如「關羽斬華雄」、「三英鬥呂布」、「王允連環計」、「孔明借東風」，承衍小
說內容，演繹虛撰之事。再如，三國人物形貌，泰半遵循羅貫中之主觀認定，
諸葛亮必定神機妙算，魯肅常爲溫厚愚庸，張飛則爲衝動急躁的莽夫脾性，
在在偏離史傳所述。然而，或因承襲舊作頻繁，或因再創者另有主張，部份
改編作品，雖是秉持演義架構，卻於特定情節或是人物形塑，交參援引史傳
描述，遂見「文本互涉」之態。例如，河承男（1968－）《三國志》，依循演
義講述桃園結拜，再言劉備忍辱負重爲大官洗腳，卻又發現督郵搶奪民女，
怒上心頭遂毆擊對方，即是承襲《三國志》之劉備鞭督郵。又如《三國演義》
形塑曹操，言其「好游獵，喜歌舞；有權謀，多機變」，〔註161〕述其伴作中風
之事，顯見此人狡詐放蕩；漫畫《蒼天航路》、《曹操孟德正傳》，描述曹操年
少弛蕩，除卻承襲演義，尚添加《三國志》之曹操私闖張讓府：「太祖嘗私入
中常侍張讓室，讓覺之；乃舞手戟於庭，逾垣而出。」〔註162〕前作述曹操爲
救愛人遂深入虎穴，後作述魏武不滿張讓跋扈因而登門挑釁，縱使詮釋有異，
仍是均屬「文本互涉」。

〔註160〕陳金現，《宋詩與白居易的互文性研究》（臺北：文津，2010），頁 13。
〔註161〕古本小說集成委員會編，《古本小說集成·三國志通俗演義（萬卷樓本）》，頁 18。
〔註162〕〔西晉〕陳壽著，〔南朝宋〕裴松之注，《新校本三國志注附索引》，頁 3。

漫畫《華佗風來傳》，同樣演繹曹操之事，描述華佗為曹操把脈，察見此人身體雄壯、全無病狀，方知是夏侯惇假冒為曹操，真正主角隱於帳後觀察動靜；上述情節，則是脫胎於《世說新語・容止》：「自以形陋不足雄遠國，使崔季珪代，帝自捉刀立床頭。」〔註163〕事件不同、人物殊異，捉刀偽裝則是如出一轍，同是「文本互涉」之例。另部漫畫《三國亂舞》，則言張飛被黃巾軍追殺，墜入山谷、瀕死之際，卻見兩名仙人正於洞內對弈，得其幫助延續生命，甚至改造肉體成為所向無敵的驍勇戰將，則是蛻變自《搜神記》之「南斗註生、北斗註死」。〔註164〕上述二作援引文本，前者本為曹操之事，後者則與管輅相關，雖是均屬三國人物，故事內容及其意涵，卻已發生變化，均被改造為三國情事。

此外，又如眾所熟悉的張飛，其「豹頭環眼」之儡人相貌，或「怒鞭督郵」的粗莽性格，均是來自後世訛傳，經由《三國演義》推波助瀾，更成深植人心的概定形象。眾多改編作品，常將張飛形塑為武藝過人的剽悍壯漢，一雙虎目、滿腮髯髭，炯炯生風卻又暴躁不羈，易喜易怒宛若頑童難馴，均是來自《三國演義》之制約影響。亦有反其道而行，漫畫《火鳳燎原》之張飛，乃是畫筆雋逸、字跡娟秀的「桃園畫家」，巧於摹繪人物，更是善作軍陣之圖，遂於馳騁千軍的精湛武藝之外，兼具縝密心思的藝術氣質。電影《赤壁》，則是描述赤壁前夕，劉備自認兵源短缺，臨陣退出蜀、吳同盟，甚言：「時值亂世，正義不能當飯吃，仗還是留給別人去打吧。」〔註165〕一干蜀將卻不甘窩囊，各循管道發洩情緒：趙雲枉顧傷勢勤練槍法，關羽頌詩高言仁義，張飛則是憤筆直書，一手好字力道遒勁。楊慎（1488－1559）《丹鉛總錄》：「涪陵有張飛刁斗銘。其文字甚工，飛所書也。」〔註166〕上述二例應是參照楊慎之言，遂為張飛另闢新貌，不再只是《三國演義》之中，聲如轟雷的雄壯武夫，而是成為結合他說的書法高手。

2. 非三國情事之互涉

部分作品之「文本互涉」，則是參照非屬三國之事，作為額外增添；新添

〔註163〕徐震堮，《世說新語校箋》，頁333。
〔註164〕此段故事，《三國演義》第六十九回「卜周易管輅知機」，同有記載；但是，《三國演義》摘錄《搜神記》之事，用以佐證管輅得以窺視天機，漫畫《三國亂舞》卻是利用故事情節以杜撰張飛遭遇，筆者遂將其歸類為「文本互涉」。
〔註165〕吳宇森導演，陳汗編劇，《赤壁》。
〔註166〕〔明〕韓萬鍾，《新編性理三書圖解》（上海：交通大學，2009），頁254。

情節，將使劇情更見新意，至於創新來源，能是憑空發想，亦能挪用其他文本。三國經典改編《天地吞食》，杜撰龍女尋夫，凡間男子與其交合則可滿足心願，作者以此解釋曹操、劉備、諸葛亮，得以成爲亂世奇才，乃因曾與龍女交媾，各自獲得天下、知識、勇氣。如此設定，類似於「歡喜佛」之修練方式，藉由男女性愛以達陰陽協和，方能激發極臻力量。之後，龍王不滿女兒心繫劉備，要求劉備擊敗吞邪鬼，證明自身智勇兼備；對峙時刻，吞邪鬼使出諸多幻術，包括毒蟲噬咬、肢體礫殺、惡鬼折磨、親老求饒，百般凌虐只爲使劉備開口求饒，龍女卻言一切所見均爲幻象，倘若開口反使虛幻成眞，再三提醒劉備務必忍耐；上述情節，即是仿造唐代傳奇〈杜子春〉，藉由幻象以驗心性，劇情過程幾近相同。作者又述，魔界之王幻鐘，不敵龍女、劉備而身死人手，屍塊墮入凡間，散爲一百零八塊，附著於董卓、曹操、袁紹、孫堅，以及中國十三州之各路豪傑，誘發其貪念慾望，喪心病狂只爲爭奪天下；上述橋段，自是源於《水滸傳》之一零八魔星，墜入凡塵而掀起驚世大戰。最末，孔明爲求賢主遂雲遊四方，偶遇鄉間老叟，面對曝屍荒野的骷髏，意圖復其血肉以重返人世，骷髏卻開口嗤笑：「亂世苦痛，唯有死後方見樂土。」老叟不以爲然：「如果生子不快樂，人類會滅亡，如果死不會痛苦，人便不懼死，同會造使人類滅亡；生樂與死苦，方使人類生生不息。」〔註167〕此番情節，更是脫胎自《莊子・至樂篇》，遂使三國改編漫畫，至此已成哲學圖書。

其他作品同有此況，漫畫《龍狼傳》，女主角泉眞澄穿越時空降臨三國，以其學識預測戰局，備受曹操欽慕，卻未納爲側室，乃是借鑒殷紂王對女媧懷有情慾，遂使女神憤而下咒、滅亡商朝；〔註168〕爲免觸怒上天，怎能強納女神爲妻妾？曹操因此收斂色慾，遵奉泉眞澄爲「龍娘娘」。曹操此言，明顯脫胎於清代小說《封神演義》，卻被後世作者強加扣合，知其源由者甚感突兀，未知詳情者卻能由此欣賞劇情新意。此外，漫畫《怪・力・亂・神　酷王》，〔註169〕描述酷王墜落凡間，意欲製造動盪、引發兵燹，唯一破解之道，即是仙人于吉所著「太平清領書」，少年曹操深入宮闈，意欲取得寶典拯救天下；故事末段，卻又出現天神降臨，闡述消滅人類之因，天神包括「混沌」、「伏羲」、「女媧」與「帝江」，至此變爲《山海經》神話世界。前述數例，均是屬於「文本互涉」，

〔註167〕本宮ひろ志《天地吞食・6》（臺北：東立，2000），頁 122。
〔註168〕山原義人，《龍狼傳・2》（臺北：東立，1994），頁 162。
〔註169〕志水アキ，《怪・力・亂・神　酷王・1-7》（臺北：東立，2004-2008）。

再創者將不屬三國的其他情事，逕自增添於歷史定局，遂能另生解讀、另有奇境，可供作者創新演繹，藉此增補作品新貌。此外，筆者推測，上述作品之挪用文本，均是源自中國文化，雖於日本有所流傳，對於漫畫市場之主力族群——青少年，或許反成全然陌生的嶄新素材，任憑再創者恣意形塑，成為改編作品之新貌；由此看來，採用既存故事做為增添橋段，實為便利之舉。

　　非屬三國之事，強行扣合三國改編，理應倍顯突兀，卻有某代史事與三國情境甚為相協，即是《三國演義》也屢次提及的漢初之事：先以青蛇儆靈帝，遙對高祖斬白蛇；又有秦末王陵之母伏劍自殺，轉化成為徐庶母自縊明志；直至《三國演義》七十六回：

> 行無數里，只見南山岡上人煙聚集，一面白旗招颭，上寫「荊州土人」四字，眾人都叫：「本處人速速投降！」關公大怒，欲上岡殺之。山崦內又有兩軍撞出，左邊丁奉，右邊徐盛，并合蔣欽等三路軍馬，喊聲震地，鼓角喧天，將關公困在垓心。手下將士，漸漸離散。比及殺到黃昏，關公遙望四山之上，皆是荊州士兵，呼兄喚弟，覓子尋爺，喊聲不住。軍心盡變，皆應聲而去。關公止喝不住。部從止有三百餘人。〔註170〕

此番情境，正如項羽受困「四面楚歌」，作戰地點也同為垓下，比擬之意不言可喻，同見「文本互涉」頻繁現於《三國演義》。改編作品同見此況，參雜漢初之事於三國戰局；漫畫《魔法無雙天使衝鋒突刺！呂布子》，即言董卓密藏「項羽之劍」，此劍寄宿霸王魂魄，力量強大無人可敵，楚漢、三國參雜混見。又如漫畫《蒼天航路》，描述劉備承接衣帶詔，但非如《三國志》之暗中密謀刺曹行動，作者虛撰劉備藉由宴會，當眾演武、伺機而動，乃成「玄德舞劍，意在曹公」，即是楚漢鴻門宴的轉換移植。漫畫又述劉備之江陵逃難，秉持「兄弟如手足，妻子如衣服」的原設形貌，〔註171〕甚至更為誇張，劉備擔憂速度太慢，跳上馬車將金銀珠寶、連同子嗣妻孥，一律拋摔下車以減低負擔；上述情節，則是脫胎於漢高祖之事：「漢王道逢得孝惠、魯元，乃載行。楚騎追漢王，漢王急，推墮孝惠、魯元車下，滕公常下收載之。」〔註172〕作者援引他事，無需費心架構，卻又別出心裁，藉由事件摹

〔註170〕古本小說集成委員會編，《古本小說集成・三國志通俗演義（萬卷樓本）》，頁1434-1435。
〔註171〕古本小說集成委員會編，《古本小說集成・三國志通俗演義（萬卷樓本）》，頁273。
〔註172〕〔西漢〕司馬遷著，《史記》，頁101。

述性格，劉備形貌更顯突出。此種呼應漢初的「文本互涉」，應是改編者有意爲之，乃因劉邦、劉備均是崛起民間，非有過人之處，卻有容人之器，二者形象相似，且又具有血源關聯，以先祖之事互涉後嗣生平，倘若明白其中藏由，必將會心一笑於作者巧思。

3. 非中國文化之互涉

最後，三國改編作品之「文本互涉」，尚可援引非屬中國的其他文化者，尤以日本爲盛。日本對於三國故事之接受、流傳與推廣，已是三國改編之創作主力，甚至凌駕源生地中國，成爲最顯興盛的主要市場。港漫《火鳳燎原》，先於兩岸三地博取好評，轉而進攻日本市場，作者陳某接獲日本讀者來信，竟言：「能看見外國人畫三國，眞的很新鮮」，[註173] 此言令人愕然，卻又驚覺所言非假。日本已成三國改編指標，遂於作品涉及日本文化，乃是在所難免。漫畫《諸葛孔明時之地平線》，描述劉備三顧未果，反與鳳雛短暫交談，龐統批判劉表一事無成，劉備卻讚許劉表的無所作爲，方使荊州免於戰亂、百姓安居樂業；劉備回憶過往生涯，草率編履而遭母親責罵：「穿上這種爛草鞋，老人家會跌倒骨折，在咱們這種窮村子裡，骨折的老太婆立刻就會被抬去山上扔掉！」[註174] 上述言論並非源於《三國演義》，而是來自日本小說《楢山節考》，[註175] 描述古代日本信州寒村之嚴峻生活，貧困鄉野遂有拋棄老者的不成文規定；作者藉由家喻戶曉之事，比擬三國時代，遂使日本讀者更易瞭解，更能體會戰亂年代的百姓苦痛。

再如漫畫《一騎當千》，許貢使用日本名刀「村正」對戰孫策，趙雲子龍則以武士刀「斬龍」爲武器，作品尚將傳國玉璽比擬爲八咫鏡，百辟刀對照爲草薙神劍，鬥士佩掛之勾玉，即爲八尺瓊勾玉，三者並稱「日本三大神器」，將三國對峙，轉爲日本神話的並行解讀。此外，漫畫《龍狼傳》描述長坂之戰，則見甘夫人乘車避難，卻是額綁細白布條的「鉢卷」（はちまき，HACHIMAKI），源自日本神道文化，用以提振士氣，並象徵著佩戴者之毅力與決心。亦或，《超三國志霸－LORD》甚言，張角並非病死，而是切腹身亡，並要求劉備擔任其「介錯」，[註176] 更是脫胎自日本獨有的武士道文化。另外，

〔註173〕陳某，《火鳳燎原·20》（臺北：東立，2005），後折頁。
〔註174〕諏訪綠，《諸葛孔明時之地平線·3》（臺北：青文，2003），頁116。
〔註175〕〔日〕深澤七郎，《楢山節考》，《昭和文學全集》（東京：小學館，1990）。
〔註176〕「介錯」（かいしゃく，KAISYAKU），乃是日本切腹儀式中，爲切腹自殺者斬首，以利切腹者更快死亡、免除折磨的特殊流程。執行介錯者，即爲「介錯人」。

北方謙三《三國志》虛構「五錮者」組織、漫畫《超三國志霸－LORD》則有隸屬董卓的「影蠱」集團、亦或漫畫《江東之曉》,杜撰孫堅部屬弘咨,均是屬於「忍者」身分,暗中行事以助主君。上述種種,同是源於日本文化之「文本互涉」,誠如胡寶平所言:

> 任何作品的「組織」不只是一些概念、意象、韻律等等,還有典故、題材、人物等等,這些可能更多地來自歷史和現實生活。而互文性的最終指向是文化(包括政治、經濟、宗教、哲學、藝術),作品是文化的積澱,是多元因素的衍生物。〔註177〕

三國時代爲軍閥爭鋒、兵馬倥傯之亂世,各路豪傑暗佈眼線,各方間諜流竄其中,自是理所當然,誠如下邳城中,曹豹爲呂布內應,亦如赤壁之戰,蔣幹爲曹軍耳目。但是,日本作家逕添忍者角色,功能等同間諜,形貌特徵、行事作風卻更顯殊異,遂於三國大戰之中,瀰漫不甚協和的東洋風情。

除了日本文化之互涉,尚有其他文化,同樣夾雜於三國作品。電影《赤壁》,描述小喬諫言曹操:「你這個人一向都是滿的,所以別人的話根本進不到你心裡……你懷著滿滿的心來到赤壁,有人會幫你倒空。」〔註178〕以茶水滿溢比喻內心高傲,唯有倒空方能虛懷若谷,則是脫胎禪宗故事。又如漫畫《蜀雲藏龍記》,黃綬滿臉肉疤,故作喬裝以考驗孔明眞情,洞房之後方回復清麗容貌,她卻虛撰故事:述己賑濟乞丐,並受所託爲其擠膿,臉蛋不愼被濃汁噴濺,清洗之後卻成花容月貌;上述故事,則是脫胎自佛教勸世文。另部漫畫《青春の尻尾》(譯:青春的尾巴),主角雖爲諸葛孔明,內容卻是怪力亂神,中文書名索性取爲《聊齋三國傳》:〔註179〕先述孔明食用仙桃,遂可預知未來、支配人間與鬼界,再言孔明雲遊四方,邂逅精靈、交媾鬼妻;之後,偶遇民女希望子,此女命運乖舛,身爲么女而遭兩個姐姐欺凌,文本互涉於《灰姑娘》;此女告訴孔明,只要獲取神秘老翁的禿頂三根髮,則可終生幸福,孔明藉著對方分心而巧妙奪取,故事底本來自格林童話《魔鬼的三根金髮》。另於《蒼天航路》,同有曹操之初戀情人,爲其講述摩擦油燈即有「乘煙之神」,則是來自中亞神話。可見「互文性」所生成果,造使各種文化相互兼融,倘若處理得當,行文述事滋生新趣,劇情走向更多變因;然若強加扣

〔註177〕 胡寶平,〈詩學誤讀·互文性·文學史〉,《國外文學》(北京:北京大學,2004),2004年第3期,頁13-18。
〔註178〕 吳宇森導演,陳汗編劇,《赤壁》。
〔註179〕 小池一夫作,平野仁畫,《聊齋三國傳·1-7》(臺北:東立,1996-1999)。

合，反成不倫不類的詭譎風格，不僅削減原作美學，更會造成新增元素與原作之間，有所衝突齟齬。

（三）愛情故事

三國故事，闡述人情甚爲精采：述君臣忠義，表國族情操，敘詭譎人心，揚兄弟情誼；羅貫中鋪述人性常情，卻獨缺一味，名爲「愛情」。《三國演義》述及男女婚嫁，多半僅敘事件，並未深抒情感，兒女私情之纏綿悱惻，本非軍事小說關注焦點。但是，人非草木、孰能無情？縱使是氣吞山河的霸王梟雄，百鍊鋼也會化爲繞指柔；檢視三國男女情事，最富盛名者，當屬鳳儀亭美人計，以及甘露寺孫吳聯姻。弔詭之處在於，上述二事均涉杜撰，貂蟬爲虛構人物，甘露寺更與劉備迎親毫無關聯；《方輿紀要》記載：「今甘露寺據山上，三國吳甘露中所建也。」〔註180〕此寺之名，源於孫皓甘露年號（265－266），已屬三國末期，劉備早已歸西，孫夫人不知所終。地理區域、歷史年代的誤謬錯亂，乃是《三國演義》常見疏漏，更見此書意在經營謀略、宣揚忠義，男歡女愛之眷戀糾葛，自始至終絕非焦點。然而，今日品述三國橋段，除卻征謀天下的精彩智略，以及一騎當千的猛將英姿，最爲琅琅上口，即是亂世兒女的情愛事件。

曹丕納甄宓，劉玄德迎娶孫夫人，江東二喬婚配連襟兄弟，僅於史傳記載匆匆，《三國演義》則爲隻字片語、未曾詳述；後世改編作品，卻常鎖定三國時代戀愛韻事，憑藉斷簡殘編，極力衍伸爲動人情事。宋元南戲，便有《周小郎月夜戲小喬》，此作雖已亡佚，但就劇目名稱，應是講述周瑜夫妻閨房之樂；京劇作品，則有《貂蟬女》、《鳳凰二喬》、《鄒氏思春》、《呂布與貂蟬》……等劇，同樣涉及調性柔軟的愛戀情懷。由此可見，戀愛雖非三國焦點，但爲大眾熟悉、有所期待的熱門主題，觀賞熱潮歷久不衰，因此，三國改編新添情節，即以「愛情故事」漸爲大宗。李衣雲認爲：

> 讀者像旅人一樣，綜合不斷轉變的視點，並從文本當中汲取線索，再將情節連結成爲一貫性的整體架構。但是，面對作品當中，欠缺指示或沒有指示的部分，則成可供讀者介入的斷裂空缺，爲文本的「空白」之處。〔註181〕

對於讀者，「空白」爲自由想像，卻也是意猶未盡的缺憾之處；若就再創者立

〔註180〕〔清〕顧祖禹，《讀史方輿紀要》（上海：上海古籍，2002），頁1857。
〔註181〕李衣雲，《漫畫的文化研究》，頁147。

場,「空白」即是見縫插針的絕佳空間。改編者所欲考量之處,在於虛設情事之首尾,是否銜合既存架構,俾使故事無所衝突;除此之外,便是新添之事能否引人、是否獨到?幾番原因加乘,更見愛情故事的添設必要。

問題在於,《三國演義》甚少提及戀愛之事,面對極度貧乏的原始素材,改編者如何巧婦善營無米之炊?首先,針對史傳記載之既有配對,遵循人物關聯,添補細節情事,大肆渲染夫婦佳話。蔡鶴暉(?-)認為:

> 以往三國人物所出現的場景,不是在政論議事的朝堂中,就是在征戰殺戮的戰場之上,所呈現的是運籌帷幄及勇猛剛烈的形象,較少涉及三國人物日常生活的作息。但隨著現今影視對三國人物的藝術塑造,已不單只表現其生活中的一環,而是透過其生活環境的種種面向,來拓寬三國人物的形象,這使得三國豪傑身上帶有平民氣息,與常人無異。〔註182〕

三國人物私下樣貌,及其柴米油鹽的日常生活,甚或畫眉情深的閨房密事,肇因過往作品甚少提及,更使讀者深感好奇。譬如電影《赤壁》,全片聚焦於經典戰役,卻仍刻意增添情事,詳細鋪陳周瑜、小喬之款款真情,甚至敘述二人閨房之樂,顯見鶼鰈情深。又如電視劇《回到三國》,杜撰劉備欲將糜夫人姪女糜玉,嫁與諸葛亮為妾,憑藉姻親關係以鞏固人才,遂使黃夫人自慚形陋、留書離家,諸葛亮愛妻情切,竟向劉備請辭以千里尋妻;原作當中「遂許先帝以驅馳」的忠貞諫臣,轉變成為忠貞不渝的深情男子。另部戲劇《諸葛亮與黃月英》,〔註183〕更以夫妻情愛作為全劇脈絡,杜撰黃月英巧設計謀以刁難諸葛亮,通過考驗方得迎娶新娘、成就良緣,宛若《醒世恆言》之〈蘇小妹三難夫婿〉,旨在突顯鸞鳳和鳴。又如歌劇作品《新洛神》,主軸定調於愛情故事,詳述甄宓、曹丕、曹植之情愛糾葛,同時添置郭笑、崔麗、袁冰諸多女角,〔註184〕加強多角戀愛之情感衝突;愛情故事不再是旁枝末節,更非史傳邊緣的殘叢小語,而是變為全劇焦點,改以男女情事,博取觀眾青睞。

此般新添,動漫遊戲同見風潮,衍伸情境也更見自由。漫畫《武靈士三國志》,描述三國名將化為靈體,依附於 22 世紀男女,藉此延續三國人物的未竟夢想;

〔註182〕蔡鶴暉,〈三國人物影視形象探析〉(桃園:元智大學中國語文所碩士論文,2014),頁 77-78。

〔註183〕李國立導演,編劇不明,《諸葛亮與黃月英》(北京:韓露影視,2011)。

〔註184〕此劇設定,郭笑為曹丕之妃,即為正史所述郭女王。崔麗為曹植之妻,應為正史所記之崔氏。袁冰為袁熙族妹,應是此劇新設之虛構人物。

黃月英之靈體，附落於當代偶像，首要目標即是尋覓丈夫，更見夫婦情深意重。又如漫畫《蒼天航路》，虛構胡族女子水晶，作為曹操初戀對象，兩人情投意合，誓言白頭偕老，卻因張讓掠奪民女，曹操潛入宅邸只為拯救愛人；之後，水晶殉情明志，曹操也從天真少年，一夕蛻為理智堅毅的男人，逐步邁向霸者之路。上述數例，均對正史所略的梟雄韻事，加油添醋、無中生有。又如遊戲《眞‧三國無雙》之「合肥新城防衛戰」，取材自三國時期吳軍北伐，卻將參戰人員替換為五組夫婦：呂布與貂蟬、曹丕與甄宓、孫策與大喬、周瑜與小喬、劉備與孫尚香。玩家無論解決何名對手，都會激怒尚且倖存的夫婦一方，迅速提高戰鬥力，予以玩家迎頭痛擊，進而提升遊戲難度。此外，此款遊戲屬於格鬥類型，即便才子佳人濃情歡愛，仍舊訴諸戰鬥畫面；譬如「夫君自慢戰」，〔註185〕描述甄宓、黃月英二女交鋒，各自矜誇丈夫才俊，以至僵持不下、爆發戰鬥；又有「二喬爭奪戰」，敘述江東絕色慘遭董卓俘虜，玩家化身二人夫婿，深入虎穴、力敵千軍，拯救愛妻免遭蹂躪。上述遊戲關卡，同將《三國演義》淡化處理的男女情愛，作為事件素材。改編作品，強化三國夫婦情愛，一方面陳述原作未及的嶄新主題，憑此別開生面、另添風情，改以情愛內容，吸引當代讀者；另一方面，則是藉由纏綿悱惻的戀愛韻事，展現三國人物另番面貌，誠如導演高希希（1962－）執導《三國》所言：「開機當天，我和所有演員說，《三國》中每一個人物的身體裡流淌的都是鮮血，而不是自來水，你們演得每個角色都是活生生的人，而不是廟裡供奉的神像。」〔註186〕歷代謳歌的英雄人物，不再傲然遙遠，談情說愛之際也僅是凡夫俗子，更加切合改編文本的嶄新詮釋。

　　三國故事之中，述及數對佳偶、怨侶、亦或無緣夫妻，但有更多人物，未曾提及婚配何人，或是僅言廝配某氏便無下文，予以改編者極度寬鬆的杜撰空間。譬如趙雲，後世評論語多溢美，個人形象飽滿豐沛；但是，史傳僅記子嗣二人，其妻名姓反倒闕然，《三國演義》所述韻事，亦遭趙雲斷然拒絕：

> 樊氏把盞畢，範令就坐。雲辭謝。樊氏辭歸後堂。雲曰：「賢弟何必煩令嫂舉杯耶？」範笑曰：「中間有個緣故，乞兄勿阻：先兄棄世已三載，家嫂寡居，終非了局，弟常勸其改嫁。嫂曰：『若得三件事兼全之人，我方嫁之：第一要文武雙全，名聞天下；第二要相貌堂堂，

〔註185〕「自慢」，乃為日文詞彙「じまん」之漢字，意指充滿自信。

〔註186〕綜合報導，〈高希希：《三國》「整容不變性」〉，《大眾電影》（北京：中國電影家協會，2010），2010年12期，頁18。

威儀出眾；第三要與家兄同姓。』你道天下那得有這般湊巧的？今
尊兄堂堂儀表，名震四海，又與家兄同姓，正合家嫂所言。若不嫌
家嫂貌陋，願陪嫁資，與將軍爲妻，結累世之親，如何？」雲聞言
大怒而起，厲聲曰：「吾既與汝結爲兄弟，汝嫂即吾嫂也，豈可作此
亂人倫之事乎！」〔註187〕

面對傾國美人，趙雲卻能秉懷節義、毫不動心，世人僅知趙雲謹愼、拒納樊
氏，卻不知此位義士，是否曾有戀愛韻事。因此，周大荒《反三國演義》，虛
設馬超之妹馬雲騄，嫁予趙雲爲妻；此女才貌出眾、武藝絕倫，身爲驍勇善
戰的西涼女將，匹配趙雲實爲天作之合，夫唱婦隨以共騁沙場。《反三國演義》
以趙雲爲主角，爲求滿足作者對於趙雲的謳歌，以及讀者對此英雄人物的好
奇，遂虛設佳偶以匹配英雄，趙雲本人也料想不到，橫跨千年之後，美色當
前不動於心的清高武將，後人反爲其聘納嬌妻。喬太守亂點鴛鴦譜，並非只
是無端生波，劉熹桁認爲：愛情的加入，除了能夠滿足觀眾的觀賞需求之外，
還有一個作用，就是讓人們熟知的無欲無求的英雄，有一種向人性回歸的趨
勢。〔註188〕馬雲騄橫空出世，僅爲伴隨夫君、陪襯兄長，婚配趙雲的妻眷形
象，卻自此深植人心；其後，日本電玩遊戲，仿效設定而同增此角：戰略遊
戲《三國志》、紙牌戰鬥《三國志大戰》、策略模擬《神馬三國》、線上遊戲《蒼
天戰姬》，〔註189〕均見馬氏活躍其間。電影《三國之見龍卸甲》，則是增設女
角軟兒，作爲趙雲髮妻，軟兒爲夫製作燈籠，上言「東西南北只盼相聚不分
離」，〔註190〕尋常夫婦的小情小愛，更顯眞摯溫柔。另有漫畫《三國志烈傳‧
破龍》，主述三國英雄之愛情故事，包括：〈龍之覺醒〉曹操與丁夫人、〈臥龍
之戀〉孔明與黃月英、〈碧眼新娘〉孫堅與吳夫人、〈桃園結義〉劉備與甘夫
人，作者自剖創作理念：「身爲一個三國志書迷，我常常在想『好想讀些三國
志中的武將的戀愛故事喔──』……我想把重點集中在英雄們也是『凡人』
這個部份來編織故事。」〔註191〕作者增添愛情故事，既可重新解讀史事，並

〔註187〕古本小說集成委員會編，《古本小說集成‧三國志通俗演義（萬卷樓本）》，頁 981。
〔註188〕劉熹桁，〈趙雲形象演變的原因與意義探究──從《三國志》、《三國演義》和
　　　　《見龍卸甲》爲藍本〉，頁 37。
〔註189〕愷英網絡，《神馬三國》（上海：愷英網絡，2012）。
　　　　飛魚數位，《蒼天戰姬》（新北：飛魚數位，2014）。
〔註190〕李仁港導演，劉浩良、李仁港編劇，《三國之見龍卸甲》。
〔註191〕長池智子，《三國志烈傳‧破龍‧1》（臺北：青文，2006），前折頁。

可轉換面向以形塑人物，英雄不再叱吒風雲，同樣有其鐵漢柔心。

又如劉備，正史記載妻妾甚多，包括甘夫人、糜夫人、孫夫人、穆皇后；吉川英治《三國志》，卻又增添「白芙蓉」此角，作爲劉備的初戀情人。兩人因戰亂結緣，又於亂世聚散匆匆，劉備難忘佳人倩影，睽違數年又與此女相逢。關羽、張飛見劉備沉迷情愛，力勸勿忘初衷，得志之後方能籌備成親；藉此筆調一轉，全文主軸再度易轍，虛構情節轉銜正史脈絡，撰述桃園三結義爭奪天下之事。直至江陵逃難前夕，方再提及此女：

> 劉備的兩位夫人中，糜夫人年紀稍長，約三十出頭，而且是個十足的美人，她爲玄德生了一個男孩，如今已經六歲，只是自小身體羸弱。甘夫人的年紀比糜夫人來的小，乃沛縣人士，雖無艷麗姿容，卻也清麗可人，風姿綽約。但是，在她們之前，玄德還迎娶過另一名女子，也就是玄德的初戀情人。十多年前，當玄德還處於織席維生的困境中，向洛陽船上的商人購買母親喜愛的茶葉時，歸途中遇上了一位名叫芙蓉的姑娘。她原先住在舞台山的舅舅劉恢家中，後來劉備親自上五臺山提親，正式迎娶，只是不久便因病去世。〔註192〕

故事前段，作者極力鋪陳劉備與白芙蓉的戀曲，後又匆匆交代此女病死，劉備身邊僅有糜、甘兩位夫人，雖是扣合正史，卻使白芙蓉之戀更顯突兀。此外，志怪小說《拾遺記》，記述甘夫人「玉質柔肌，態媚容冶」，〔註193〕甚得劉備寵愛，並言此女體態霜潔、宛若玉人，恰與上文相互牴觸。如此述寫，可能肇因安排失當，吉川曾言：「我不是簡譯或抄述……字裡行間隨處可見原著中所沒有的辭句、對話，這些都是我寫這本書的著力重點。」〔註194〕小說創作之初，吉川有意跳脫原著，之後卻又雷同譯作，顧及文本橋段，只好匆促捨去精心設定的自創人物，以便循史敘事。吉川杜撰此角實爲自尋麻煩，卻能營造原設缺少的浪漫情懷，俾使人物形貌更顯豐足；常人覽閱三國故事，多半頌讚史詩動盪，倘再加以英雄美人，更能顯現劇情細膩。

三國改編文本，時見增添愛情橋段，關聯人物可爲史傳記存的夫妻情侶，亦或再創杜撰的虛擬婚配，除了男女情愛，尚有另股新興趨勢：BL。BL，源自「Boys' Love」之簡稱，即爲通俗所言「男同性戀」，爲「女性向」同人作

〔註192〕〔日〕吉川英治著，鍾憲譯，《三國英雄傳·4》（臺北：遠流，1992），頁289。
〔註193〕〔東晉〕王嘉，《百子全書小說家異聞·拾遺記》（臺北：黎明，1996），頁9533。
〔註194〕〔日〕吉川英治著，鍾憲譯，〈作者自白〉，《三國英雄傳·1》，頁7。

品之大宗類型；相較於現實社會之男同族群，BL 作品較少涉及嚴肅議題，譬如性別認同、性向認同、多元成家、配偶關係合法化，而是如同普通性向之男女情愛，無所掩飾也無所遲疑。〔註195〕此類作品，多半鋪述二人世界的濃情蜜意，亦或破鏡分離之悲戀愁情，雷同於眾所熟知的羅曼史，只是將男女主角，替換爲性別相同的男性角色，甚或代入三國名將。本爲對峙叫戰的英勇猛將，何以成爲同人筆下「愛而不見，寤寐思服」的柔情鴛鴦？前部章節曾論，適合改編爲「女性向」同人作品的原創故事，通常具備三大要素：脫離現實的故事背景、可供發揮的龐大配角、男性互動之故事主軸；〔註196〕三國故事巧合上述架構，角色形貌豐沛靈活，人物互動多元頻繁，衍生傳頌不歇的經典橋段。對於另有所圖的同人作者，與其費心突顯形象單薄的女性人物，甚至虛構女角，方能成就良偶佳話；不如擇選形貌豐沛的男角，相互配對以虛構情事，演繹可歌可泣的烽火戀歌。李衣雲認爲，角色之間的互動關係，端賴作者的設定意圖，然而，經由讀者的想像力與再詮釋，仍可無視作者本意，自由解讀人物關係之強化、弱化、連續、截斷。〔註197〕縱使面對相同文本，秉持不同心態的讀者，仍可依照「有色眼光」，刻意解讀文本內容，藉此加強心儀「配對」之合理性、適配度。

　　三國故事之虛構男性愛，雖以同人創作爲大宗，筆者認爲，實可追溯至吉川英治《三國志》，已見鋪設此類情節：

> 不管是談論什麼話題，關羽都是一勁兒地責備自己，對玄德的思慕
> 之情絲毫未減。曹操只得再轉了一個話題，但是心中百味雜陳，既
> 佩服關羽的忠義，又微露出些許醋意。〔註198〕

曹操欣賞關羽，「三日一小宴，五日一大宴」，屢屢贈送金銀財貨、美人名駒，甚至加封官爵以拉攏關羽，使其投奔麾下。曹操惜才愛才之容人大度，與關羽不慕名利、不棄金蘭之忠義情操，廣爲後世謳歌；經由吉川重新演繹，曹操求才若渴的百般示好，反倒變爲癡迷關羽的眷戀之情，縱使情節如同《三國演義》，卻因再創者增添情愫、渲誇心思，而使故事展現不同風貌，予以讀者新異解讀。此段「單戀苦思」，尚有後續：

〔註195〕李衣雲，《漫畫的文化研究》，頁 269。
〔註196〕傻呼嚕同盟，《COSPLAY・同人誌之秘密花園》，頁 159-160。
〔註197〕李衣雲，《漫畫的文化研究》，頁 140。
〔註198〕〔日〕吉川英治著，鍾憲譯，《三國英雄傳・4》，頁 305。

關羽終究走了。離開自己，回到劉備身邊去了。單戀像關羽這樣的
大丈夫，真是辛苦啊！當然，這兒所謂的「戀」字，實際上乃是鐵
錚錚的男子漢之間，自然興起的一種惺惺相惜之感。「這一輩子，恐
怕再也碰不到像這樣的義士了。」此刻，曹操的心中絲毫沒有恨意。
對於像關羽如此來去明白、坦蕩蕩的義士，即使想要發脾氣，恐怕
也很難吧！「……」他以寂寥的眼神，凝視著北方的天空。想到關
羽遠去，連連熱淚不禁順頰而下，彷彿內心的苦處與無奈，都隨著
他的睫毛眨動而流瀉出來。〔註199〕

吉川筆下，曹操放下身段、迷失自我，心神縈繞均為關羽行蹤，目送對方絕
情離去，曹操宛如失戀的少女，落落寡歡而黯自銷魂，全然無復霸王神采。
單就字面解讀，仍可視為英雄相惜，部分讀者卻自有見解，憑藉字裡行間的
曖昧情愫，以及極為優美的文字鋪述，遙想二人可能情事。

　　此般風潮，動漫遊戲更顯興盛，相較於結構平穩的文學作品，動漫遊戲
更無拘述，多數題材均可翻轉，包括同性戀情之增補新添。但是，三國故事
於史有據，角色多為真實存在，部分人物尚有後裔傳世；為免引發紛端及後
嗣抗議，採取商業出版的再創作品，同性戀元素通常曖昧模糊。譬如漫畫《武
靈士三國志》，描述孫策、周瑜契若金蘭，二人齊心以奠基霸業，無奈霸王殞
落，獨留周瑜支拄大局。演義描述，孫策臨終遺言囑弟：「倘內事不決，可問
張昭；外事不決，可問周瑜。」〔註200〕足見孫策對於周瑜之信任；而於此部
漫畫，孫策早逝之後，周瑜卻欲殉情追隨，漫畫甚以「伯符！不要丟下我先
死去」作為標題，〔註201〕偏離原作的連襟情誼，更像死生契闊的同性戀人。
多數再創者採取保守行徑，也有作品另闢蹊徑，竟以同性戀情為號召，即為
動畫《鋼鐵三國志》，人物全為三國武將，劇情卻是幾近顛覆：主角為世世代
代守護玉璽的陸遜伯言，家族慘遭殲滅之後，跟隨老師諸葛亮孔明浪跡天涯，
因此捲入煙硝瀰漫的三國大戰。倘就正史記載，孔明、陸遜並無瓜葛；若就
《三國演義》，二人交鋒也僅此篇章：

　　陸遜聽罷，上馬引數十騎來看石陣，立馬於山坡之上，但見四面八
　　方，皆有門有戶。遜笑曰：「此乃惑人之術耳，有何益焉！」遂引數

〔註199〕〔日〕吉川英治著，鍾憲譯，《三國英雄傳·5》（臺北：遠流，1992），頁 8-9。
〔註200〕古本小說集成委員會編，《古本小說集成·三國志通俗演義（萬卷樓本）》，頁551。
〔註201〕真壁太陽作，壱河柳乃助畫，《武靈士三國志·7》，頁 120。

騎下山坡來，直入石陣觀看。部將曰：「日暮矣，請都督早回。」遜方欲出陣，忽然狂風大作，一霎時，飛沙走石，遮天蓋地。但見怪石嵯峨，槎枒似劍；橫沙立土，重疊如山；江聲浪湧，有如劍鼓之聲。遜大驚曰：「吾中諸葛之計也！」……陸遜回寨，歎曰：「孔明真臥龍也！吾不能及！」〔註202〕

孔明爲蜀漢丞相，陸遜爲東吳都督，分屬不同陣營，也無私交情誼，雖有諸葛亮巧設陣法以困陸遜，卻也是後人杜撰的小說家語。動畫之中，二人卻是師生關係，陸遜更對孔明言聽計從、景仰眷戀，誓言終生追隨；反是孔明出言勸慰，趨促陸遜投奔孫權，方能守護寶物「玉璽」。此部作品，人物互動極盡煽情，譬如陸遜爲諸葛亮梳髮，又如凌統替陸遜主饋料理，尋常夫妻之閨房情趣，巡目套用於三國武將，甫一推出便引發怒評，卻也博取部分觀眾的支持贊同，乃因人物設定美形，與其說是讚譽三國戀情，不如解釋爲觀眾意圖欣賞美少年之浪漫風情。

　　三國故事增添愛情橋段，肇因原作有所缺損，深具拓展空間；倘若增補韻事爲同性戀情，除卻改編者之顛覆意圖，另股肇源便是日漸鼎盛的「美少年」風潮，尤以同人誌爲其大宗。李衣雲認爲，當今的二次創作，仍以女性爲主要參與者，遂使「女性向」二次創作的敘事主軸，多爲男性角色的情愛關係乃至性愛關係，展現女性對「性」的視線與感受。〔註203〕原作未曾涉及的領域，便是得以改編的沃土，「愛情故事」值得深掘，「親密關係」更是任憑發揮。其次，女性向同人誌，常以美形人物爲主，三國時代雖非人人均爲潘安，其人其貌也無鐵證得以具象，仍可端賴主觀，加以詮釋刻畫。此外，三國動漫遊戲，爲求博取青睞，常將角色刻意美化，謀臣猛將均成造型時尚、輪廓俊朗的瀟灑美男子，更加緊扣大眾目光。總結上因，鼎盛風行的「美少年」浪潮，遂使人物轉爲「美形」，這些姿貌秀麗、性徵模糊的角色，容易成爲「女性向」之改編題材，此類作品又常以男同性戀爲題。是故，同人圈針對三國動漫遊戲，衍伸新添的同性戀故事，數量更是難以計數。單就網站指標而言，日本便有許多同盟、FC（Fan Club）：「惇遼同盟」（夏侯惇 x 張遼）、〔註204〕「岱超同盟」（馬岱 x 馬超）、〔註205〕「泰權同盟」

〔註202〕古本小說集成委員會編，《古本小說集成·三國志通俗演義（萬卷樓本）》，頁1587-1588。
〔註203〕李衣雲，《漫畫的文化研究》，頁126。
〔註204〕「惇遼同盟」：http://tonryo.180r.com/（2015.02.16）。
〔註205〕「岱超同盟」：http://daixchao.koiwazurai.com/（2015.02.16）。

（周泰 x 孫權）、〔註206〕「北伐しょう」（姜維＋夏侯霸），〔註207〕，均以三國男角配對為主。〔註208〕配對人物多有關聯，或為相同陣營，或有親密情誼，或為史實之中互動頻繁，同人擷取史述，加以腦內曲解、增補、翻轉，逕自杜撰為情愛關係，藉此發想新編劇情。普羅讀者，對於三國故事改造為同性戀情，更覺離奇、難以接受；但於同人作家，肇因心存立場，所見所聞均是遐想題材。譬如劉備造訪草廬，謙待諸葛亮以示誠心，「食則同桌，寢則同榻」；〔註209〕又如磐河戰後，趙雲跟隨公孫瓚回京復命，劉備「執手垂淚，不忍相離」。〔註210〕上述二例，雖可解讀為義氣相契的男兒情誼，今日視之卻也太過肉麻，莫怪同人作家想入非非。研究流行文化的約翰・史都瑞曾言：

> 文本的特性可以說是「有結構的多重釋義」（structured polysemy），可以產生特定的「優先讀法」（preferred reading），提供讀者特定的位置去進行理解和釐清，但文本並沒有辦法保證讀者會創製出怎樣的特殊意義，或讀者會採取哪些特定的解讀位置。〔註211〕

文本編撰之際，必然蘊含創作者的主觀意識；但是，創作者只能展現所有線索脈絡，極盡鋪陳作品之中，卻無法決定、甚至不可預測，接收端將如何解讀文作，由中衍伸自我意志。簡單來說，當作品交呈於讀者，決定作品意涵之人，不再是造生篇章的作者，而是改由閱讀者自由心證，遂能恣意詮釋。

此外，三國故事之根源，部分始於民間軼聞，部分來自傳抄文本，譬如《三國志》、《三國志平話》、《三國演義》，均屬文字形式，卻與漫畫格式有些許共通，茲引漫畫觀點以略作析論：

> 漫畫是由多數畫格的連續組合來發展劇情。畫格間的分隔有時表示時間的流逝、有時表現視點轉換、有時透過分隔來製造氣氛餘韻。讀者必須自己去填補這些分隔餘白，在閱讀的過程中，不斷將「記憶」裡的一格格畫框組合成一貫的文脈，同時理解這種分隔在整個

〔註206〕 「泰權同盟」：http://sky.freespace.jp/spheroid/（2015.02.16）。
〔註207〕 「北伐しょう」：http://ihiro.web.fc2.com/hokubatsu/（2015.02.16）。
〔註208〕 上述「x」，用以標示男男戀之性愛關係，即為「插入」與「被插入」，日本女性向同人誌，慣用「人物 A x 人物 B」，表示配對之間的攻受關係，因其寄託現實世界的男女喻涵，通常不得逆轉；臺灣方面，沿襲日本的簡化標示，美國則以「人物 A／人物 B」較為通用。
〔註209〕 古本小說集成委員會編，《古本小說集成・三國志通俗演義（萬卷樓本）》，頁717。
〔註210〕 古本小說集成委員會編，《古本小說集成・三國志通俗演義（萬卷樓本）》，頁128。
〔註211〕 〔蘇格蘭〕John Storey 著，張君玫譯，《文化消費與日常生活》，頁214。

畫面中所要表達的意義。〔註212〕

漫畫作品，通常成為同人改造基砥，乃因故事精彩入勝，令人意猶未盡而欲增補情節；另番肇因，便是漫畫專屬的「畫格形式」。畫格之存在，是為切割畫面、突出焦點，俾使創作者於框格之中，盡速呈顯內容資訊，順暢轉換人物視角，或是銜接分頭並進的劇情脈絡；格與格之間，用以分界的留白線條，遂成交代未盡的「空白」。作者利用畫格形式，簡便敘事以避繁瑣，亦或增添悠然韻味；讀者閱覽之際，卻可填置幻想以杜撰情事，倘再轉為同人誌形式，更是常以畫格之間，作為新創故事的切入點。文字作品，雖然未有畫格，同樣有其鋪寫未盡的敘事缺口，譬如《三國志》之史料疏略，亦或《三國演義》略而不提的轉場橋段，這些未盡描寫的「空白」，足供閱覽者憑託聯想，就此添置新創情事，只要首尾銜接合宜，增添橋段得以流暢貫通，如與原作渾然一體。

三國男同性戀題材，除卻上述配對，尚有「趙陸同盟」（趙雲 x 陸遜）、〔註213〕「絕對丕三主義」（曹丕 x 石田三成），〔註214〕配對組合反是風馬牛不相及，則是肇源遊戲影響，改編者亂點鴛鴦之際，考慮的並非史實根據、人物關係，而是單就角色外貌，評論是否「登對」。同人演繹之男男戀作品，尚有一種只述性愛而無關敘事的特殊類型，名為「やおい」（YAOI）。再創者擷取原作片段，擇選既定人物，逕行揣想性愛場景，毫無因果也欠缺邏輯，概以激烈煽情的肉慾畫面，吸引讀者閱覽，遂自嘲為「沒有高潮、沒有結果、沒有意義」（ヤマなし、オチなし、イミなし），簡稱為「やおい」。強行配對本無交集的三國人物，即屬上述類型，翻轉重點並非搜求二者關聯，而是仰賴再創者主觀，猶如情色小說逕以愛慾交媾為全作要點。既是如此，為何非得逆轉史實、顛覆性向，為何不以原設夫妻之情愛畫面，滿足創作者與閱覽者的內心企求？李衣雲認為，「女性向」作品善於演繹男戀之事，乃因「女性不在場的性，使得女性在閱讀上保有安全感，減低對於社會規範行使抵抗／叛逆時的心理負擔。」〔註215〕此類作品，既定讀者多為女性，觀賞兩名男子的情愛糾葛，即便情節慘惻、內容殘虐、罔顧倫常、背棄道德，閱讀當下雖能感同身受，卻因己身性別不同於書中主角，讀者宛如隔離於安全防護圈，感

〔註212〕李衣雲，《漫畫的文化研究》，頁 149。
〔註213〕「趙陸同盟」：http://zlunion2417.web.fc2.com/index.html（2015.02.16）。
〔註214〕「絕對丕三主義」：http://segretezza.web.fc2.com/love/secret.html（2015.02.16）。
〔註215〕李衣雲，《漫畫的文化研究》，頁 274。

到安定自在，並且隨時都可脫離書中情節，毫無窒礙以回歸現實。

綜合上述，三國題材新增男同志戀情，觀眾反應毀譽參半。同人市場蓬勃，龐大觀眾同好此道，欣然接受男角配對；但是，普羅大眾則視爲妖魔橫行，棄若敝屣而不屑一顧，即便涉足同人圈的讀者，也有部分無法接受逆轉性向的改編作品，甚至叱爲「詆毀史實」、「過度腦補」。筆者認爲，追溯三國時代之確切證據，首推史書記載；然而，正史記述之功過是非，人們同樣存有疑慮，畢竟「爲尊者諱」之過度美化，亦或「郭公夏五」之篇章闕損，甚或「魯魚亥豕」之記載錯誤，《三國志》無法代表往昔時空的全部樣貌。是而，《三國演義》之成書，便爲如此──羅貫中汲取史料，刻意捨棄不符理念之述，同時增添另有意圖的虛擬情事，改編新作由此而生。因此，同人世界之中，無論創作者亦或閱讀者，享受作品之前提，在於容許原作具有彈性衍伸的空間；即如《三國演義》愛好者，推崇小說情節之妙，並能適時忽略不合史實的荒誕描述，方能感受作品樂趣。史實內容可以刪改，人物性向也能杜撰，讀者閱卷之際，與其膠著性向認同，更應關注翻轉性向之後，改編作品的衍伸新意，方能領會改編新作的精髓意旨。

第三節　形象塑造

三國時期，活躍其間的各路英雄，俾使斷殘史事，猶能觸發各代人心；因此，後世諸多小說──尤其同爲豪傑齊聚的陽剛主題──常見參照三國人物之設定。譬如元末鉅作《水滸傳》，雖述宋江起義史事，卻也虛設各路魔星，個個面有異相，宛如名將再現：朱仝「似關雲長模樣，滿縣人都稱他做美髯公」，〔註216〕關勝「堂堂八尺五六身軀，細細三柳髭鬚，兩眉入鬢，鳳眼朝天，面如重棗，唇若塗朱」，〔註217〕更如武聖附體；揚雄稱爲「病關索」、呂方別稱「小溫侯」，同樣憑藉三國名將以塑形貌，意在突顯人物威猛。此外，吳用道號「加亮先生」，公孫勝別稱「入雲龍」，兩相綜合正是三國「智絕」──臥龍先生諸葛亮。另外，梁山泊英雄排座次，亦如蜀軍陣營，列出「馬軍五虎將」：大刀關勝、豹子頭林沖、霹靂火秦明、雙鞭呼延灼、雙槍將董平。生靈活現的三國人物，同被套用於曲亭馬琴（1767－1848）的《里見八犬傳》，

〔註216〕〔元〕施耐庵著，羅貫中纂修，《水滸傳》（臺北：三民，1972），頁164。
〔註217〕〔元〕施耐庵著，羅貫中纂修，《水滸傳》，頁805。

此書被譽爲日本武士文學代表作品，與貴族文學《源氏物語》分庭抗禮，均爲文壇經典名作。作品講述 16 世紀之安房國境（千葉縣南端），領主里見義實之女伏姬遭受詛咒，遂與愛犬八房結爲夫妻，生下各具仁、忠、義、禮、智、信、孝、悌之德的八名犬士，八位兄弟齊心協力，戰勝讎敵以中興里見家族。作品主旨，明顯借鑑《三國演義》劉、關、張之桃園結義，以及復興漢室的主題構思；差別在於，劉、關、張仰賴「義」，八犬士則聚集於「德」。〔註218〕此外，作品情節、交戰場面、人物塑造，均可端見演義影響；譬如，書中角色源爲朝，「面白鼻高，眉綠有如青山，唇紅仿若春花，雙耳肥厚，雙目灼人，身長七尺，相貌非常」，〔註219〕塑形套路正如《三國演義》摹述馬超「面如傅粉，唇若抹朱，腰細膀寬，聲雄力猛，白袍錦鎧」，〔註220〕同是神態俊美，英姿颯爽的年輕健兒。在在顯見，三國人物塑造，無論源自史實、亦或傳說增添，均是深入人心，啓發後世效擬。

小說塑造人物，除了形貌、體態、神情、動作之外表描述，尚可利用氣質、對話、個性、心理狀態……闡顯內在思維，使其更爲飽實立體。人物常是作品焦點，成功的角色設計，足以吸引觀眾、引發共鳴，未具說服力的人物設定，反會削減內容張度，甚至成爲作品敗筆。分析人物形象，可先概分爲「扁形人物」（flat characters）與「圓形人物」（round characters）。「扁形人物」，亦稱「性格人物」（humours）、「類型人物」（types）、「漫畫人物」（caricatures），誠如其名，性格扁平、陳述僵化，依循單一特質以建構型塑；〔註221〕作者著重於鮮明特質，其它角度之人物側寫則幾近捨棄，遂使角色性格穩定，容易辨認卻也僵硬固化，如同「靜態」；觀眾得以預料人物思維，藉此摸索劇情走向。「圓形人物」則如球體，不同角度各有光影變化，人物形象豐沛多元，隨著環境變異，應對行事也有所調整；創作者先以某一性格作爲基底，摻糅不同思維，展現紛然層次，個性複雜多變，更爲切合眞實情景，遂使人物形象立體，是種「動態」的性格呈顯。

塑造人物之際，往往先由外貌著手，誠如尋常生活，與人接觸先觀察相貌，甚至常言「相由心生」，認爲外在樣貌與內心性格，必然有所關連。

〔註218〕邱嶺、吳芳齡，《三國演義在日本》，頁 192。
〔註219〕〔日〕曲亭馬琴著，歐陽仁譯，《里見八犬傳》（臺北：武陵，1998），頁 70。
〔註220〕古本小說集成委員會編，《古本小説集成・三國志通俗演義（萬卷樓本)》，頁 1083。
〔註221〕〔英〕E. M. Forster 著，蘇希亞譯，《小說面面觀》，頁 94。

因此，作品介紹角色出場，先行描繪人物外表，予以讀者既定印象，同時
增強預設心理，作為劇情走向之引導鋪陳。所謂「人如其面，各有不同」，
部分作品以面相體貌，作為人物性格的雙重印證；特別是小說文本，因以
文字為媒介，更需極力描摹角色樣貌，方能予以想像脈絡。《三國演義》為
例，重要人物出場，總不免全身掃視、簡述形貌：述劉備「龍鳳之姿，天
日之表」以顯王者風貌，〔註222〕述關羽「身長九尺，髯長二尺」以彰豪傑
氣勢，〔註223〕述張飛「豹頭環眼，燕頷虎鬚」以顯威猛神勇，〔註224〕述
諸葛亮「頭戴綸巾，身披鶴氅」以凝名士風範，〔註225〕或述孫權「方頤大
口，碧眼紫髯」以顯威武，〔註226〕或述曹操「身長七尺，細眼長髯」以示
多奸。〔註227〕名揚千古的英雄人物，即以《三國演義》所塑形態，傳頌於
普羅大眾。羅貫中描述樣貌，總是寥寥數筆、整體概括，卻使人物身段有
所不同，足以提供讀者想像，而使人物躍然紙上；毛宗崗曾言：「古史甚多，
而人獨貪看《三國志》（三國演義）者，以古今人才之聚未有盛於三國者也。」
〔註228〕讀者沉迷三國故事，肇因人才輩出，更因章回小說之人物形塑，遂
使讀者得以想像各路豪傑的凜然英姿。改寫三國故事的日本作家，吉川英
治也曾評論：

> （《三國演義》）構想的雄偉與舞台的寬廣，即使是全世界的古典小
> 說也無出其右者。以出現的人物來說，如果仔細加以計算，可能超
> 過幾千甚至幾萬人。此外，由於是用中國一流的華麗豪壯之調、哀
> 怨淒切之情、悲壯慷慨之詞、誇張幻化之趣以及拍案三嘆之情來敘
> 述，因此絕對能夠使讀者從書中緬懷一百年間生滅於世間眾多人物
> 的浮沉，以及文化的興衰，確實具有讓人無限感慨的魅力。〔註229〕

塑造人物，本是小說重要課題，尤以鉅型作品，登場角色龐雜繁瑣，倘若
處理不慎、抑或著寫不足，反使讀者區辨混淆，降低閱讀順暢與樂趣；因

〔註222〕古本小說集成委員會編，《古本小說集成‧三國志通俗演義（萬卷樓本）》，頁1114。
〔註223〕古本小說集成委員會編，《古本小說集成‧三國志通俗演義（萬卷樓本）》，頁10。
〔註224〕古本小說集成委員會編，《古本小說集成‧三國志通俗演義（萬卷樓本）》，頁9。
〔註225〕古本小說集成委員會編，《古本小說集成‧三國志通俗演義（萬卷樓本）》，頁711。
〔註226〕古本小說集成委員會編，《古本小說集成‧三國志通俗演義（萬卷樓本）》，頁553。
〔註227〕古本小說集成委員會編，《古本小說集成‧三國志通俗演義（萬卷樓本）》，頁17。
〔註228〕朱一玄、劉毓忱，《三國演義資料匯編》，頁255。
〔註229〕〔日〕吉川英治著，鍾憲譯，〈作者自白〉，《三國英雄傳‧1》，頁7。

此，眾多讀者推崇三國，除卻劇情精彩，也在於人物樣貌之多姿多彩、相互顯揚。

　　塑造角色能否成功，除卻外在皮相，同樣仰賴氣質神態、行為舉止，以及人物之間的關聯互動，個體姿態方更豐足。《三國演義》呈顯角色，沈伯俊認為有三特點：一、把人物放到尖銳複雜的矛盾中，通過他們各具特色的言行，表現其不同的性格。二、採用典型的情節和生動的細節來突出人物性格。三、運用誇張、對比、襯托、側面描寫等多種手法來塑造人物。〔註230〕以劉備、諸葛亮為例，每逢情勢告急、敗逃之際，劉備常是「執手垂淚」、〔註231〕「淚沾袍袖」、〔註232〕「望南而哭」，〔註233〕甚至「一日哭絕三五次，三日水漿不進」，〔註234〕涕泣縱橫的軟弱行為，實為塑造其仁德形象；諸葛亮卻總是氣定神閒，或輕搖羽扇，或渡授錦囊，更多時候則為莫測高深，直至故事明朗，方知丞相妙招，進而讚嘆諸葛亮神機妙算。唐君毅（1909－1978）認為：「單一人物不成氣候，通常要藉人物與人物共同創造出一個空間，然後才能襯托出意義來。」〔註235〕文學評論者愛德華・佛斯特也曾言：「大多數的小說當中，人物都不能盡情伸展，他們必須在相互的約束中活動。」〔註236〕總結上述，徬徨無緒的怯弱君主，佐以冷靜沉穩的睿智軍師，看似衝突拉鋸，卻又互補搭配，兩相對照之下，更顯角色殊異，更易讀者區辨人物。

一、改造舊角色

　　承前所述，人物之摹述呈現，攸關作品精彩與否，既是如此，作者又該如何創建、塑造、虛設情事，方能突顯角色性格，展現人物獨特風貌？同時，尚得預設角色互動，使其合理流暢，博取觀眾的認同瞭解。作者必須思索，人物性格有其連貫，應當避免前後矛盾，卻又不得全然制式，以免人物形態扁平、難以發揮，折損故事之轉折性與精采度。因此，無論是元末明初的羅

〔註230〕沈伯俊，《羅貫中與三國演義》，頁 162。
〔註231〕古本小說集成委員會編，《古本小說集成・三國志通俗演義（萬卷樓本）》，頁 128。
〔註232〕古本小說集成委員會編，《古本小說集成・三國志通俗演義（萬卷樓本）》，頁 714。
〔註233〕古本小說集成委員會編，《古本小說集成・三國志通俗演義（萬卷樓本）》，頁 775。
〔註234〕古本小說集成委員會編，《古本小說集成・三國志通俗演義（萬卷樓本）》，頁 1459。
〔註235〕周英雄，《小說・歷史・心理・人物》，頁 119-120。
〔註236〕〔英〕E.M Foster 著，蘇希亞譯，《小說面面觀》，頁 93。

貫中，亦或今日三國改編者，對於角色塑造，均須審慎思考。

常人行爲，在於滿足生理需求、心理目標，極力汲取自身所需；然而，人類奠基於社會，須與其他個體相互協調，爲求切合群體規範，必將限制個體行爲。因此，外顯行爲折衷退讓，內在心靈仍有勉力壓抑的渴求與衝動。爲求調和個人需要與社會限制，作者架構各類各樣的角色形貌；自有思維的各色人物，一方面搏得社會認同，另一方面閱覽者藉由角色行爲，得以履行個體企圖，抒發難以實現的內心欲望。因此，角色可被視爲個人與社會之間的「中介」。〔註237〕「中介」，乃是不同事物之間，相互聯繫的貫通環節；所謂殊異事物，包括不同個體之交流，也包含現實社會與虛構世界之連結。譬如《三國演義》，雖然根源史實，卻是折戟沉沙的千年遺事，唯有藉由登場人物之醒目特色，吸引讀者眼光、滿足個體渴求，同時兼合寫實人性，方得引發讀者同理，感受書中人物誠如己身之複雜多元。

三國故事之中，活躍遠古的梟雄猛將，眞實樣貌、本質性格、彼此之間的交流互動，均已難有客觀憑證；所謂「通論」，縱有史事佐證，卻也參雜個人主觀。三國愛好者，大多接觸過《三國演義》；羅貫中的妙筆羅織，雖爲劇情增添高潮，卻也大肆扭轉史實眞相，以求迎合個人主見。因此，部份讀者另讀陳壽《三國志》，相較於章回小說的天馬行空，《三國志》更能彰顯歷史眞相、還原人物形貌。但是，陳壽雖爲三國立傳，本身乃爲晉朝史官，常對晉朝曲筆粉飾，面對敵對陣營，遑論江東霸王亦或蜀漢昭烈，一概貶損爲割據中原的野心分子。綜前所述，三國史事之客觀眞相，以及三國人物之眞實樣貌，已難武斷論定。因此，縱使三國眞有其人，角色形象與相關事蹟，猶仍留存許多空白，容許再創改編，造成舊有角色的更動變異；誠如凱斯·詹京斯所言：「同一研究的對象，可以因不同論述的方式，而有不同的解讀；而每一種對象，在不同的時間和空間，也有不同的解讀。」〔註238〕下述行文，依序分爲「反差化」、「豐富化」、「年輕化」、「美形化」、「性轉換」，各自析論三國人物之改造形式，及其喻涵意旨。

（一）反差化

當今讀者，對於三國人物之瞭解，大多源於《三國演義》及其後續改編，譬如劇曲傳奇、影視戲劇、動漫遊戲、大眾文學；上述類型，同時夾雜信史

〔註237〕周英雄，《小說・歷史・心理・人物》，頁159。
〔註238〕〔英〕Keith Jenkins 著，貫士衡譯，《歷史的再思考》，頁59。

記載、民間異事，架構主體卻仍按照演義時序，人物形貌或有變化，行事性格卻泰半承襲舊套。改編作品雖以再造為前提，但又不能免俗、率由舊章，正是因為《三國演義》深植人心，並非後生晚輩的隻字片語，即可推翻普羅大眾的概定印象。多數再創者，身處原設框架，卻也樂在其中，不會輕易變動經典元素，一方面簡省設定，另一方面避免讀者混淆、徒生枝節。但是，也有創作者求新求變，讀者更是喜新厭舊，遂見三國人物之性格形貌，亦能展現迥異原作的另番風情。三國人物的性格改造，筆者認為有三類型：一是，羅貫中過度美化的典範角色，參照史實予以合理審視，回歸其人原始樣貌。二是，過度貶損的負面人物，同樣回溯可信史證，或是兼採各家異說，予以調整修補、洗刷污名。三是，未受重視的邊緣角色，亦或有所爭議之人，雖不見容於當世，反倒貼切於世風逆轉的當代社會，遂成眾所關注的重點人物。簡要來說，改編者拋卻《三國演義》對於角色的神化、醜化亦或淡化；北方謙三曾言，中國的古典小說於述寫人物之際，常見極端現象，好則極好，壞則壞透。〔註239〕肇因民族思維，以及教忠教孝之傳統包袱，三國人物形象，確有上述缺憾，雖使角色分明，卻也折損內容解讀；因此，部份改編作品，形塑人物更加中立，返回原始本貌，同時兼融優缺。如此一來，更加親近讀者感受，宛如日常生活的週遭人物；因此，當代作品，不再僅以醒目性格，作為形塑人物的唯一途徑，而是更顯細膩寫實，以茲展現性格幽微。

　　三國人物最受推崇者，當以諸葛亮為首。身為蜀漢重將，又是輔佐兩代的肱股忠臣，諸葛亮助益劉備、護翼後主的忠誠形象，已是中華文化的良臣典範。不僅侷於中國社會，一海之隔的日本、韓國，以及漢化所及的越南、泰國，廣泛流傳三國故事，同時承繼漢語世界對於諸葛亮的高度讚頌。著有多本三國改編小說的評論家雜喉潤（1929－），其作《三國志與日本人》乃言：「日本的三國熱，說到底就是孔明熱。」〔註240〕神機妙算兼能呼風喚雨，鞠躬盡瘁直至死而後已，諸葛亮智勇兼備、忠義雙全的完美形象，同使海外人士深感懾服。大正時期，小說家芥川龍之介（1892－1927），遊覽中國之後滿懷慨言，遂於《江南遊記》述道：

　　　　《金瓶梅》中的陳敬濟、《品花寶鑑》中的奚十一，在這人群當中，
　　　　這號人物似乎不少。但是，什麼杜甫，什麼岳飛，什麼王陽明，什

〔註239〕轉引自王向遠，《中國題材日本文學史》，頁 354。
〔註240〕〔日〕雜喉潤，《三国志と日本人》（東京：講談社，2002），頁 126。

麼諸葛亮，卻似乎一個都找不出來。換句話說，現在所謂的支那，
已不是從前詩文中的支那，而是在猥褻、殘忍、貪婪的小說中所表
現的支那了。〔註241〕

芥川此言，是對近代中國的無限惋嘆。隔海遙望的東瀛島國，經由廣佈流
傳的中國典籍，依稀拼湊古國樣貌，爲其眷戀沉迷。然而，泱泱氣勢的古
老中國，終究已是「夢裡少年的長安」，不復昔日悠然古韻。日本作家滿懷
期待而來，卻飽受打擊而歸，心中頹萎可想而知；芥川特意選擇孔明，作
爲美好中國的象徵圖騰，同可察見對於諸葛亮的崇拜神往，實是古今中外
有志一同。

　　諸葛亮，只是凡胎肉體，嚴格來說僅是壯志未酬的敗軍頹將，何以成爲
中國人民的楷模典範，並爲神機妙算的智將代表，至今仍備受推崇、傳頌不
歇？習鑿齒《襄陽記》記載，諸葛亮亡逝之後，百姓冀能爲其立廟奉祀，劉
禪雖以不合禮制而未准，市井黎民仍於每年時節，私祭孔明於道陌；時至晚
唐，孫樵猶能目睹追祀孔明的虔誠頂禮：「武侯死迄五百載，迄今梁、漢之民，
歌道遺烈，廟而祭者如在，其愛於民如此而久也。」〔註242〕黔首未曾忘卻輔
國良相，文人騷客更是屢加頌揚孔明，遙想其人盡忠奉獻，由此寄託己身理
想，韋莊〈喻東軍〉乃言：「獨把一樽和淚酒，隔雲遙奠武侯祠」，陸游〈書
憤〉則嘆：「出師一表眞名世，千載誰堪伯仲間」；諸葛亮宵衣旰食、義勇奉
公的忠勤形象，藉由文學作品渲染鋪疊，已然深烙萬人心中。

　　但是，《三國志》評述諸葛亮「治戎爲長，奇謀爲短」、〔註243〕「連年動
衆，未能成功，蓋應變將略，非其所長」，〔註244〕陳壽認爲諸葛亮長於內政，
拙於領軍，恰如凡夫俗子，各有專長缺憾。後世演繹，卻使孔明脫離本貌，
蛻爲所向無敵的萬能軍師，甚至超凡入聖，得以呼風喚雨、挪轉五行。唐朝
李山甫〈又代孔明哭先主〉：「鯨鯢翻騰四海波，始將天意用干戈。盡驅神鬼
隨鞭策，全罩英雄入網羅。提劍尙殘吳郡國，垂衣猶欠魏山河。鼎湖無路追
仙駕，空使羣臣泣血多。」頌讚孔明事蹟，並以神化角度形塑形象。《三國志
平話》，則述諸葛亮本爲神仙，「達天地之機，神鬼難度之志，呼風喚雨，撒

〔註241〕　〔日〕芥川龍之介，〈昔〉，《芥川龍之介全集・第二卷》（東京：岩波書店，
　　　　　1977），頁124。
〔註242〕　轉引自盧盛江，《閒話眞假三國》，頁215。
〔註243〕　〔西晉〕陳壽著，〔南朝宋〕裴松之注，《新校本三國志注附索引》，頁930。
〔註244〕　〔西晉〕陳壽著，〔南朝宋〕裴松之注，《新校本三國志注附索引》，頁930。

豆成兵，揮劍成河。」〔註245〕又說，自古以來只有三人會祭風，一爲幫助黃帝降服蚩尤的風侯，一爲幫助舜帝困住三苗的皋陶，此外即是祈風助火的諸葛亮。元雜劇之中，諸葛亮甚至自稱「貧道」，道號則是「臥龍先生」；隆中詩友，皆爲「講習太清妙訣，修練長生之術，參通大道，學就仙方」的化外高士。此外，諸葛亮尙能喚斗移星、撥轉乾坤，彈琴奏樂便使六月降霜、荒地運風；平日身著星履霞衣，頭戴卷雲玉冠，身披七星錦繡雲鶴氅，端坐於金頂蓮花帳之上，已成騰雲駕霧的玄虛仙人。〔註246〕直至《三國演義》，諸葛亮雖是躬耕鄉野的書生形貌，依然大展神威、屢獻神技：

> 孔明辭別出帳，與魯肅上馬，來南屏山相度地勢，令軍士取東南方赤土築壇。方圓二十四丈，每一層高三尺，共是九尺。下一層插二十八宿旗……壇下二十四人，各持旌旗、寶蓋、大戟、長戈、黃鉞、白旄、朱幡、皁纛，環繞四面。孔明於十一月二十日甲子吉辰，沐浴齋戒，身披道衣，跣足散髮，來到壇前……孔明緩步登壇，觀瞻方位已定，焚香於爐，注水於盂，仰天暗祝。〔註247〕

赤壁前夕，萬事具備只欠東風，莫怪周瑜抑鬱成疾；相較東吳都督的心亂如麻，諸葛亮卻能神算濃霧、登壇祈風。之後，又有「孔明巧佈八卦陣」、「五丈原諸葛禳星」，仙人形貌更見顯明。魯迅嘆道：「諸葛多智而近妖」，〔註248〕《三國演義》之崇仰神化，反使孔明樣貌僵化；章回小說之孔明，總能神機妙算以決勝千里，即便曾有「食少事繁」，與其說是羅貫中描述諸葛亮的力有未逮，更像藉由丞相的宵衣旰食以顯忠誠，孔明身爲凡人的脆弱、猶豫，均不如演義再三強化的仙道風格，如此深植人心。讀者覽閱作品，雖是關注孔明動態，僅爲期待丞相施展妙計，反倒鮮少探索人物內心。是故，倘就形塑角色而言，預佈性過強的作品元素，勢必成爲發展隱憂。

　　因此，當代改編，仍然歌頌諸葛亮的忠勇奉公，運籌帷幄以展胸中萬千甲兵，卻又盡力消弭仙術色彩，俾使諸葛亮回歸凡人，有所侷限也自有缺憾。吉川英治《三國志》，主線架構於曹操、孔明之英傑交鋒，突顯諸葛亮的英明果決，但是並非此人洞察天機，而是建立於縝密精確的分析論證，作者捨棄

〔註245〕古本小說集成委員會編，《古本小說集成・三國志平話》，頁60。
〔註246〕盧盛江，《閒話眞假三國》，頁211。
〔註247〕古本小說集成委員會編，《古本小說集成・三國志通俗演義（萬卷樓本）》，頁917-918。
〔註248〕魯迅，《魯迅全集・9・中國小說史略》，頁135。

怪力亂神之述，強調現代文學的理性主義，強化孔明形象的「人間性」。〔註249〕電影《三國之見龍卸甲》，諸葛亮為求北伐制勝，不惜犧牲趙雲軍團，作為誘敵深入之餌，再遣關興、張苞攻取六郡，險中求勝博取更大戰功；趙雲解開錦囊方知此計，大受打擊久久無言，副將鄧芝更是為之憤慨。如此運籌，諸葛亮同有謀略，卻非輕揮羽扇即可紓解戰局，緊急時刻仍須棄卒保帥、斷尾求生，由此塑造諸葛亮的能力侷限，同時增添自私無情的負面形象。

　　動漫遊戲，亦有「反動」，臥龍先生不再神機妙算，運籌帷幄也絕非無敵，尚有作品刻意形塑其人格缺弊。陳某《不是人》，末篇〈最後的棟樑〉，架構於諸葛亮與魏延之嫌隙；過往描述，多是慨歎丞相鞠躬盡瘁、斥責魏延驕矜反骨，甚至認同《三國演義》虛撰情節，讚嘆孔明料得先機，預設伏兵擊殺魏延，勿使叛將尋釁作亂，危害蜀漢社稷。陳某卻述孔明為博名聲，迎娶醜女以塑名士風範，再言諸葛亮肩負蜀漢大計，但又過於謹慎以至畏戰，「怯用奇謀無奇功，平坦大路也覆車」；〔註250〕此番演繹，並非空穴來風，《三國演義》所述：「諸葛亮平生謹慎，未敢造次行事……他非無謀，但怕有失，不肯弄險。」〔註251〕正可作為新編映證。此外，因與魏延早有過節，諸葛亮處處刁難此人戰略，甚至剝奪兵權、幾近架空，遂使北伐兵敗之際，全軍潰散而無一將可戰，丞相憂心國事直至吐血彌留，方才悔恨自身狷介，卻是為時已晚，最後即以「知人善任，先帝帳下，魏延成棟樑；抑才貶能，孔明軍中，文長成廢將」收攬全作，〔註252〕感慨孔明心胸狹隘，方是蜀軍覆沒的最大敗因。

　　又如電玩《軒轅劍‧漢之雲》，更以顛覆孔明形象，作為招攬賣點。故事背景為蜀漢北伐，趙雲本已亡故，憑藉「續命之法」以延展陽壽，重生之際流轉民間，察知百姓疾苦，以及連年征戰之國力消蝕。趙雲認為，北伐徒然勞民傷財，意欲阻止諸葛亮窮兵黷武，甚至決意暗殺孔明，方能遏止北伐計畫。劇情敘述諸葛亮一意孤行、率軍遠征，為求充實軍備，強徵民夫、搜刮良田，造使百姓惶惶不安，戰燹不休更使黔首疲於奔命，無法安養生息，甚至難保性命。物產豐沛的曹魏大軍，面臨蜀漢多次北伐，始終以逸待勞、輕取其鋒，諸葛亮卻仍屢屢發難，無視前線潰敗、軍力懸殊，誓言戰至一兵一卒；如此堅持不撓，只為遵守劉備遺諾，傾天下之力以求回報君王之恩，諸葛亮失卻理智，為求滿

〔註249〕王向遠，《中國題材日本文學史》，頁146。
〔註250〕陳某，《不是人‧下》（臺北：東立，1990），頁49。
〔註251〕古本小說集成委員會編，《古本小說集成‧三國志通俗演義（萬卷樓本）》，頁1300。
〔註252〕陳某，《不是人‧下》，頁115。

足一人孤念,漠視蒼生為草芥。歷代歌頌的臥龍先生,反被削減神威、增添弊陋,回歸常人形貌,誠如《不是人》藉由諸葛亮之口,慨然長嘆:「人奉我為神明,其實我只是個實實在在的人,是人總有人的短處。」〔註253〕

歷代過度吹捧諸葛亮,以至譽過於實,相較之下,曹操則因普羅大眾的負評訾議,無端消抹才華貢獻,徒留臭名千古,乃為「負化」人物代表。曹操實為梟雄、更為能臣,雖是「挾天子以令諸侯」,意圖鞏固自身權勢,甚至自比周文王,為子孫奠基天下;然而,亦如曹操自述:「設使天下無有孤,不知當有幾人稱王,幾人稱帝。」〔註254〕曹操自封九錫、欺逼天子、弒殺伏后,固對皇族產生威脅,卻也因其雄才大略,主導漢末江山,使其不至分崩離析,淪為毫無法治的蠻陌荒邦。曹操身屬漢室重臣,且為曹魏先祖,史書記載甚為詳密,《三國志》有言:「(太祖)與虜對陣,意思安閑,如不欲戰,然及至決機乘勝,氣勢盈溢。故每戰必克,軍無幸勝。」〔註255〕正面肯定曹操軍事長才。又如唐太宗〈祭魏太祖文〉:

> 昔漢室豆分,群雄嶽立,夫民離政亂,安之者哲人;德喪時危,定
> 之者賢輔。伊尹之臣殷室,王道昏而復明;霍光之佐漢朝,皇綱否
> 而還泰。立忠履節,爰在於斯。帝以雄武之姿,當艱難之運,棟樑
> 之任,同乎曩時,匡正之功,異於往代。〔註256〕

綜覽全文,乃將曹操喻為伊尹、霍光,頌讚其人匡正亂世、支拄朝廷,實為良臣典範。由此察見,前朝論贊多半秉持史實,持平審視曹操事蹟,對其才能謀略,以及穩定大局之功,給予極高評價。

不過,肇因史觀扭轉,「帝魏寇蜀」逐漸式微,「崇蜀抑魏」成為主流,曹魏人物遂成篡謀漢祚的邪惡角色。民間話本、雜劇戲曲,多半崇仰蜀漢英雄,同時凸顯曹、吳陣營之醜陋;因此,獨攬重兵的丞相曹操,造使蜀漢北伐受阻的許昌霸權,遂成萬眾叱唾的靶心。此番觀點,又以羅貫中《三國演義》,對曹操的汙名醜化,最是影響深遠,造使萬千讀者盡信書中的虛妄罪名。《三國演義》曾敘,曹操向王垕借頭以息眾怒,顯見此人狡獪奸詐;又述曹阿瞞許田打圍,不僅僭越禮制,甚至迎納眾官恭賀,顯見心懷不軌之篡謀意

〔註253〕陳某,《不是人・下》,頁97。
〔註254〕古本小說集成委員會編,《古本小說集成・三國志通俗演義(萬卷樓本)》,頁1043。
〔註255〕〔西晉〕陳壽著,〔南朝宋〕裴松之注,《新校本三國志注附索引》,頁55。
〔註256〕李文學編,《唐太宗詩文札記》(西安:人民教育,1999),頁70。

圖。上述之事，均是於史無稽的虛撰情事，卻已深挫曹操名聲，而成讀者心中的奸佞邪臣。如同丘振聲所言：「曹操這個形象雖然與歷史上的曹操不完全相同，但也不是毫無根據的捏造，只是較突出地表現了他奸雄的一面。」〔註257〕時至清代，毛宗崗父子編修演義，遂以「國賊」貶稱曹操，一筆勾銷正面形塑，大舉安插虛妄罪名。盧盛江認爲：

> 羅本卷寫曹操「膽量過人，機謀出眾」、「用兵彷彿孫吳，胸內熟諳韜略」，毛本刪去。羅本卷七「曹操倉亭破袁紹」一節，曹操大勝後未直取冀州，乃因考量禾稼在田、恐廢民業，並說「民惟邦本，本固邦寧。若廢其民，縱得空城，有何用哉？」，毛本刪去。羅本卷八「獻荊州王粲說劉琮」，王粲美言「曹公乃人傑也，雄略冠時，智謀出眾」，毛本刪去。第二十四回袁紹起兵攻打曹操，毛本加入陳琳《爲袁紹檄豫州文》痛罵曹操。〔註258〕

簡要而言，凡是對於曹操之肯定推崇，遑論是否實情，均被毛宗崗刪除，不願承認曹操的膽識謀略，更加否定此人之仁者襟懷。如此作法，或是加強劇情衝擊，突顯蜀、魏之正邪交戰，卻也犧牲曹操聲望，淪爲百姓痛恨的反派象徵，眾人皆欲殺之辱之。譬如京劇三國戲《甘寧百騎劫魏營》，敘述甘寧大破曹營，曹操嘆言「火衝天燒得我頭昏眼暈，黑夜裡找不著哪是營門。恨吳兵火工計心腸太狠，身無力腳無根跌倒埃塵。」叱吒風雲的鐵骨英雄，僅成倉皇無措的狼狽老叟。又如《水淹下邳》，曹操說道：「傳令下去，今日所擒之將，順我者昌，逆我者亡。」殘暴無情的恫嚇言語，已成曹操經典名言，實乃後世虛撰之罪。《徐母罵曹》一劇，則由庶母之口斥罵曹操：「種種奸謀，彰明昭著。世之三尺童子，未有不想殺爾之骨，食爾之肉，割爾之心，碎爾之骨！」〔註259〕創作者鄙棄曹操，以及市井大眾的憤慨之情，藉由角色行徑，得以抒發宣洩。此外，又有《曹操夜走陳倉道》、《陽平關五馬破曹》、《諸葛亮博望燒野》、《關雲長千里獨行》、《莽張飛大鬧石榴園》、《漁陽三弄》、《清缸嘯》、《鼎峙春秋》，均是醜化曹操之戲劇。〔註260〕至今，曹操已成奸相代表、反派象徵。

　　羅貫中刻意貶損魏、吳，然於敘事之中，肇因史實資料，以及故事張力，

〔註257〕丘振聲，《三國演義縱橫談》，頁247。
〔註258〕盧盛江，《閒話眞假三國》，頁310。
〔註259〕盧盛江，《閒話眞假三國》，頁346。
〔註260〕丘振聲，《三國演義縱橫談》，頁59。

仍需展現曹操的才華能力，甚至慈愛百姓的仁者襟懷，〔註261〕以及「宜哭反笑，宜笑反哭」之特殊魅力，遂於眾多登場人物，反成獨樹一格的鮮明形貌。周建渝認為，《三國演義》摘引詩文評論曹操，先言「動靜皆存智，高低善用賢」，又言「堪嘆當時曹孟德，欺君罔上忌多才」，褒貶兼融、相互悖逆，由此可見，《三國演義》對於曹操的評價，具有「未完成性」。〔註262〕因此，讀者覽卷之際，除了依循劇情引導，進而崇仰趙雲、關羽、諸葛亮，有時尚會反其道而行，厭惡作者的過度美化，轉而翻掘作品之中慘遭醜化者，激賞其人特異行為，曹操便為此例代表。毛宗崗雖對曹瞞語多叱鄙，卻也評論其為「古今第一奇人」，此位角色看似篡邦逆賊，同時兼備治國長才，又能禮賢下士、輔弼朝政，乃為「似乎忠，似乎順，似乎寬，似乎義」，〔註263〕難以定義的複雜性格，造使曹操形貌突出。民國魯迅同有評論：「作者所表現的和作者所想像的，不能一致，如他要寫曹操的奸，而結果倒好像是豪爽多智的；要寫孔明之智，而結果倒像狡猾。」〔註264〕華裔作家陳舜臣則言：「如果曹操真是這麼殘忍的人，他周圍也就不會聚集人才。」〔註265〕人物性格之錯綜矛盾，造使後世改編者，覓得再造契機。

　　時至近代，肇因社會思潮轉變，以及三國題材求新求變，加上角色特性符合當代認同，推崇曹操逐漸蔚為新興潮流。明清時代，即有讚美曹操的雜劇作品：明代王濟（？－？）《連環計》，敘寫曹操獻劍以行刺董卓，顯現此人為國除奸的英雄氣概；此外，明代陳與郊（？－？）《文姬入塞》、清代南山逸史（？－？）《中郎女》、曹寅（1658－1712）《續琵琶記》，均述曹操耗費重金，贖回流落蠻荒的蔡邕之女蔡文姬，囑其繼承父志以續寫國史，藉此讚揚曹操愛惜人才、重視文治，心懷擘圖又兼懷柔情的人傑形貌。〔註266〕民

〔註261〕《三國演義》33 回：「操令本處百姓敲冰拽船，百姓聞令而逃。操大怒，欲捕斬之。百姓聞得，乃親往營中投首。操曰：『若不殺汝等，則吾號令不行；若殺汝等，吾又不忍；汝等快往山中藏避，休被我軍士擒獲。』」上文可見，曹操雖是造使人民痛苦的始作俑者，面對百姓哀求，卻又能網開一面，是曹操於《三國演義》難得一見的和藹形貌。（古本小說集成委員會編，《古本小說集成・三國志通俗演義（萬卷樓本）》，頁 616。）

〔註262〕周建渝，《多重視野中的〈三國志通俗演義〉》，頁 22-25。

〔註263〕朱一玄、劉毓忱，《三國演義資料匯編》，頁 255-256。

〔註264〕魯迅，《魯迅全集・9・中國小說史略》，頁 333。

〔註265〕〔日〕陳舜臣著，劉瑋譯，《日本人與中國人》（臺北：五南圖書，2012），頁 332。

〔註266〕盧盛江，《閒話真假三國》，頁 348。

國之後，奠基三國的改編作品，重新審視曹操功過，進而推崇讚美，頌譽曹操所作所為。電視劇《曹操與蔡文姬》，描述曹操守護佳人的真摯柔情；電玩《三國戀戰記》，形塑曹操雄才大略，沉穩洞見天下大局；漫畫《一騎當千》，曹操身擁重兵，眾多猛將為其賣命，乃是因其愛才之深。對於曹操的美化謳歌，尤以日本最為顯著，吉川英治曾言：「曹操的性格，仍然相當符合東方英雄的典型，不僅是他的外在丰采，包括他那疾如電石的行動，多愁善感的熱情，兼具了英雄性格中必有的正負兩面。」〔註267〕前人傾慕劉備、鄙棄曹操，乃因身處封建的蒼茫眾生，不堪執政者殘虐，遂而推崇仁慈懷柔的蜀漢先帝；時代丕變之後，強調個人主義的當代浪潮，轉而排斥劉備怯懦，更加敬佩曹操之喜怒分明、敢做敢為，為求自保而能屠殺摯友呂伯奢，唯賢是用則能禮待降將關雲長，曹操滿懷野心以蹈厲奮發，兼能細膩行事以收攬人心，手段毒辣剷除異己，卻又悼友垂泣的深情形貌，處處均見充沛熱情，遂成當代讀者的關注寵兒。陳舜臣曾言：

> 我不認為曹操是大家所傳說的惡人。然而，也不是絕世大英雄。用一句話說，應該是成功了的機會主義者吧。更進一步，帶著偏愛來看，可以說是可能開啟近代的人物……嘲笑身分制度的不合理，高舉效率主義的大旗，廣收人才，只是達成眼前一個又一個目的的「手段」而已。〔註268〕

社會大眾，不再敬仰溫吞仁君，轉而欣賞大破大立的梟雄氣勢，曹操擘畫果敢、恩威並施的個人特質，實更近於當代理念；改編者遂投其所好，不再追隨輿論貶抑，而是改以現代觀點，多元呈顯曹操丰采。

日本學者雜喉潤：「和中國比較，日本的『曹操迷』特多，這令中國人吃驚。」〔註269〕日本崇拜曹操，一是因為吉川英治《三國志》之推波助瀾。吉川剖析演義架構：桃園結義為三國序幕，曹操登場方成好戲連棚，直至孔明初出茅廬，全作焦點再度迴轉，改以臥龍先生大展長才，作為劇情主線。吉川甚言：「一言以蔽之，《三國演義》可說是描繪自曹操崛起，以迄孔明亡歿之間，兩大英傑爭奪成敗的軌跡。」〔註270〕吉川既將曹操視為作品前段的主

〔註267〕〔日〕吉川英治著，鍾憲譯，〈諸葛菜〉，《三國英雄傳·10》，頁367。
〔註268〕〔日〕陳舜臣著，劉瑋譯，《日本人與中國人》，頁339-340。
〔註269〕〔日〕雜喉潤，《三国志と日本人》，頁153-154。
〔註270〕〔日〕吉川英治著，鍾憲譯，〈諸葛菜〉，《三國英雄傳·10》，頁368。

角，除了凸顯事蹟、聚焦描述，同樣留心於性格摹寫，不再侷於主觀偏見。另外，北方謙三著筆《三國志》，曾言：「我不讀其他作家寫的《三國志》，而且《三國演義》也不看，只看『正史』，我的想法是要從正史中汲取情節，並構思自己的作品。」〔註271〕是故，「北方三國志」敘寫曹操之勇猛果決，以及作者對於呂布的欽佩與尊敬。三好徹《興亡三國志》，則是憑藉平反意圖，重新塑造曹操形貌；參照正史記載，回溯曹操謀略長才，以及終生未曾篡位的歷史實證，顯現此人獻忠漢室的護國情操。

　　大眾文學之外，影視娛樂同有擁曹趨勢，譬如電視劇《三國》，曹操作為首集登場人物，著重程度不言可喻；製作單位摹述曹操，也絕非奸佞之貌，而是兼容梟雄氣度。《三國》描述，曹操殺害呂伯奢以求自保，尚能好整以暇，返回呂家享用飯菜，陳宮為此齒冷、出言譏諷，曹操卻言：「自古以來，就是大奸似忠、大僞似眞。忠義和奸惡，都不是從表面就能看得出來的。也許你昨天看錯了我曹操，可是今天呢你又看錯了，但是我仍然是我，我從來都不怕別人看錯我。」〔註272〕曹操心中自有盤畫，為達目標可以不擇手段，卻也能夠坦然陳述心中陰謀，與其在乎他人評價，曹操更在乎自身認定與價值，正是一代梟雄的過人襟懷。又如電影《銅雀臺》，架構於精心策劃的陰謀，蛻變自《三國演義》宮廷密詔：

　　　　一日，曹操帶劍入宮，獻帝正與伏后共坐。伏后見操來，慌忙起身。
　　　　帝見曹操，戰慄不已。操曰：「孫權、劉備各霸一方，不尊朝廷，當
　　　　如之何？」帝曰：「盡在魏公裁處。」操怒曰：「陛下出此言，外人
　　　　聞之，只道吾欺君也。」帝曰：「君若肯相輔則幸甚；不爾，願垂恩
　　　　相捨。」操聞言，怒目視帝，恨恨而出。〔註273〕

電影敘述，漢獻帝難忍權臣欺凌，而與伏完、吉本密謀大事，培養刺客以殲滅曹操，卻因事蹟敗露，遂由皇帝、魏王當面對質以掀全作高潮。曹操自剖心志：「鹿雖是我射的，但牠歸你」，〔註274〕遂見其人並非圖謀權勢，而是盡忠報國以剷除軍閥，冀能收復大漢河山；最末，一代梟雄慨歎不白之冤，黯然神傷以至憔悴衰亡，歷朝斥為篡賊的曹阿瞞，反被極盡推崇、歌頌美化，

〔註271〕〔日〕北方謙三，《三國志讀本》（東京：春樹文庫，2002），頁18。
〔註272〕高希希導演，朱蘇進編劇，《三國・3》。
〔註273〕古本小說集成委員會編，《古本小說集成・三國志通俗演義（萬卷樓本）》，
　　　　　頁1245-1246。
〔註274〕趙林山導演，汪梅林編劇，《銅雀臺》。

成爲竭力護國的政治犧牲品。作品反常設定，一是肇因此角爲周潤發（1955－）飾演，大肆扭轉角色樣貌，切合演員正派形象；另番原因，自是反思前朝偏頗，改由頌讚曹操，以利另闢敘事新境。

　　平復曹操形貌，甚至以其爲主角，於追求新異的動漫遊戲，更屬繁盛。漫畫《蒼天航路》，便以曹操行跡作爲全書脈絡；先述少年阿瞞任性放蕩、機智敏捷，再鋪陳曹操吞併天下的雄心抱負，細膩刻畫一代梟雄之生命波瀾。所述曹操，不再僅以劇曲、小說作爲塑形依據，而是回歸史傳記載，更求貼近人物實貌。《蒼天航路》原作李學仁（1945－1998）即言：「有句話說：『千年眞實』。事情在發生的瞬間，被世人所認知的叫做事實。然而，也有些事情被刻意掩藏，而湮滅在黑暗之中。曹操，屬於後者。《蒼天航路》就是要在黑暗中，將已經湮滅千年的曹操的光芒再次綻現，讓世人認知。」〔註275〕另外，港漫《火鳳燎原》，以及日漫《三國志Ｆ》、《超三國志霸－LORD》，曹操僅爲配角，卻不再是黑髯細眉的白面奸相，而是勇於接收新知的時代改革者；漫畫《龍狼傳》，曹操曾言：「我不否認我有掌握漢帝國實權的野心，但無論是誰，都不會希望自己所治理的國家因戰爭而混亂不堪。」〔註276〕曹操雖是奸雄，更是勇於承擔天下亂局的有爲者，眼光宏達、用才唯賢，遠勝三國時代的鄙陋群將。甚至，《蒼天航路》爲求凸顯曹操，屢屢改寫其人事蹟，譬如贈荀或空盒，並非刻意貶損，而是曹操囑其永保潔白；處死伏皇后，亦非梟雄跋扈，而是曹操刻意承擔罪名，以使施政更爲順暢——如此看來，曹操反是犧牲小我、成全大局的壯烈志士；當代改編作品之中，曹操形貌再度偏離史實，卻是偏向過度美化的光譜另端。

　　總合上述，筆者認爲，三國題材之當代改編，對於部分角色採取「反差化」改造：頌揚神化者，褪去虛假矯飾；貶抑醜化者，回歸原始樣貌；邊緣淡化者，則佐照脈絡線索，深探人物內在思維。魯迅認爲，《三國演義》雖然塑造精彩萬分的人物群象，卻又有其嚴重瑕疵，「寫好的人，簡直一點壞處都沒有；而寫不好的人，又是一點好處都沒有。」〔註277〕中國社會，過度強調正邪對立，造使文學作品承染習氣，遂將幽微人性，簡化爲單調思維：好則極好，壞則極壞。俾利讀者瞭然，卻也侷限角色發展，甚至偏離現實社會的

〔註275〕李學仁著，王欣太繪，《蒼天航路・1》，後折頁。
〔註276〕山原義人，《龍狼傳・8》（臺北：東立，1996），頁82。
〔註277〕魯迅，《魯迅全集・9・中國小說史略》，頁333。

人格特性。相對而言,西方小說之角色塑造,意在交待人物性格的階段發展,面對不同環境,如何發展自我,尋找自身價值定位;中國小說,卻是側重角色的寄託情操、象徵意義,重點在於其所肩負的人格定位,這些特點與生俱來,善惡絕無同流之際。〔註278〕綜合上述,更見中國故事於角色性格之僵化,已成箝制創作的無形枷鎖,為求故事新詮,翻轉角色乃勢在必行。

陳舜臣曾言:「將歷史上的英雄,作為一個普通的人寫成小說的時候,難免誇大化或矮小化,若要盡可能寫出接近真相的東西,就有必要對於史料加以仔細研究。」〔註279〕因此,改編者考核史傳,由中挖掘人物真貌,不僅展現角色新貌,又非自由心證的虛妄之語,仍舊有跡可循,不致錯亂無章。亦可結合當代思潮,突破主觀偏頗的《三國演義》,更加切合人性真貌;因此,漫畫《超三國志霸-LORD》,描述關羽耽溺貂蟬靈肉;《不是人》經典場面,在於關羽斬貂卻猶豫再三、垂憐國色;電影《關雲長》,忠勇護嫂的關二,竟對劉備未過門的小妾綺蘭,眷戀不已難以忘懷。毛宗崗頌為「報主之志堅,酬恩之誼重」,〔註280〕中國文化遵奉為聖的戰將關羽,卸去神化撰飾,僅為難過美人關的平凡男子。漫畫家陳某顛覆三國人物之際,便曾自剖創作意圖:

> 我喜歡看某些人做錯了事,卻矢口否認,不惜編織各種藉口來推卸責任,為藉口加上不同的理論,或著披上仁義道德的外衣,結果是他變得理直氣壯,而你卻成了理虧的人。我認識不少這種人,但我欣賞他們。畢竟他們比你我更聰明。〔註281〕

史實記載,關羽情迷秦宜祿之妻,孤高軍神也曾貪戀美色;後世文人,卻逕自衍生月下斬貂、秉燭護嫂之虛妄情事,意圖塑造聖人形貌,部分讀者信以為真,知悉史事的閱聽人卻更感矯情。反向而言,妄遭謬損之人,同樣得以洗刷汙名,電影《赤壁》之中,周瑜並非嫉賢妒能的戚戚小人,而是宛若醇醪的恢宏君子;電視劇《三國》,諸葛亮妄言獻納二喬以消弭戰爭,魯肅斥為「故作謹慎之狀,暗中卻要激怒公瑾」,〔註282〕足見此人明察秋毫,絕非演義之憨愚形貌;漫畫《火鳳燎原》之劇情架構,更是推翻世俗認定,將呂布塑造為智勇雙全的謀略

〔註278〕周英雄,《小說・歷史・心理・人物》,頁119-120。
〔註279〕〔日〕陳舜臣,《諸葛孔明》(東京:中公文庫,1993),頁392。
〔註280〕朱一玄、劉毓忱,《三國演義資料彙編》,頁255。
〔註281〕陳某,《不是人・上》(臺北:東立,1990),頁38。
〔註282〕高希希導演,朱蘇進編劇,《三國・38》。

奇才，以此解讀屢戰告捷，絕非單憑過人武技，同是併採虜詐智謀。

　　尚有邊緣角色之加強處理，同是追尋史料以重塑角色，深入探討思維觀點，俾使角色更顯活化，即爲《三國演義》兩位皇帝——漢獻帝、蜀後主，堪爲此類代表。上述二人，年代懸殊，性情迴異，置身局勢更是無法同日而語，卻均被羅貫中虛筆帶過，僅成王座魁儡，任憑權臣擺佈。然而，電影《關雲長》、《銅雀臺》，卻同將漢獻帝做爲陰謀主導，下令誅殺關羽，亦或行刺曹操，漢獻帝屢出奇招，反成扭轉乾坤的幕後藏鏡人。至於劉禪，身屬蜀漢陣營，卻是一門忠烈之突生敗筆；歷代百姓，欽慕劉備仁德、讚許孔明智謀、感佩趙雲義勇，同時憤斥劉禪之昏庸無道、寵信宦官，對於「扶不起的阿斗」深感不屑，視爲蜀漢亡國之最終敗因。《反三國演義》篡改劇情，虛言劉禪薨逝，改由其子劉諶繼位；《三國之見龍卸甲》，更將此角塑造成輕浮苟且的丑角形態，開戰前刻猶仍流連宮女、取鬧嘻笑，昏君形象不言可喻。〔註283〕然而，史鑑評論乃爲一體兩面：常人認爲劉禪平庸，不若父親秉懷大志，但若此人無所作爲，何以身處群雄爭戰的紛亂三國，尚能在位四十載以延蜀祚？此外，劉禪不戰而降，可視爲怯戰苟活，終結止戰又何嘗不是體恤蒼生？不願蜀國窮兵黷武，勞民傷財無所止境。北方謙三曾言：「雖說篇幅龐大，但是《三國志》（三國演義）仍有其基本史實，基本史實就是『芯』；比起構架故事情節，最困難的就是通過勝負成敗的描寫來塑造人物性格。我讀了正史《三國志》之後，越發感到沒有比這個更重要的了。」〔註284〕北方三國志，最爲推崇史實，其次則是人物性格是否貫串、合乎邏輯。倘以成敗論定，劉禪出降，斷送蜀祚；然而蜀漢爲求興復中原，連年征戰不休，誓言解救蒼生的英傑人雄，正是推民火坑的禍壑根源。因此，回歸史實陳述，諸葛亮〈與杜微書〉評價後主：「朝廷年方十八，天資仁敏，愛德下士。」〔註285〕晉朝李密（224－287）則述劉禪：「可次齊桓。」〔註286〕可見劉禪絕非平庸之輩，更非昏愚之君。電玩遊戲《眞・三國無雙》，選擇晉朝路線以吞併天下，便會出現「樂不思蜀」的預設動畫：

〔註283〕《三國之見龍卸甲》，開頭描述長坂之戰，羅平安護衛劉備妻眷卻失職，趙雲自願衝進敵軍拯救夫人、嗣子，臨行之際，羅平安卻說：「把那個沒用的阿斗救回來」。當時劉禪僅爲嬰兒，羅平安卻出此評論，可見編劇者設計台詞時，深受傳統輿論影響，遂對劉禪滿懷鄙視。

〔註284〕〔日〕北方謙三，《三國志讀本》，頁8。

〔註285〕楊家駱主編，《諸葛亮集》（臺北：鼎文，1979），頁18。

〔註286〕〔唐〕房玄齡撰，《晉書》，頁2275。

> 昭令蜀人扮蜀樂於前，蜀官盡皆墮淚，後主嬉笑自若。酒至半酣，
> 昭謂賈充曰：「人之無情，乃至於此！雖使諸葛孔明在，亦不能輔之
> 久，何況姜維乎？」乃問後主曰：「頗思蜀否？」後主曰：「此間樂，
> 不思蜀也。」〔註287〕

故事如同史述，劉禪卻非無情之人，電玩逆轉定見，但見劉禪自剖心思、侃侃而談，認爲蜀國敗亡實爲樂事，有助天下回歸一統，雖然愧對先王遺言，卻是俾助天下蒼生，得以安養生息、終戰止殤；劉禪並非考量自身安逸，或是能否成就霸業，反是垂憐萬千百姓無辜受殃，已是超越成敗的仁君胸懷，不再僅以丑角視之。

（二）豐富化

三國時期著名人物，以男性爲主，兩性比例甚爲懸殊。乃因三國本爲群雄廝殺，又因重男輕女之傳統觀念，深閨婦孺少有拋頭露面，遑論挺身而出、爭霸天下，遂於歷史舞台徒留空白。《三國演義》登場角色高達 1192 人，女性角色卻僅 60 餘位，標註名號者更僅此五人——蔡琰、曹娥、辛憲英、李春香、貂蟬——〔註288〕其餘女性，無論爲人女、爲人妻、爲人母，貴爲后妃或淪至俘囚，均稱某氏。她們像是一縷幽魂，穿梭於故事場景，總被忽視、幾近遺忘。這些紅粉嬌娃，沉浮史傳、少有提及；她們多爲眞實人物，同樣身處東漢亂世，有其歷史軌跡、個人感懷；她們隱身男人身後，周旋閨閣枕席，或許最爲瞭解名臣武將的眞實面貌，最加體悟英雄心中的冷暖點滴，甚至予以枕邊人決斷生死的關鍵動機。

誠如曹丕之后郭女王，孫權之妃步夫人，賈充之妻郭槐，肇因伉儷情深，遂令丈夫對其言聽計從；婦孺身處深閨，僅憑隻字挑撥，同樣足以撼動局勢：

> 卻說劉表聞玄德語，口雖不言，心懷不足，別了玄德，退入内宅。
> 蔡夫人曰：「適間我於屏後聽得劉備之言，甚輕覷人，足見其有吞併
> 荊州之意。今若不除，必爲後患。」表不答，但搖頭而已。蔡氏乃
> 密召蔡瑁入，商議能事。瑁曰：「請先就館舍殺之，然後告知主公。」
> 蔡氏然其言。〔註289〕

〔註287〕古本小説集成委員會編，《古本小説集成・三國志通俗演義（萬卷樓本）》，頁 2100。
〔註288〕貂蟬僅有名字，且自官職借稱而來，並無姓氏。
〔註289〕古本小説集成委員會編，《古本小説集成・三國志通俗演義（萬卷樓本）》，頁 648-649。

蔡夫人身為劉表後妻、劉琦繼母、劉琮之母、蔡瑁之姐，為助其子繼承嗣位，巧心佈局以剷除異己，對於外患隱憂，更能洞察先機、下手為強；蔡夫人未曾掌握一兵一卒，但是單憑枕席之言，便使劉備倉皇出逃，倘無的盧躍檀溪，一代梟雄早已身死人手，三國局勢必將不同。龐大女性群像，尚有部分身為人母，她們教子有方、作育英才，北堂教誨句句深切，兒輩雖為縱橫天下的英雄豪傑，同樣莫敢違逆，只能唯母是從。《三國演義》之中，徐庶之母以死明志，天才軍師終生不設一謀；孫尚香之母吳國太，愛護女兒進而疼惜女婿，造使孫權欲奪荊州卻又處處顧忌。《世說新語》則述，曹植之母卞太后，眼見曹丕鬩牆爭權、殘殺手足，怒聲叱責：「汝已殺我任城，不得復殺我東阿！」〔註290〕除卻人母、人婦之角色，生於三國的亂世紅顏，尚是某位梟雄的掌上明珠。她們待字閨中、深居簡出，無法跟隨父親征戰天下，亦無法分擔朝政國事；無如兄弟奔騰四海，自然也與蔭封官爵、繼承祖志毫無關聯。但是，身為猛將之女、名門之後，仍被捲入亂世漩渦；「聯姻」成為女孩的職責，是她們可為家族貢獻的光彩，或是突圍求援的一絲生機。譬如孫權，欲為其子聘關女為媳，反被關羽斥諷：「虎女安肯嫁犬子乎！」；〔註291〕又如呂布，欲將女兒嫁予袁術之子，藉此鞏固兩軍聯盟。最富盛名者，自是吳蜀聯姻，孫夫人身為梟雄之女、霸王之妹，《三國志》譽其「才捷剛猛，有諸兄之風」〔註292〕，雖為女中豪傑，但無論史傳記載亦或小說家語，此女出場均與婚事相連，因其兄主婚而粉墨登場，因其夫亡逝而投江自盡，彷彿此人此生唯一要事，便是成全兩國聯姻的政治算計。

由此可見，三國故事雜揉女性身影，卻僅為過場人物，亦或陪襯男角的背景花瓶，並無深入鋪陳、完整交代，遂使女角來去匆匆，留下許多待續情節。誠如約翰・詹京斯所述：「曾經有千百萬的婦女生活在過去，但其中卻只有極少數出現在歷史上。套句俗話便是，婦女『給藏起來不讓進歷史』，也就是有系統的被排除於大多數歷史學家的記述之外。」〔註293〕女性角色著墨未深，卻又夾雜於故事章節，伴隨梟雄霸主，牽連動盪於三國亂世；對於創作者而言，乃是有所基底卻尚未闡發的留白篇章：人物已然

〔註290〕徐震堮，《世說新語校箋》，頁478。
〔註291〕古本小說集成委員會編，《古本小說集成・三國志通俗演義（萬卷樓本）》，頁1375。
〔註292〕〔西晉〕陳壽著，〔南朝宋〕裴松之注，《新校本三國志注附索引》，頁960。
〔註293〕〔英〕Keith Jenkins著，賈士蘅譯，《歷史的再思考》，頁58。

存在，省去架構安排；故事卻未盡完整，發揮空間極爲廣闊，必可別出心裁、有所突破。

因此，「女性角色」成爲改編之際，大肆發掘的有效題材；形塑手法，常見有二：一是，針對現存文本之女角情節，加以細膩摹述、詳細演繹，以茲補足原設缺漏，俾使故事更爲完整，女角形貌也更顯突出，成爲骨肉豐足的「圓形人物」。譬如《三國演義》第十六回，描述曹操耽迷鄒氏美色、誤中圈套，造使愛子、愛侄、愛將命喪宛城，卻無見鄒氏下落，一代美人不知所終；漫畫《蒼天航路》增補情節，另述曹昂爲減輕負擔以利逃跑，遂於曹操面前手刃鄒氏，鄒氏死前慨歎父子同爲寡情之人；《超三國志霸－LORD》，則言鄒氏實爲曹操間諜，暗中串結以成大事，美人不僅周旋枕席，更是曹操霸權的幕後推手。

形塑女角另一手法，則是搜羅存有名氏卻未曾深述的女性角色，憑藉親屬關聯或婚嫁始末，推敲可能情事，加以杜撰衍生。簡要而言，部分女角已有概定印象，改編者將其由簡化繁、細膩增添；另種模式，則是女角僅有名氏、生平不詳，逕由再創者憑空杜撰以另生新篇。三國女角，最富盛名者當屬貂蟬。《三國志》記載：「布與卓侍婢私通，恐事發覺，心不自安」，〔註294〕無名婢妾，竟成兩雄相噬之導火線，此女形貌、行事計謀，遂於後世衍作再三增添。《三國志平話》，貂蟬自述：「賤妾本姓任，小字貂蟬，家長（丈夫）是呂布，自臨洮府相失，至今不曾見面。」〔註295〕元劇《連環計》貂蟬自稱：「忻州木耳村人氏。任昂之女，小字紅昌。因漢靈帝刷選宮女，將您孩兒取入宮中，掌貂蟬冠來，因此喚作貂蟬。」〔註296〕名不見經傳的無名侍女，生平來歷逐漸成形，更加深植讀者心中。貂蟬以身爲餌、以色爲計，獻嬌媚於董卓，睞秋波於呂布，造就父子反目，甚至兩相殘殺，開啓眾路豪傑爭奪天下。倘無貂蟬，東漢國祚早爲董卓謀簒，《三國演義》必將遜色不少；毛宗崗評曰：「（貂蟬）以衽席爲戰場，以脂粉爲甲胄，以盼睞爲戈矛，以顰笑爲弓矢，以甘言卑詞爲運奇設伏，女將軍眞可畏哉！」〔註297〕一代奇女子，身量無若梟雄，智略也不比謀臣，顧盼秋

〔註294〕〔西晉〕陳壽著，〔南朝宋〕裴松之注，《新校本三國志注附索引》，頁219。
〔註295〕古本小說集成委員會編，《古本小說集成・三國志平話》，頁35。
〔註296〕轉引自沈伯俊，《神遊三國》，頁158。
〔註297〕〔明〕羅貫中著，〔清〕毛宗崗評改，《三國演義》，頁91。

波之間，卻已顛覆天下局勢。

　　相較其他紅顏，貂蟬已是《三國演義》著墨最重的女性角色，仍有兩處未盡交代：首先，貂蟬完成「臥底」重任之後，一代美人歸處何方？《三國演義》草草交代，雖被呂布納為妻妾，下邳戰後杳無音訊，是否隨同猛將殞命沙場？亦或天生麗質難自棄，遂被性好漁色的曹操佔為己有？貂蟬如同璀燦耀眼的流星，迅然劃過天際，轉瞬之間又隱遁於無邊闃黑。劇作家先行發難，陸續增添此女結局：劇曲《關公月下斬貂蟬》，曹操將貂蟬轉送關羽，誘使關羽效誠；貂蟬頻送秋波，關羽仍心如止水，甚至斬殺國色以杜絕後患。《月下逢貂》則述，貂蟬自剖為國奉獻，關羽深感動容，但因國難當前無法眷顧兒女私情，最後貂蟬毅然自刎，成全英雄天下大計。《錦雲堂暗定連環計》之中，貂蟬盡獻己力，完成衛國大業，選擇削髮為尼、遁入空門，自此脫離塵俗，遠遁天下亂世。清朝小說《貂蟬艷史演義》情節相似，同言貂蟬潛心修道，八十餘歲無疾而終。上述作品，均是補添原作情節，俾使人物更顯完整、更盡全面。當代改編同有深析，譬如漫畫《三國志烈傳・破龍》，奠基現已失傳的《漢書通志》：「曹操未得志，先誘董卓，進刁蟬以惑其君。」〔註298〕描述曹操進獻貂蟬，挑撥董、呂二人關係，貂蟬雖然深愛曹操，仍為成全男方理想而犧牲自我；連環計成之後，曹操本欲殺人滅口，但因於心不忍而作罷，貂蟬卻尋隙投湖自盡，俾使曹操永銘於心。此番改寫，雖將貂蟬的奉獻情操，縮限為男女情愛，卻使貂蟬形貌更顯真實。

　　缺漏其二，貂蟬雖於《三國演義》有其關鍵作用，人物形塑仍未盡完善：貂蟬的內心，究竟做何思維？她犧牲自我，投懷送抱於其所憎惡的亂賊逆臣；連環計之後，卻又委身為呂布妻妾，全然不合邏輯。倘若貂蟬另懷算計，剷除董卓又欲殲滅呂布，羅貫中也全然未述，遂令貂蟬曇花一現。王齊洲（1951-）評述其人其事：「（貂蟬）她的身上體現不出豐富的、活潑的生命情態，沒有屬於她個人的情感與欲望，沒有任何自我觀照產生的、心理上、情感上的矛盾與痛苦。」〔註299〕《三國演義》的讀者，對此草率結尾，更是早有芥蒂：

　　　　貂蟬不太像一個合理的、活在世上的女生，她比較像是一個輸入了
　　　　毀滅程式的女性機器人，照著主人的意志去執行所有的動作，精準

〔註298〕〔清〕梁章鉅，《浪跡續談》（揚州：廣陵書社，2007），頁79。
〔註299〕王齊洲，《四大奇書與大眾價值取向》（武漢：湖北教育，1991），頁109-110。

地把男人摧毀掉。這個角度反應了以男人為中心，把女人的美色當成工具使用的態度，從來沒有人管過貂蟬心裡在想什麼。它在所有男生束手無策的關鍵點上蹦出來，解決了男生的問題，最後被分派給呂布。很奇妙的是，她的美色在陰謀結束後突然變得不重要了，她還是一樣美麗，可是男人不再為她瘋狂、不再把她當作宇宙的中心。雖然這的確也反應了貂蟬是個無中生有的虛構角色，然而很諷刺的部分正是：如此出色的女性角色，一點都沒有自己的夢想、沒有自己的性格，出完了任務就直接下台。〔註300〕

可見女性角色於《三國演義》，多半作為劇情過場，她們存在的目的，只是為了達成其他男角難以扮演的身分：色誘、聯姻、使男人爭風吃醋、於枕邊竊竊私語，等到任務結束，女角便可棄置一旁，再無登場機會。《蒼天航路》作者曾言：「歷史上只記載著生下男子的側室的女性名字而而已。擁有野心的女人，其名也會被塵封而不記載在歷史上，而『貂蟬』這名稱只是男人們用來爭奪權利的道具。」〔註301〕《三國演義》另有主線，無暇兼顧女角刻畫；後世讀者卻不甘善罷，改編者更是窺得玄妙，反為女角虛設情事、抒畫內心，遂使角色脫胎換骨，有其血肉氣息。電視劇《三國》，加重貂蟬對於呂布的情感，卻為大義而必須獻媚於董卓，掙扎徬徨的貂蟬，質問王允做法乃與禽獸無異，更見貂蟬真實情感，而非徒具外貌的美麗空殼；這也正是導演企圖：力求把貂蟬演得像人，而不是成了一個慷慨獻身的英雄，這樣她才是一個真正的女人。〔註302〕漫畫《不是人》之〈賤妾〉篇，便以貂蟬思維作為敘事觀點，詮釋她對呂布的情深意切，直至呂布遭誅、貂蟬被擄，她轉而誘惑前來觀望的關羽，其實意在激怒對方，求得一死以殉情明志；最後，苟活殘存的貂蟬，削髮為尼、隱遁荒野，日日均至呂布埋身的亂葬崗前，為其頌經祈福。作品雜揉《三國演義》，兼融關公斬貂，卻不再僅以男性視野，評論貂蟬「美人計」所生效能，亦或批判「禍水」衍生厄難；作者藉由角色所言：「她雖是一介女流，尚為保國安民，不惜捨身而為。現在二賊已死，她卻成了千古罪人！」〔註303〕抨擊男性世界的混亂與無情，並將貂蟬視為

〔註300〕侯文詠、蔡康永，《歡樂三國志》（臺北：皇冠，2014），頁37-38。
〔註301〕李學仁著，王欣太繪，《蒼天航路‧7》（臺北：尖端，1998），後折頁。
〔註302〕白玉，《高希希眼中的三國》（北京：作家，2010），頁161。
〔註303〕陳某，《不是人》，頁88。

有血有肉、有悲有喜的無辜女性，面對顛沛流離的一生，無所掌控卻又必須全盤承擔。

貂蟬爲重要女角，性格側寫卻被極度壓縮，其他女角遑論多談，這是三國故事的缺漏，卻也成爲改編作品的契機。導演高希希，認爲影視作品形塑角色之際，應使人物有血有肉、眞實可信，並且融入現代社會的價值觀與審美觀，方是角色得被觀眾認同的關鍵。〔註 304〕電影《赤壁》，對於女角也有所鋪寫：孫尚香女扮男裝、混入曹營，傳回疫情密報，帶回甚爲關鍵的曹軍佈陣圖；並與隊友萌生曖昧、互有情愫，展現東吳公主的勇敢直率，兼又熱情浪漫的嬌媚形象。此外，更有牽動戰局的「東方海倫」——江東二喬；《三國演義》爲突顯瑜亮爭鋒，刻意矯造史實，藉由孔明尋釁以激化周瑜戰志：

> 孔明曰：「……操本好色之徒，久聞江東喬公有二女，長曰大喬，次曰小喬，有沉魚落雁之容，閉月羞花之貌。操曾發誓曰：『吾一願掃平四海，以成帝業；一願得江東二喬，置之銅雀臺，以樂晚年，雖死無恨矣。』今雖引百萬之眾，虎視江南，其實爲此二女也。將軍何不去尋喬公，以千金買此二女，差人送與曹操，操得二女，稱心滿意，必班師矣。此范蠡獻西施之計，何不速爲之？」……周瑜聽罷，勃然大怒，離座指北而罵曰：「老賊欺吾太甚！」〔註 305〕

孔明假意獻計，犧牲二喬便可免於戰燹，自使周瑜無法置身事外，豪傑一怒爲情傷，赤壁之戰得以成形。江東二喬，經由《三國演義》虛撰情事，遂成赤壁之戰引爆點；世人讚嘆諸葛奇智，嗤笑周瑜心胸狹隘，遙想二喬傾國美貌，卻未曾著墨，此對姐妹的內心世界：己身美貌竟能引發大戰，應當如何自處，又是如何看待事件經過？電視劇《三國》，描述周瑜心生憤恨，小喬卻能冷靜剖析孔明伎倆，甚至悠悠朗誦《銅雀臺賦》，乃因「當年我未出嫁時，大江南北不知來過多少說客向我父親提親，其中就有爲曹植說媒的。他們稱讚曹植風華絕代，是江北第一才士，並以《銅雀臺賦》爲證。」〔註 306〕考察年代，提親之事應屬無稽，卻由杜撰情節，凸顯小喬的聰慧理智。而於電影

〔註 304〕 羅嶼，〈新《三國》的一場華麗冒險〉，《小康》（北京：求是，2010），2010
年第 5 期，頁 95。

〔註 305〕 古本小說集成委員會編，《古本小說集成·三國志通俗演義（萬卷樓本）》，頁
838-840。

〔註 306〕 高希希導演，朱蘇進編劇，《三國·38》。

《赤壁》，小喬仍然貌美，卻非沉靜無言，江東美人自動請纓，夜赴敵營以任說客，當面斥責曹操的詭譎無道，小喬不再任人擺佈，變爲剛毅堅強的奇女子。電影作品強化女角，肇因演員均爲當紅女星——孫尙香由趙薇（1976－）飾演、小喬更由首次參與電影的林志玲擔綱——片商仰賴演員聲勢，自然增添演出場景；另一方面，則因小說對於女角之摹述不足，正好提供改編發揮的廣闊空間。

又如電影《銅雀台》，虛構曹丕染指伏皇后，伏皇后慘遭蹂躪、心神渙散，卻又忍辱負重、以此爲計，利用曹丕的愛戀，慫恿其篡謀弒父、取而代之，伏皇后意圖借刀殺人，殲滅曹瞞以光復漢家天下。上述劇情引發觀眾反彈，抨擊改編作品爲求話題，竟是不擇手段篡造史實；持平而觀，伏皇后跟隨漢獻帝，歷經江山飄零，遭逢劫難困厄，她眼見曹操「挾天子以令諸侯」，她也知悉董貴人懷有龍種仍因誅曹失敗而慘遭殺害，猶然孤注一擲，密謀父親以誅殺曹操。呂思勉（1884－1957）曾言：「伏皇后的被殺，是一定另有政治上的陰謀，不過其眞相不傳於後罷了。假定伏皇后的被殺，是別有陰謀，則魏武帝一身，既然關係大局的安危，自不得不爲大局之故而將他撲滅。」〔註307〕正可作爲劇情註腳：徒留懸案的歷史空窗，加上伏皇后的大膽果決，如此豐沛多貌的人物形象，適合改編作品再度鋪陳。隨著時代演進、思潮更迭，紅顏不再徒有外貌，於改編文本的洗禮之下，個個蛻變爲不讓鬚眉的智勇英雌。

趙庭輝（？－）認爲，《三國演義》之男女書寫比例失衡，是中國傳統書寫的缺陷，亦可視爲《三國演義》透過男性對女性的壓迫、宰制，藉此建構陽剛特質，顯示不平等的性別權利關係。〔註308〕女性角色的缺席，常是舊式章回小說的共通現象，一方面源自傳統社會之重男輕女，一方面則因作品主題難使女性角色有所發揮，譬如軍事戰紀的《三國演義》、血性殺戮的《水滸傳》、科舉功名的《儒林外史》，女性角色只如蜻蜓點水，亦或全然缺席、形貌平庸。但是，筆者並不同意上述，與其說《三國演義》壓迫、宰制女性角色，不如說是羅貫中根本無意識到塑造女角之必需；綜觀《三國演義》，雖有女角登場，但必賦予階段任務，譬如貂蟬美人計、辛憲英巧助司馬懿、董承

〔註307〕呂思勉，《三國史話》（臺北：臺灣開明，1954），頁128。
〔註308〕趙庭輝，〈大陸歷史劇《三國演義》：陽剛特質的建構與再現〉，《藝術學報》（新北：臺灣藝術大學，2005），2005年第77期，頁48。

侍妾雲英造使衣帶詔破局、亦或被迫成為劉備佳餚的劉安妻……諸多女角，僅為過場道具，任務結束則草率收尾，遂使女性角色來去勿勿；時至今日改編文本，女性角色處處可見，甚被作者刻意強化，作為引領劇情的關鍵角色。熱門遊戲《眞・三國無雙》，玩家可操縱角色未達百人，女性角色卻占五分之一，〔註309〕已為作品焦點，更見活躍身影；女性角色蓬勃登場，及其日漸深入的豐富形塑，除卻劇情需要，更因今日女性意識抬頭；現今改編者，面對的預設讀者群，必然牽涉女性觀眾，適時增添重要女角並大肆發揮，即可做為女性觀眾投射自身的強力連結，遂使改編新作塑造女角之際，必將投諸更多心血。

最末，筆者觀察，三國角色之豐富化，不僅限於女性角色；前文曾述，漫畫《一騎當千》以孫策為主角，乃因過往「並無任何作品，是以孫策做為主人公。」〔註310〕氣吞山河的江東小霸王，雖於正史曇花一現，演義亦是浮泛一筆，藉由後世改編的重視與凸顯，反成作品醒目焦點，人物極盡雕塑，更顯血肉豐足，足令讀者喜愛認同。無獨有偶，另部名作《火鳳燎原》，改以司馬懿為全作主線，作者亦言：「司馬懿是三國裡頭的眞正勝利者，絕對是極出色的三國人物。不過很奇怪大部分以三國為題材的作品，卻很少會對他有太多的著墨。」〔註311〕因此，為免重蹈舊題，亦為闡發新事，本為《三國演義》配角的司馬懿，不再只為烘托孔明、獻誠曹丕而存在，當世改編者將其置於作品綱領，全力描摹其人姿貌、舉止行事、思維城府，如何由矯病藏鋒的漢朝小官，逐步邁向權力中央，甚至成為三國最終的致勝王者。

（三）年輕化

角色塑造成功與否，關鍵條件，並非作者是否匠心獨具，而是能否獲得觀眾認同。形塑角色之際，除卻作者意圖與觀眾期許，尚須考量「時代意識」（zeitgeist）：亦稱為「時代精神」、「時代思潮」，意指某個緊密關聯的群體——通常為族群、社會或國家——於特定之時空環境，對於知識、學術、行為、

〔註309〕截至 2014 年，《眞・三國無雙》之登場女角，依序為：貂蟬、孫尚香、祝融、女媧、大喬、小喬、甄姬、月英、星彩（張飛之女）、蔡文姬、王異、練師、鮑三娘（關索之妻）、關銀屏（關羽之女）、王元姬、張春華、呂鈴綺（呂布之女），共計 17 人。

〔註310〕塩崎雄二，《一騎當千・1》（臺北：尖端，2001），頁 160。

〔註311〕陳某，《火鳳燎原・1》（臺北：東立，2001），頁 190。

政治、道德、精神……種種特質，共同朝向的群體趨勢，以此塑造整體氛圍與背景思潮。羅貫中所處時代，自然有其時代意識：面對紛亂天下，文人遙想三國豪傑，即便才爲世出，終將依循天命，任憑歷史淘洗殆盡，以此慨歎合久必分、分久必合的歷史循環。身處太平盛世的當今創作者，相較於「有志圖王」的亂世文人，毋須考慮、也鮮少遭遇戰火波擊，不再著重角色使命與象徵，而是首重如何贏取讀者關注。因此，創作者留心於立即顯現的人物特質，譬如外貌、年齡、體態、性別，並予以強化、美化，亦或殊異化、錯置化、反差化，藉此引發讀者興趣，提昇作品能見度，遂成今日營造角色之要點。

三國故事，除卻口頭流傳，也常改以立體形式，粉墨登場。明清三國戲角色，按照生、旦、淨、末、丑之行當分配：曹操爲白面細眼的勾臉淨角，黃忠爲白鬚長髯的老生裝扮，呂布爲金冠箭衣的雉尾生，貂蟬爲華豔貴氣的花衫旦，孔明必爲道士鶴氅，趙雲也總由武生扮演，角色行當已有制式劃分。不過，三國故事轉植於當代思潮的影劇、動漫、遊戲，觀眾改以年輕族群爲大宗，他們喜好新奇、追求流行，不抗拒新異元素，也不排斥顛覆傳統，並非全然信服於權威，甚至嘗試探索另種解讀。所以，當代三國改編，常將人物形象刻意改造，以利突破舊式藩籬，且以「年輕化」、「美形化」，做爲角色新塑之基本要素。

首先，角色形態「年輕化」：以趙雲爲例，生卒年代約莫 158 年至 229 年，而立之年戰文醜，半百之歲橫掃長坂，漢水會戰年近耳順，直至《三國演義》末段劇情，鳳鳴山力斬龐氏五將，趙雲已是古稀老翁；然而，無論影視戲劇、動漫遊戲，常將趙雲設定爲器宇軒昂的青年武將。譬如電影《赤壁》，半百華髮的趙雲，由青壯演員胡軍（1968－）飾演；又如陳某《火鳳燎原》，主角燎原火（趙雲），始終以面配眼罩、頭紮馬尾的少年形象貫徹全篇。或如東吳都督陸遜，生於 183 年、卒於 245 年，攻克荊州、揚名夷陵均未及不惑，石亭之戰則爲 45 歲，可謂名聲早揚，改編作品卻更下修年齡，竟將陸遜設定爲少年姿態。紙牌遊戲《三國殺》，陸遜形貌白淨，纖腰秀項弱不禁風；電玩作品《眞・三國無雙》，陸遜樣貌更顯稚嫩，全然無復丞相威嚴；日本動畫《鋼鐵三國志》，以陸遜貫串全作，主角形貌青澀、纖鼻大眼，迥異於演義所述「身長八尺，面如冠玉」之高壯俊朗。司馬懿同屬此例，其人生於 179 年，雖非老邁戰將，也非後起俊秀；《晉書》有云：「帝（司馬懿）內忌而外寬，猜忌多權變。魏武（曹操）察帝有雄豪志，

聞有狼顧相。欲驗之，乃召使前行，令反顧，面正向後而身不動。」〔註312〕
時至《三國演義》，同以「鷹視狼顧」摹述其貌。明清時期三國戲，司馬懿
猶爲老生行當，水白粉臉搭配白鬚髯口、鼠目獐眉、鼻毛外顯，人中右側
塗點黑痣，此爲「惡人之徵」，眉心嘴角添染黑絲，即爲「老年之相」，迂
繞眉心印堂紋，代表此人城府甚深，乃爲奸佞邪道。當代娛樂作品，司馬
懿卻是返老還童：遊戲《幻想三國誌》，司馬懿變成手執黑扇的英挺青年；
另部遊戲《無雙 OROCHI 蛇魔》，司馬懿長髮飄逸、容顏俊朗；漫畫《龍狼
傳》、《火鳳燎原》、《關鍵鬼牌三國志》、《三國貴公子》，司馬懿形貌多樣，
變爲剛毅果敢的冷酷男子，亦或長髮垂散的儒雅青年，或是眉目清爽的少
年姿態，個個樣貌年輕俊美，無復戲曲老生扮相。由此可見，三國人物「年
輕化」，實爲動漫改編之主流趨勢。

　　三國人物壓低年齡，筆者認爲因素有三：一來，始於人之常情，少年
叱吒風雲乃是痛快勝景，老驥志在千里猶仍令人慨歎，三國劇情又多爲節
奏快捷的戰場廝鬥，遂使角色年齡向下修改。其次，肇因古典劇曲之刻板
印象，爲使唱腔多元、各顯專長，分配各角於諸類行當，呂蒙、司馬懿均
爲勾臉淨角，配掛髯口老將神態，年長兩歲的馬超卻屬武生，扮相清俊、
戰姿凜然，英挺形象深烙人心，年齡長幼也自此混淆，直至今日改編，馬
超幾乎都以青年姿態、颯爽登場。末者，則是考量市場趨勢，尤以偶像劇、
動漫遊戲，此類作品鎖定青少年族群，遂而採取其所認同的年輕形象。偶
像劇《終極三國》，本就鎖定少年少女，主要角色多爲 18 至 20 歲，包括三
國前期的袁紹、太史慈，均成稚氣未脫的高中生模樣，以便年輕偶像擔綱
演出，更加博取觀眾喜好。同時，三國人物前傳式戲劇，也日漸興盛，譬
如《臥龍小諸葛》、《少年關雲長》、《少年諸葛亮》，雖未異動人物年齡，卻
是著重於關鍵角色的年輕過往，遂見面無髭鬚的關羽、稚氣未脫的諸葛亮，
改以年輕形貌活躍其中。

　　又如《眞‧三國無雙》之人物設定集，介紹角色名號、籍貫、身分……
種種資料，尚有遊戲虛擬的攻擊絕招、慣用兵器以及年齡身高：張遼 27 歲、
孫策 26 歲，曹丕 27 歲，〔註313〕均與玩家年齡相距不遠，但若參就史實，三

〔註312〕〔唐〕房玄齡撰，《晉書》，頁 20。
〔註313〕〔日〕ω-Force，《眞‧三國無雙 4 公式設定資料集》（橫濱：光榮，2005），
　　　　頁 50、122、74。

人出生年代各約十年差距，卻同以青壯神態，奔騰於遊戲畫面。此般改造，成功收得觀眾注目，卻也造使接觸當代娛樂的年輕族群，反以動漫遊戲之角色形貌，作爲三國人物的眞實姿態；日本青年佐久良剛，喜愛電玩《眞‧三國無雙》，因此展開爲期五十天的中國壯遊，親身造訪三國古戰場，首站「馬超墓」卻是飽受震撼：「馬超竟然長了鬍子，眞是太不可思議了！是誰製作這尊雕像的啊？事先有沒有在光榮公司的遊戲中仔細確認過馬超的頭像啊？遊戲中的馬超不是沒有鬍子的嗎？」〔註314〕雖是作者故作誇大、有意詼諧，卻可見當代娛樂於三國人物之年輕化，已是甚爲普及，甚至蔚爲常理。

（四）美形化

　　角色年齡普遍下降，遂也造就「美形化」之有利銜接。「美形」（びけい，BIKEI），源目日語「美しい形」之簡稱，意指形體美麗並適用於任何性別，甚至擴及動物、植物、物品之評價讚許。此詞廣泛用於 ACG 作品，形容角色樣貌：或爲飄逸飛揚的秀髮，或爲立體分明的輪廓，或爲深邃澂亮的瞳眸，也可能是纖纖合度的體態，亦或修長筆挺的骨架，可見動漫文化之「美形」意涵，偏向女性化柔美，亦或中性化俊美，卻能涵括男女雙性之任何年齡，是種超脫現實的形象塑造。

　　「美形」可回溯至 1970 年代，「24 年組」的引導提倡。「24 年組」，乃指日本昭和 24 年（1949）左右出生之少女漫畫家，包括山岸涼子（1947－）、青池保子（1948－）、萩尾望都（1949－）、竹宮惠子（1950－），因其年代相近、畫風共通，並均以少年同性愛爲作品主題；囿於當時社會保守，遂以隱晦含蓄的象徵場景，呈現禁忌之戀的沉鬱憂傷。「24 年組」偏好姿態柔美的中性形貌，開創「美少年」風潮；1978 年《JUN 雜誌》創刊，內容聚焦於美少年及愛情故事，將其推廣於社會大眾，衍伸爲影響更鉅的「Boys' Love」（簡稱 BL），現今通稱爲「女性向」風格。美形的角色，浪漫的情懷，兼又雜糅禁忌的情欲、苦戀的憂傷，十足迎合女性讀者。當然，商業出版唯利是趨，不僅少女漫畫常見美形人物，男性向漫畫角色也逐漸崇尚俊美，譬如 2014 年舉辦「最強のジャンプマンガ」は？」（譯：最強的《週刊少年 JUMP》漫畫作品？），〔註315〕讀者票選喜愛作品，入圍強作包括《黑子的籃球》、《神劍闖

〔註314〕〔日〕佐久良剛著，王俊譯，《三國志男》，頁 28。
〔註315〕「最強のジャンプマンガは？」：http://zasshi.news.yahoo.co.jp/article?a=
　　　　20141113-00005163-davinci-ent（2015.02.02）。

江湖》、《棋靈王》、《死亡筆記本》、《死神》……上述作品，歸屬少年漫畫，角色同為美形俊朗。近期 ACG 作品，無論男女性向，亦或年齡分層，在在可見美形角色。

此種浪潮，同樣席捲三國改編作品。但是，三國角色多為真實人物，距今一千八百年的遙遠時空，其人樣貌、神色、體態究竟如何？部分人物相貌殊異，遂於史傳有所記載：譬如孫策，《三國志》言其「美姿顏，好笑語」；〔註316〕又如周瑜，《三國志》讚其「長壯有姿貌」；〔註317〕亦或何晏，《世說新語》記載「美姿儀而色白」；〔註318〕又如許靖，據聞「偉儻瑰瑋，有當世之具」；〔註321〕以及荀彧，時人頌為「為人偉美」；〔註320〕狂士禰衡甚言「文若可借面弔喪」，〔註321〕對其俊美極度諷謔。其餘三國人物，應為相貌平凡的大眾臉孔，並非醜陋，卻也不算顯眼，美其名為「中人之姿」，通俗而言即是路人甲乙，難有深刻印象。角色既是敘事主體，務必醒目卓越，方能加強讀者印象，進而增進共鳴認同；是故，與其一味遵循文本，不如勇於突破侷限，全然翻轉角色容貌。

此外，熟悉原作的三國讀者，也非全然同意典籍，《世說新語》記載：「魏武將見匈奴使，自以形陋，不足雄遠國，使崔季珪代，帝自捉刀立床頭。」〔註322〕前人以此為證，認為曹操相貌醜陋，未具王者威儀；另有一說，由其「不足雄遠國」，解讀此人容姿陰柔、剛烈不足，曹操反成風靡當今的「花美男」樣貌。又如《三國演義》狀述：「（馬超）面如冠玉，眼若流星，虎體猿臂，彪腹狼腰」，〔註323〕看似威風凜凜，倘若照本宣科全然複製，反成詭異至極的人面獸身。可見三國人物樣貌，即便明文描述，仍可自由心證、恣意解讀；既能跳脫框架，遂以博取讀者歡心的「美形」角色，蔚為改編文本設定主流。1982年，日本廣播協會電視台，播放木偶連續劇《三國志》，此作由川本喜八郎（1925－2010）設計、立間祥介撰詞。

〔註316〕〔西晉〕陳壽著，〔南朝宋〕裴松之注，《新校本三國志注附索引》，頁1101。
〔註317〕〔西晉〕陳壽著，〔南朝宋〕裴松之注，《新校本三國志注附索引》，頁1259。
〔註318〕徐震堮，《世說新語校箋》，頁333。
〔註321〕〔西晉〕陳壽著、〔南朝宋〕裴松之注，《新校本三國志注附索引》，頁963。
〔註320〕〔西晉〕陳壽著、〔南朝宋〕裴松之注，《新校本三國志注附索引》，頁307。
〔註321〕〔南朝宋〕范曄，《新校本後漢書并附編十三種》，頁2653。
〔註322〕徐震堮，《世說新語校箋》，頁333。
〔註323〕古本小說集成委員會編，《古本小說集成‧三國志通俗演義（萬卷樓本）》，頁178。

相較於當時盛行的平面連環畫，偶人劇更加逼眞，更能吸引年輕觀眾；不僅博取男性青睞，同時引發女性好奇，尤以女中學生最爲明顯。她們所喜愛的三國人物，並非眾所歌頌的曹操、關羽、諸葛亮，而是形象較爲年輕俊美的荀彧、趙雲等人。〔註 324〕由此可見，「美形」逐漸成爲三國角色形塑之際，不可或缺的重要因素。

　　三國角色「美形」趨勢，茲引趙雲爲例。最早將三國文本轉爲當代漫畫，始於 1974 年橫山光輝《三國志》，許多中生代讀者——尤以中、韓、日、臺——對於三國人物的既定印象，實是來自橫山《三國志》所繪神態。橫山筆下，趙雲眉目開闊、體態雄壯，誠如演義所述「濃眉大眼，闊面重頤」，〔註325〕加上一身戎裝，舉手投足均見武將氣勢。1983 年，本宮ひろ志（1947－）《大地吞食》，趙雲同是全身盔甲、神態剛硬，一對粗眉襯托炯炯銳目，儼然是七進七出的精勇好漢。直至《三國演義》移植電玩，光榮公司發行《三國志》首代、二代，趙雲仍爲一介武夫，滿溢陽剛氣息。1994 年連載《蒼天航路》，趙雲則爲神情漠然、唇線剛毅，日式浪人瀟灑姿態。此時正逢潮流更迭，改編新作百家爭鳴，加上同人誌自由風氣，人物形象愈見美化，逐漸脫離史實侷限。電玩遊戲《三國志》，趙雲五官日漸俊朗，眉目深邃、輪廓立體，如同今日伸展台男模。另款遊戲《眞・三國無雙》，選定趙雲做爲主角，爲求門面光彩，更將趙雲徹底改造——本爲壯碩武將，搖身變爲身型高瘦、英氣煥發，加上隨風飄逸的漆黑髮絲，已如今日偶像明星。上述遊戲大爲暢銷，除將三國故事普及於年輕世代，更使帥氣瀟灑的趙雲樣貌，深植成爲概定印象。此後，無論何種類型的改編作品，趙雲常是俊美形態：電影《三國之見龍卸甲》，劉德華（1961－）擔綱此角；電視劇《三國》，則由「中國新四小生」聶遠（1978－）飾演；偶像劇《終極三國》，交由混血男模班傑（1982－）演出。電玩《三國趙雲傳》，趙雲面如冠玉，另款遊戲《幻想三國誌》，人物面目更加纖柔，已成言情小說浪漫神態；而在動漫《鋼鐵三國志》，趙雲則成口戴皮革面罩、身披毛領軍裝的搖滾型男。

〔註 324〕邱嶺、吳芳齡，《三國演義在日本》，頁 75。
〔註 325〕邱嶺、吳芳齡，《三國演義在日本》，頁 122。

圖表 15　電玩《三國志》趙雲之形貌美形化

1985 年《三國志》	1989 年《三國志 II》	1992 年《三國志 III》	1994 年《三國志 IV》
1995 年《三國志 V》	1998 年《三國志 VI》	2000 年《三國志 VII》	2001 年《三國志 VII》
2003 年《三國志 IX》	2004 年《三國志 X》	2006 年《三國志 11》	2012 年《三國志 12》

◎製表人：黃脩紋

圖表16 趙雲之形貌美形化

1974年《三國志》	1983年《天地吞食》	1993年《龍狼傳》	1994年《蒼天航路》
1997年《三國無雙》	2001年《真‧三國無雙》	2001年《火鳳燎原》	2001年《三國趙雲傳》
2005年《三國志烈傳》	2006年《武靈士三國志》	2007年《鋼鐵三國志》	2008年《三國見龍卸甲》
2009年《終極三國》	2010年《三國戀戰記》	2013年《想望三國志》	2014年《十三支演義》

◎製表人：黃脩紋

趙雲並非單一個案。網路百科「KomicaWiki」，〔註 326〕蒐羅當代次文化資訊，便有網友費心整理三國人物動漫形貌，更見一人多貌之形態轉變，譬如陸遜、凌統、姜維、馬超、曹丕、郭嘉⋯⋯三國名將經由刻意改造，均成耀眼迷人的美形角色。更有甚者，本是形貌醜陋之人，同樣蛻爲美形角色：譬如《火鳳燎原》之龐統，成爲面有黥印的帥氣男兒，《眞‧三國無雙》另將司馬師大肆改造，本爲「左目下生個黑瘤，瘤上生數十根黑毛」，〔註 327〕竟成輪廓深邃的俊美青年，僅以左目面罩象徵原設眼疾；漫畫《三國道士傳－八卦之空》亦述司馬師，〔註 328〕相貌清俊、如同常人，但述單眼乃爲陰陽眼，以此結合演義原設的左目特色。爲求因應現今潮流，或是增強作品賣點，亦或只是滿足創作者的美感追求，當今三國改編，人物形貌大肆趨向「美形化」。此種作法，屢受《三國志》、《三國演義》忠實讀者之抨擊：認爲當今三國題材之再創焦點，一味著重外貌美化，反倒偏離原始文本利用事件場景，所欲形塑之神態精髓，遂使人物僅存皮相，性格塑寫卻極爲扁平薄弱。筆者心有同感，現今年輕時代，常將架空設定視爲史實眞相，進而誤導混淆，多所齟齬。然而，誠如「社會有機體」之論，社會內部結構必須持續演化、改變、新陳代謝，才能適應群體趨勢，蓄積能量以因應下波潮流。三國人物美形化，某方面折損原作意味，卻也賦予經典文作與時遞進的嶄新元素，更與當代思潮結合增進，方能突破舊作框架，再度被新世代的讀者所接受、閱覽、推崇，悠久傳頌下段時空。

（五）性轉換

「性轉換」，亦簡稱「性轉」，意指性別發生轉換，男變女或女變男。〔註 329〕ACG 作品，角色因爲某種原因而轉換性別，變爲另種性徵，持續時間或短、或長、或永遠維持。此爲架空設定，不同於現實中的變性——變性僅指性徵改變，後續之心理建設、身分認同、社會觀點、法律認定，並不涵括其中；性轉則是身體、心靈、行爲，全面且同時變爲另種性別。此外，現實之

〔註 326〕「KomicaWiki」：https://wiki.komica.org/（2015.02.20）。

〔註 327〕古本小説集成委員會編，《古本小説集成‧三國志通俗演義（萬卷樓本）》，頁 2144。

〔註 328〕青木朋，《三國道士傳－八卦之空‧1-5》（台南：長鴻，2006-2009）。

〔註 329〕「性轉」之轉換結果，通常不會變爲雙性人。ACG 詞彙中，雙性人專稱爲「扶他」，音譯自日文「ふたなり」（HUTANARI），漢字應爲「二成」，意指事物同時擁有兩種形狀。

變性，只能改變外在形貌，切除原本性器，重建另種生殖器官及外顯性徵，但不保證運作自然；架空世界之性轉，不僅外貌轉變，內在性器也具有完整功能，女變男得以射精，男變女也可懷孕。按照「性轉」之啟始端點，可分為「先天性轉」、「後天性轉」；按照「性轉」之發生原因，則分為「身體轉變」、「靈魂調置」。

性別置換之架空設定，尚有「異裝」、「偽娘／偽郎」、「娘化／郎化」……諸多用語，看似雷同卻有涇渭之別：「男裝」，意指女性身著男性服裝，外貌看似男性，軀體思維仍為原本樣態，譬如民間傳說之祝英台、孟麗君，均為男裝麗人；「女裝」則反推可得，中國京劇、日本歌舞伎均屬此例。「偽娘」，意指男性性徵並無改變，角色外觀、穿著打扮、思維舉止卻均為女性神態；「偽郎」，則反向推之。「娘化」、「郎化」，通常用於再創改編，無視角色原始設定，逕自改為另種性別，並於外觀神貌、軀體性徵、心靈思維全部翻轉，可視為平行世界之架空設定；譬如遊戲《英雄＊戰姬》，〔註330〕便將古今中外的英雄人傑，包括圖坦卡門、忽必烈、拿破崙、織田信長、伊凡四世，全部變成眉目嬌俏、身材曼妙的稚齡少女。

「娘化」與「性轉」，看似雷同，卻各有蹊蹺：「娘化」之後的角色，別於原形而獨立存在，應視為獨立人物；「性轉換」則為生理特徵改變，轉換之後仍為相同人物，縱使外貌、性別有所變異，內在思維、性格、特質仍然相同。〔註331〕譬如何晏，《世說新語》述其：「美姿儀，面至白」，〔註332〕倘若設定為「偽娘」，則成姿態秀雅、肌理白皙的美貌佳人，言行舉止千嬌百媚，衣衫之下猶仍男子身軀；若是予以「娘化」，則成貨真價實的女性體態，為與原作區別，尚會改造姓名變為「何姬」、「何晏晏」、「何晏娘」，使其更具女性風情，以此區別史實人物。倘為「性轉」之況，通常編造劇情，安排何晏服下藥物、發生意外，導致身體異變亦或靈魂調置，遂成女郎身軀，內心依舊維持本性。上述說明，可簡化為下列表格：

〔註330〕 TENCO，《英雄＊戰姬》（東京：TENCO，2014）。
〔註331〕 「萌娘百科」：http://zh.moegirl.org/（2015.02.05）。
〔註332〕 徐震堮，《世說新語校箋》，頁333。

表格 14　男角、女裝、偽娘、娘化、性轉之異同

	改變方法	外形樣貌	性徵性器	個體認知	他人認知
男角	原始設定	男性	男性	男性	男性
女裝	服裝女性化	女性	男性	男性	女性／男性
偽娘	服裝女性化 行為女性化	女性	男性	女性	女性
娘化	架空設定	女性	女性	女性	女性
性轉	架空設定	女性	女性	男性	女性

◎製表人：黃脩紋

　　上述設定互有殊異，角色效果自然不同。然而，肇因社會大眾望文生義，現今的臺灣動漫界，常以「性轉」概括上述設定，是故，筆者同採廣義「性轉」論述。

　　三國改編之際，部分再創者採取「性轉模式」，多半由男轉女，豪氣干雲的威猛武將，遂成嫵媚嬌豔的鶯鶯燕燕。筆者認為原因有四：其一，誠如前述，三國人物本就男多於女，經由歷代演繹，男角樣貌已成固定：周瑜必定姿儀俊美，孔明總是儒雅捋鬚，曹操白面細目，孫權紫鬚碧眼……創作者若欲捨棄老調重彈，必得大破大立方能衝破僵局；因此，將三國人物「年輕化」、「美形化」甚或落差更大的「性轉換」，蔚為改造角色的慣用手法。譬如 1999 年 4 月，市川猿之助編製大型歌舞伎《新三國志》，〔註 333〕公演之後反應熱烈，各地巡演場場爆滿；日本歌舞伎劇，本以中老年觀眾為主，為求吸引年輕族群，此劇增添京劇身段與特技表演，並將劉備設為女性，遂與關羽萌生戀情；〔註 334〕刀光劍影的男性世界，參雜愛情場景之後，人物糾葛更顯複雜。〔註 335〕之後，漫畫《一騎當千》、遊戲《戀姬†無雙》，均有「關羽」此角，揮舞青龍偃月刀以敗天下敵手，看似依循原作，卻又「性轉」為明眸櫻唇的荳蔻少女，發行之際便造成轟動，甚至蔚為代表作品。其二，藉由角色性轉，營造嶄新面向，方能殺出重圍、獲得關注；相較於史觀轉換之立場挪移，亦或增添內

〔註 333〕市川猿之助（いちかわ えんのすけ），為日本歌舞伎役者之「家名」，此名為代代承襲，再以「一代目」、「二代目」以做區別；此處所指，為「三代目　市川猿之助」，後稱「二代目　市川猿翁」，本名為喜熨斗政彦（1939—）。

〔註 334〕邱嶺、吳芳齡，《三國演義在日本》，頁 78。

〔註 335〕漫畫《三國亂舞》，參考歌舞伎《新三國志》之設定，將劉備設為女性，關羽則成護花使者。

容的繁瑣考量，轉換角色性別，相形省事且效果昭然。漫畫《三國志百花繚亂》，封面側標爲「DRAGON SISTER！」，將桃園結義轉爲兄妹結交：全作秉持史實，性別卻極盡翻轉，關羽、張飛、趙雲、諸葛亮均成曼妙少女，眾星拱月於仍爲男身的劉備主君，遂使人物互動別生情愫，甚至造生曖昧情感。

性轉原因其三，肇因於「物化女體」之情色考量。「物化」（objectification），意指將人類及其他生命體，視爲物品予以分解、操控、生產、消費，藉此得到報酬或成果。人類參與勞動之際，必先物化自身，將肢體視爲勞動工具，達成目標方能獲取報酬，如同交易過程之銀貨兩訖；亦或性工作者，將軀體視爲物品，以便衡量價值高低，提供購買者觀賞或使用。動漫電玩的「物化」形式，常以曝露女體作爲增進話題、提升銷量之賣點，此中端倪有二：首先，爲何多爲女體而非男體？爲求迎合讀者喜好，甚至滿足慾望需求，以異性戀男讀者爲大宗之「男性向」作品，自然選擇女體之展現、曝露、裸身、甚或誇大表現，藉此博取讀者推崇，並美其名爲「讀者服務」；反向推之，「女性向」作品本應展現男性軀體，但因此類作品重視氛圍塑造、情感抒寫，縱有裸露場景、性愛事件，經營焦點卻非突顯身軀，而是重視整體美感之渲染。因此，單就視覺畫面與展現頻率，ACG之「物化」仍以女體爲大宗。其次，「物化女體」的狀態，又是如何呈現於動漫作品？所謂「物化」，已將女性軀體視爲物品，可供擺佈、玩弄、恣意突顯，藉此提昇作品利潤；所以，毋須考慮故事邏輯，隨時隨刻、任何場景，女角均可裸露軀體以作展示：穿著性感服裝，擺佈撩人姿態，展露超乎常理的肉體曲線，或是刻意穿幫、更衣、裸身，以使女角衣不蔽體、春光外洩。

三國題材同見此例：《一騎當千》描述三國角色廝殺，雖是拳拳到肉、招招見血，全身衣物也必定撕裂損毀，僅存絲縷披掛女角身軀。同人方面，中國著名繪師十月天宮（？－），曾將《眞‧三國無雙》登場角色，全部「性轉」爲前凸後翹的火辣妖姬，承襲原設的盔甲戰袍，卻是鏤空開衩、祖胸露乳，極盡呈顯女體曼妙。又如電玩《戰姬天下》，同樣「性轉」三國名將，或著旗袍、或穿馬甲，臉蛋嬌俏可愛，身材豐乳肥臀，遊戲甚有「破甲」設計，鏖戰沙場之戰甲毀損，反成撕裂衣衫之情色調戲，俾使女角軀體裸露，以便玩家瀏覽欣賞。性轉三國人物，除卻增添新意，拓展故事敘述彈性；更大因素，在於吸引目光、製造話題，經由展現女體之香豔畫面，刺激讀者感官，提升作品賣點。更有甚者，尚由「物化」轉爲「性化」（sexualized），對於女體盡

情玩弄、意淫、交媾，由此滿足創作者及閱讀者的性欲衝動。三國漫畫性轉之首的《三國志艷義》，便是性轉武將，以利摹寫交媾畫面。

　　三國人物「性轉」成因，尚有其四：人物性別異於史實，意圖安插故事伏線，予以讀者強烈衝擊。譬如漫畫《超三國志霸－LORD》，將趙雲改爲女性；陳某《火鳳燎原》，則將貂蟬設定爲少年。此番改造，爲求切合劇情新添，已於上回章節介紹，此不贅述。

二、創造新角色

　　角色之存在，俾使劇情得以推展，同時藉由角色形貌，增強讀者投射，進而強化作品認同。倘若現存角色無法滿足劇情規劃，與其調整原設人物，不如逕行設計新角，更能切合作者意圖；或是，角色形象太過相似，缺少某種足以吸引讀者的專屬類型，爲求拓展創作彈性，盡力涵括讀者喜好，再創者置入新角，以使作品更具變化。但是，創造新角雖有利處，亦存兩處風險：一來，三國故事流傳甚廣，劇情脈絡早有定見，貿然安插新角，必將調整劇情以利銜接，倘若處理不慎，導致情節突兀，反使讀者心生抵抗。二來，三國角色形象鮮明，性格誇張卻又兼融人情，極具張力的人物形象，已成中國文化底蘊，甚至超越凡胎，蔚爲眾人敬仰的神明。鮮明靈活的角色形象，乃是經由歷代增添，以及百姓口耳相傳，誠如關羽「忠絕」、趙雲「勇絕」、孔明「智絕」、曹操「奸絕」……已成深植人心的基本印象。當今改編者，縱使筆力絕倫、繪技高超，形塑效果仍不如早已存在的舊角；三國人物之形象飽滿，絕非新角一蹴可幾、得以取代。部份改編爲求醒目，刻意聚焦新增人物，仍因形象薄弱，劇情銜接格格不入，折損改編作品之流暢精彩。因此，精心設計的新增角色反成雞肋，「食之無味，棄之可惜」。

　　創造新角，看似吃力不討好，甚因安插新角而招致負評如潮；反對聲浪認爲，新創人物逕生突兀，且又喧賓奪主，損傷渾然整體的三國故事。既然如此，何以現今三國作品，時常可見新角登場？一言以蔽之，「供應來自需求」；筆者試以下述三項：「角色來源」、「角色作用」、「角色形象」，論析新創角色之特點意涵。

（一）角色來源

　　所謂「新角色」，便是本無其事的架空人物；新創角色最大特點，乃是俾使讀者「無法預期」，以此激發驚奇、造生樂趣。相較於原設角色必須依循史

實，新創人物更顯無所拘束，任憑改編杜撰，迭生更多變因；對於過程昭然、結局已定的歷史作品，新創角色猶如天外飛石，體積雖小卻足以衍發圈圈漣漪。但是，弄巧不成反成拙，自創角色固然激發新意、突破史局，卻因讀者感覺陌生，常對新創角色有所抗拒。另外，角色無法單獨存在，須與他人互動連結，或是藉由事件以彰顯特性，新角必對原設人物產生排擠效應，造生「張冠李戴」、「攙行奪市」，對於熟稔原作的讀者，又是一波強行顛覆。最末，新角之性格形貌，格外考驗作者功力，拿捏得宜則能突顯角色特性，掌握失當則反使人物突兀。因此，在格局既定的歷史作品，置入新創人物並使其發揮角色優勢，實為難題。

縱使難關重重，新角猶仍屢現不鮮。三國改編影劇，均曾出現自創人物，男女皆有，老少涵括。電影《赤壁》，孫叔才、夏侯雋、魏賁、田田，均為該劇自創角色；電影《三國之見龍卸甲》，關鍵人物羅平安，以及女角軟兒，乃為虛構人物；電視劇《三國》，靜姝、范進、傅駿……等等角色，均為杜撰；電影《關雲長》，綺蘭為虛構角色；電影《銅雀臺》，陳蒙、穆晏則為虛構人物。橫空出世的新創角色，雖非作品主軸，仍然牽涉劇情，改編者尚會添造奇事、杜撰情節，俾使新角有所發揮。綜觀上例，創造新角有二意圖：一是，藉由安插新角，連貫新創情節，將新角視為過場道具，俾利故事推陳。或是，端賴角色觀點，重新解讀史實，藉此寄託作者主觀，暢所欲言而毋須受限於史實。除此之外，筆者臆測，創造新角乃是市場考量；《關雲長》之綺蘭，由中國百花獎影后孫儷（1982－）演出，與甄子丹飾演之關羽，有段曖昧傷懷的兒女私情；《三國之見龍卸甲》羅平安，則由香港金像獎影帝洪金寶（1952－）擔綱，乃是貫串全場的關鍵角色。上述人物雖為配角，同於電影海報佔得頭版，冀能仰其聲勢，更加提升電影票房。

除卻上述，三國故事新創角色，有些並非全無根據，反是肇源史傳資料、民間傳說；既是具體人物，為何歸於「新創角色」？筆者認為，部分角色真有其人，卻多半「僅存名姓」，略知其「親屬關聯」，其餘事項全然湮沒，人物面貌模糊難辨，僅是浩蕩史事的一瞬背景。熟悉三國史事的讀者，對於戰場要聞、人物經歷均能瞭然指掌，面對事蹟無存的登場人物，卻是備感陌生，甚至過目即忘。這些徒留名號的人士，或為某人之妻，某人之女，某某名將之家族成員，亦或某某權臣之後裔子孫；他們無所貢獻，未有驚世之舉，之所以流傳史書，僅是知名人物的旁屬附庸。這些僅存名姓卻形象模糊的人物，

極度適合再作闡發：人物關聯已有設定，毋須費神盤畫；角色之形貌氣質，
卻如白布而得以自在揮灑，宛若「新創角色」，任憑作者隨興構思。

作家陳舜臣《秘本三國志》﹝註336﹞，全篇關鍵人物「少容」，即是史傳
既存卻未曾深述的真實人物。此女為張衡之妻、張魯之母，《後漢書》有云：
「沛人張魯，母有姿色，兼挾鬼道」，﹝註337﹞《三國志》則言：「張魯母始以
鬼道，又有少容」。﹝註338﹞再創者擷取其意，認為此女容貌清麗，深諳鬼道奇
行，或許利用仙術以返老還童，加以身分特殊、牽涉甚廣，實為改編良好基
點，陳舜臣甚言：「《三國志》中到處都是擁有奇特才能的人物，而不把張魯
的母親這個人放進去，可以說是迄今為止的作家們的一個失誤。」﹝註339﹞史
書記載，劉璋繼任父職成為益州牧，因與張魯早有嫌隙，盡殺其母弟家室，
造使張魯叛變襲擊；男人之間的戰火戮殺，經由作家巧筆改造，本是無辜遭
戮的張魯之母，轉身成為史事主角。故事敘述，少容四處奔波，暗中觀察眾
多豪傑，特為讚賞曹操、劉備、孫堅。比較之後，少容認定曹操方能平定天
下，因此遊說黃巾殘部，青州甲兵歸降曹操，鼎助曹魏成為北方霸主。僅存
名姓的婦孺，竟成擘劃三國的幕後推手，實為全篇核心角色。作家鎖定此人
以闡發新境，正因雖存名氏卻事蹟不詳，任憑再創者恣意發揮、無所侷限。

此種改造技巧，對於追求特異的動漫遊戲，更是屢見不鮮；誠如沈惠如
所言：「戲劇情節包括人物和事件，因此在改編時，就必須從原著裡找尋可供
運用的資源。」﹝註340﹞僅由史傳流存的隻字片語，由中創造新式人物，乃是
成本簡便卻又效果鮮明的開發方式。《三國志》記載，董卓之孫女董白：「時
尚未笄，封為渭陽君。於郿城東起壇，從廣二丈餘，高五六尺，使白乘軒金
華青蓋車，都尉、中郎將、刺史千石在郿者，各令乘軒簪筆，為白導從，之
壇上，使兄子璜為使者授印綬。」﹝註341﹞史書記載受封情景，足見此女顯貴
且備受尊寵；然而，董卓被誅之後，牽連三族同遭夷滅，董白同樣死於非命。
單就人物塑造，資料甚為陋乏；但就角色特點，董白身為亂世軍閥之稚齡孫
女，憑藉特殊身分，便足引發讀者興趣。遊戲《三國志大戰》，將其作為遊戲

﹝註336﹞所謂「秘本」，非指秘密珍藏，而是意指湮沒史蹟的「未傳秘密」。
﹝註337﹞〔南朝宋〕范曄，《新校本後漢書并附編十三種》，頁 2432。
﹝註338﹞〔西晉〕陳壽著，〔南朝宋〕裴松之注，《新校本三國志注附索引》，頁 723。
﹝註339﹞〔日〕陳舜臣著，崔學森譯，《秘本三國志》（臺北：中華，2010），頁 54。
﹝註340﹞沈惠如，《從原創到改編——戲曲編劇的多重對話》，頁 353。
﹝註341﹞〔西晉〕陳壽著，〔南朝宋〕裴松之注，《新校本三國志注附索引》，頁 183。

角色，依據正史年齡、加以董氏血脈，塑造成臉龐稚嫩、五官嬌柔，卻是個性高傲的魔性少女。此後，董白於日本市場逐漸活躍、廣爲人知，尚有同人作家以其爲題，創作《董白的攻防》成人向遊戲，改以性愛畫面爲遊戲賣點；雖是無稽之作，卻見角色再塑之驚人成效，僅被寥寥記載的史實人物，歷經千載之後，反倒成爲再創作品的關注焦點。

又如關羽之女，孫權代子求婚欲聘娶爲媳，關羽乃以「虎女安肯嫁犬子乎！」悍然回絕，〔註342〕故事蔚爲經典，常人津津樂道，或嘲謔孫權自取其辱，或感慨關羽心高氣傲；身爲癥結起因的「虎女」，卻只是一件可供買賣亦或拒絕出售的物品，毫無意志，也無所形貌。民間傳說遂旁生枝節，尊稱此女爲「關三小姐」，並虛構名號「關銀屏」；甚至杜撰情事，描述關家小姐承繼家風，組織女兵以助諸葛亮平定南中，事蹟雖然荒誕，卻將僅存名姓的歷史人物，賦予血肉而得以具實呈顯。時至近世，遊戲廠商覓得良機，更將身世顯赫的將門虎女，再度蛻變爲叱吒風雲的威猛女將，於《眞・三國無雙》、《三國志大戰》、《三國群英傳》、《三國殺》、《霸三國》、《主公莫慌》、《爐石三國》，〔註343〕均見關女頻繁登場，外貌均爲纖細玲瓏的青春少女，卻又身懷武藝、戰技精湛，全然承襲武聖氣勢。

張飛之妻的改造再塑，同樣依循上述模式。張飛之妻夏侯氏，生卒不詳，僅知源出夏侯家族，爲曹魏大將夏侯淵之姪女。史傳記載，夏侯氏年方荳蔻，「出行樵採，爲張飛所得。飛知其良家女，遂以爲妻」，〔註344〕身爲名將之妻，史傳方得添記一筆；此人性格形貌，卻是付之闕如。電視劇《三國英雄傳之關公》，便將此女深化描繪，鋪設她與張飛的戀愛情事，並且定名爲「夏侯英」；漫畫《三國亂舞》，則述張飛拯救戰場孤女，名爲夏侯英鈴，亦是史書所記的夏侯氏化身。隨著電玩作品蓬勃興盛，需要更多角色以增遊戲風采，默默無名的夏侯氏再度雀屛中選，於《三國群英傳》、《三國征戰 OL》、〔註345〕《逆轉三國》、《三國殺》，均見此女身影。夏侯氏並非知名角色，史傳記載匆匆，民間傳說甚少提及，除卻身爲張飛妻、妙才姪之親屬身分，此名人物未有特點；正因史事殘漏、小說無存，對於熟稔三國的萬千讀者，「夏侯氏」反倒是個全然空白的人物，後世改編得以各憑心證，杜撰角色嶄新風貌，再以其連

〔註342〕古本小說集成委員會編，《古本小說集成・三國志通俗演義（萬卷樓本）》，頁1375。
〔註343〕爐石遊戲，《爐石三國》（南京：爐石遊戲，2014）。
〔註344〕〔西晉〕陳壽著，〔南朝宋〕裴松之注，《新校本三國志注附索引》，頁273。
〔註345〕風雲，《三國征戰 OL》（北京：風雲，2008）。

結三國名將，順勢造生新創情節。

　　除卻上述根源，尚有一種形塑之法。對於立足巨人肩膀的今日創作者而言，前人成果斐然的三國改編，同可視為素材來源；因此，當代改編者，尚可採用前人三國創作，將其吸收內化，延續其作特點，甚至採納新創人物，轉變成為己作素材，遂成「再創的再創」。譬如，吉川英治《三國志》，為求彰顯個人主觀，除卻劇情翻轉，尚且設計虛構人物：白芙蓉。此人為縣令之女，家世優渥，相貌秀雅，本為足不出戶的深閨淑媛；無奈時局動盪，黃巾肆虐，為求逃脫賊寇擄掠，白芙蓉匿避鄉野，遂而邂逅劉備、進而相戀：

　　　　緊隨在馬後的竟是一位楚楚動人、步履婀娜、看似不食人間煙火的
　　　　絕色美女：彎彎的一雙柳葉眉，白裡透紅的一對香扇墜子，眼神裡
　　　　滿佈著哀愁與煩惱。或許是星光迷濛，竟似仙女下凡一般……芙蓉
　　　　身輕如燕，柔弱中帶有一股高貴的氣質。她的雙手搭在劉備的肩上，
　　　　黑髮也不經意地輕觸劉備的面頰……芙蓉卻不再答話，只是筋疲力
　　　　盡地把臉埋在馬鬃裡。她那蒼白的臉頰，簡直就像一朵雪白的芙蓉
　　　　花一般，淒艷美絕……心中再度浮現出芙蓉姑娘那已然淡忘的美麗
　　　　倩影。〔註346〕

白芙蓉的靜謐秀雅，以及劉備愛護此女的眷顧思慕，隨著吉川《三國志》之普遍流行，至此定型於日本讀者心中，甚至誤認其為《三國演義》原設人物。之後，柴田鍊三郎《英雄在此》，仿造吉川《三國志》，同將關羽設為私塾先生，劉備身邊也同有「白芙蓉」長相左右；1971年，橫山光輝《三國志》，第一卷即有「芙蓉姬」與劉備不期而遇；1992年，動畫《三國志‧英雄的黎明》，同以黃巾掠奪百姓、劉備拯救佳人，作為全篇首段劇情。2004年，SEGA推出卡片遊戲《三國志大戰》，延續橫山作品，設計「芙蓉姬」武將戰卡；2010年，戀愛遊戲《三國戀戰記》，則是虛設美女武將，同樣名為「芙蓉姬」，隸屬劉備陣營。直至2014年，手機遊戲《蒼之三國志》，〔註347〕仍見「芙蓉姬」躋身蜀軍。小說家無端虛擬的杜撰角色，僅只數頁粉墨登場，卻令讀者印象深刻，甚至轉寫於其他再創作品，成為三國題材之普遍角色，令人嘖嘖稱奇。

　　除了芙蓉姬，吉川《三國志》之劉母此角，同樣成為後世改編的常見人物。《三國演義》首回，劉備自居為「中山靖王劉勝之後」，先述「事母至孝」，再

〔註346〕〔日〕吉川英治著，鍾憲譯，《三國英雄傳‧1》，頁50、52、55、139。
〔註347〕COLOPL，《蒼之三國志》（東京：COLOPL，2014）。

言「母使遊學」，〔註 348〕但未述劉母形貌，遑論有其互動影響。吉川三國志，描述劉備千里購茶以孝順母親，卻因寶劍被奪而遭其母訓斥；劉母告知生世，督勉劉備應當挺身而出、拯救亂世，並且安排桃園之宴，促使三人義結兄弟，實爲小說首集的關鍵人物。後續改編沿用人物，遂使劉母頻繁出現於河承男《三國志》、李志清《三國志》、《諸葛孔明時之地平線》、《三國笑傳之玄德大進擊》。又如漫畫《天地吞食》，敘述劉備墜入魔界，正受幻覺所苦，誤以爲母親遭挾而決定投降，遠在千里的劉母，心電感應查知此事，爲免兒子屈服邪魔，遂咬舌自盡以了結顧忌，作者藉此篇幅，刻劃劉母堅毅果敢。此外，漫畫《漢晉春秋司馬仲達傳三國志司馬仲先生》，雖爲立意詼諧，實則考證歷歷，博采中國經典爲創作素材，卻仍描述「在三國演義中，劉備年輕尚未立志前，爲母親買茶葉回去」，〔註 349〕作者誤將再創情節視爲章回原設，猶仍不自覺，遂見改編作品影響之深。《三國演義》之中，未有形貌的渺小女角，甚至後世改編的自創人物，經由後續作品的加強摹寫，竟於三國作品逐漸佔有一席之地，實屬奇事。

尚有電影《三國之見龍卸甲》，改編自 2005 年之同名小說，作者即爲導演李仁港，文本、影作卻有甚多懸殊，最大差別在於新增「曹嬰」。曹嬰爲曹操後裔，嫻熟兵馬、善奏琵琶，可謂文武雙全、智勇兼備，儼然梟雄曹操之複製；唯一有別祖父之處，曹嬰乃爲相貌纖秀的年輕女子。片商憑空杜撰，一是爲求銜接自創劇情，二是憑藉女角以增加作品亮點；遂見趙雲與曹嬰——分由劉德華、Maggie Q（1979－）飾演——於螢光幕上對峙廝殺，觀眾得以一飽眼福，盡情欣賞俊男美女的精湛演出。曹嬰此角爭議頗多，卻成功引發話題，博得觀眾注目；因此，2012 年之遊戲《三國來了》、《御龍在天》，同時增設「曹嬰」此角，形象均與電影雷同。尚有好事者仿作史贊，編撰《三國志‧魏書‧曹嬰傳》：「武靖公主諱嬰，字曼兒，文帝次女也。建安四年冬，生於譙。生而太祖愛之，常令在左右，垂髫而隨軍征伐四方。天資高絕，得太祖兵法衣缽。有武藝，不讓鬚眉。延康六年，任前部大督，迎西蜀亂軍，斃五虎上將趙雲於鳳鳴山。」遂於網路流傳，部分觀眾進而相信曹嬰乃眞有其人。〔註 350〕艾德華‧佛斯特曾言：「他們之所以眞實，並非因爲他們像我們，

〔註 348〕古本小説集成委員會編，《古本小説集成‧三國志通俗演義（萬卷樓本）》，頁 9。
〔註 349〕末弘，《漢晉春秋司馬仲達傳三國志司馬仲先生‧1》，頁 63。
〔註 350〕「求歷史人物曹操之孫女曹嬰的簡介」：
http://wenda.tianya.cn/question/01e7950f3c57541b（2015.02.10）。

而是因爲他們令人信服。」〔註351〕雖於正史無見其人，但是經由改編作品之詳細構畫，已使虛構人物躍然紙上，全然未見突兀錯落，自使讀者爲之信服。另有《反三國演義》，虛構女角馬雲騄，遂成多款遊戲常見角色；又有黃舞蝶，源自電玩《三國群英傳》，託言其乃黃忠之女，箭術精準、羽鏃無敵，後被另款遊戲《夢三國》承接使用。總結上述，新角色之來源，除卻憑空杜撰，亦或僅存名姓之空白人物，尚可承襲其他作品的自創角色，加以二次衍伸，已成三國改編的另股趨勢。

部分三國改編，尚會出現詭異至極的新增角色：非爲自創，而是來自三國之外史實人物，再創者枉顧時代差異，擇選知名人物，投身三國戰場。譬如電玩《三國群英傳》，除卻三國豪傑，尚有劉邦、張良、韓信、呂雉、項羽、虞姬……眾多漢初英傑；另款遊戲《眞·三國無雙MULTIRAID》，〔註352〕「仙界軍」成員乃爲伏羲、女媧、西王母、周穆王，更是橫跨異代、綜括虛實，完全突破三國侷限。此番設定，全爲加強遊戲樂趣，遂以惡搞、顛覆、突兀作爲遊戲爆點，因此形成「張飛鬥岳飛」、「關羽戰項羽」之詭異畫面。

（二）角色作用

《三國演義》人物龐浩，涵括東漢末年的皇族朝臣，各路軍閥之文官武將，趨勢而起的豪傑好漢，甚或虎視眈眈的東夷南越，洋洋灑灑已逾千人。面對龐雜廣大的人物群像，具備深浸民心的立體形貌，創作者何苦勞神費思以另創新角？這就表示，新角必定具備某種作用，乃爲原設人物難以達成之效能。自創新角多爲女性，周旋於男性爲主的三國沙場，更顯注目。既是烽火連天的戰場爭霸，爲何創作者一再增添女性角色？一方面，在於增添畫面美感，利用女角的婀娜妖嬈，俾使陽剛雄渾的男性世界，得以陰陽並濟，更加切合審美需求。例如：電玩遊戲《天地吞食2赤壁之戰》，〔註353〕增添女角美美、美冴、美鈴，身爲曹操軍團女刺客，伺機而動攻擊玩家，外貌卻是大眼小嘴、甜美可愛；另款遊戲《決戰II》，則有美美、理理、瑠瑠三名女角，短裙長靴、青春俏麗，遂爲戰場增添動人春色。另一方面，增設女角則可述諸美人配英雄，遂與原設男角萌發情愫，增添幾縷兒女柔情。電影《三國之見龍卸甲》，增添趙雲之妻軟兒，短暫聚首、繾綣之後，終須別離獨守空閨，

〔註351〕〔英〕E. M. Forster 著，蘇希亞譯，《小說面面觀》，頁6。
〔註352〕KOEI，《眞·三國無雙MULTIRAID》（東京：光榮，2009）。
〔註353〕CAPCOM，《天地吞食》。

日日企盼夫君歸來。或如漫畫《龍狼傳》，女主角泉眞澄穿越時空來到三國，過往所讀的歷史學識，變爲預卜未來之神機妙算，逐被尊稱爲「龍娘娘」；漢獻帝爲其眷戀神迷，曹操滿懷崇敬之心，身爲青梅竹馬的男主角更是未曾忘懷，屢次奮戰只爲營救佳人。正因三國「陽盛陰衰」，改編作品添設女角，一方面俾利觀眾大飽眼福，一方面意圖拓展三國缺少的愛情故事。

　　部分自創角色卻爲男性，又是所爲何來？自創男角可分爲三類：第一，雖爲自創人物，卻因某種架空因素，必須改名換姓、承接身分，成爲眾所皆知的三國人物，以此銜合原作劇情。譬如，漫畫《關鍵鬼牌三國志》，未來人路加‧愛丹利，穿越時空以研究長壽基因，假托爲諸葛亮，獵捕司馬懿以茲實驗；作者以此解釋，兩大軍師勢同水火之因。另部漫畫《龍狼傳》，則述天地志狼遭遇空難，逐與青梅竹馬穿越至三國亂世；主角幾近死亡，幸得徐庶捨命保護，爲感謝恩人救命大德，天地志狼逐以歷史所學的三國知識，接替徐庶、輔佐劉備。尙有《超三國志霸－LORD》，描述劉備爲人殘暴，終日浸淫聲色犬馬，倭人燎宇血刃正牌劉備並承繼名聲軍備，展開圖謀天下的征戰霸業。又有港漫《武‧霸三國》，匈奴國師欲奪回鎮國三寶，殺死龐統並掠奪身分，以便行走中原。再創者杜撰角色，卻又冠以三國人物之名，省卻人物設定，並能自由發揮，藉此寄託嶄新詮釋。此種自創角色，意在重新檢視史實，並將自創角色作爲干擾變因，務使眾所皆知的歷史陳蹟，經由再創角色的涉足影響，呈現不同景貌。

　　自創男角第二類型，不再「替換身分」爲梟雄名將，而是改爲無名小卒；改編者見縫插針，務使新角益助故事推展，而非干擾眾所皆知的史事脈絡。譬如電影《赤壁》，虛構人物孫叔才爲曹營小兵；電視劇《三國》，新角范進爲袁術謀士；漫畫《龍狼傳》，呂雷爲呂布之子，虛空爲呂布之弟，均成縱橫三國的武林高手；遊戲《決戰 II》，曹伯爲曹操叔父，作爲銜接曹、劉之關鍵推手。上述角色，僅登場於特定情節，演出結束便匆匆下台，乃是衍發後情的過場人物。此外，正因新角的無足輕重，更能改以底層民眾視野，跳脫《三國演義》全知觀點，予以熟悉文本的社會大眾，重新審閱三國功過。常人閱覽三國，多半讚嘆史詩情懷，欽慕縱橫天下的英雄豪傑；梟雄之氣度，英傑之妙算，以及猛將之驚天動地，在在成就三國精彩，卻也是《三國演義》偏狹之處，誠如周英雄所言：

　　　　西方的歷史小說往往把著眼點放在次要人物的身上，看他們的遭遇

如何反應時代的總體變遷，中國的歷史演義小說卻往往著墨於大人物的行為與思想。它與正史最主要的差別，乃是正史為人物個別立傳，而歷史事件則另立條目處理；相反的，歷史演義小說，比較側重人物與歷史事件之整體動態關係。〔註 354〕

傳統歷史小說，多將敘事觀點置於重點人物，以其審度大局情勢，綜觀天下如一棋局。《三國演義》誠是如此，但見軍閥盤據、結盟勾謀，卻忽略亂世之中，升斗小民又是如何看待詭譎世道，他們未曾肩負正道，更無經世濟民的忠義情懷，卻有其更為真實的本性欲求，確切反映當代時空之集體意識。譬如《龍狼傳》，自創男角孟覽，飽受戰火摧殘、憎恨戰爭殺戮，協同妹妹愛琳四處流離，後於蜀魏交戰死於非命；倘若轉換觀點，改以黎民眼光評斷，所有制霸天下的梟雄，其實都是百姓痛苦的罪魁禍首。因此，唯有跳脫歷史人物，改以新創角色的感受體悟，方能寄託當代思維，重新省思過往史實之是非對錯。

自創男角第三類型，則是再創者欲對史事另行解讀，置身其中的關鍵人物，即為事件發展的重要變因；此類自創男角，不僅舉足輕重，甚至蔚為作品主角，茲舉二例：漫畫《火鳳燎原》之袁方，電視劇《回到三國》之司馬信。《火鳳燎原》以詭譎多變的心理戰術，博取讀者好評；袁方，即是最早現身的高強策士。雖為虛構，生平來歷卻細膩鋪疊，描述袁紹與嫂私通育子，礙於禮制而未歸正嗣，氣度才略卻深受袁紹讚賞；上述生平，恰是仿擬袁紹本人：「紹母親為婢使，紹實微賤，不可以為人後，以義不宜，乃據豐隆之重任，忝污王爵，損辱袁宗，紹罪九也。」〔註 355〕同是出生微賤，同是龐大家族最受漠視的庶子，卻仍秉抱雄心壯志，反倒攀上頂峰以繼承正朔。故事描述，袁紹出身名門、官居顯赫，實乃國之棟樑，卻同有傾吞天下的野心雄圖，礙於世代忠良，不便貿然表態，遂驅使名為姪兒、實為庶子的袁方，為其盤畫以囊括天下，造使袁方成為袁紹軍團的實際領導者。但見袁方處處獻計，先是「城下一聚」洛陽交鋒，其後攫取冀州、吞併公孫瓚，又暗遣甄宓分化袁氏內部，俾利袁方剷除異己，鞏固自身接班的有利局勢；之後，袁方播病疫於郭嘉，陷荀彧於深林，逐步侵凌曹營勢力，造使官渡大戰一觸即發。《火鳳燎原》雖是依循史事，卻於細節調整新詮，即便史事頭尾不變，其中過程

〔註 354〕周英雄，《小說‧歷史‧心理‧人物》，頁 79。
〔註 355〕〔西晉〕陳壽著，〔南朝宋〕裴松之注，《新校本三國志注附索引》，頁 241。

卻逕行改創，以達出乎意料的劇情曲折。袁方此角，於官渡之戰大展謀猷，此戰最爲關鍵之處，在於曹操奇襲、計取烏巢：

> 卻説曹操領兵夜行，前過袁紹別寨，寨兵問是何處軍馬。操使人應
> 曰：「蔣奇奉命往烏巢護糧。」袁軍見是自家旗號，遂不疑惑……及
> 到烏巢，四更已盡。操教軍士將束草周圍舉火，衆將校鼓譟直入……
> 於是衆軍將無不爭先掩殺。一霎時，火燄四起，煙迷太空。眭、趙
> 二將驅兵來救，操勒馬回戰。二將抵敵不住，皆被曹軍所殺，糧草
> 盡行燒絕。〔註356〕

此番交戰，袁紹盤據四州、結聯烏桓，掌控黃河以北重要城池，逐步殲滅各地軍閥。曹操則爲四面受敵，北有袁紹壓境，南有張繡虎視，踞守關中的馬騰、韓遂各懷鬼胎，江南尚有孫策崛起，依附麾下的劉備更是居心叵測，動態未明；面對重重包圍的四路伏兵，曹操卻以五千騎兵便逆轉局勢，最大關鍵在於逕取烏巢，焚毀袁紹大軍糧倉。上述情節，總令讀者爲之暢快，讚許曹操智勇兼備，慨歎袁紹錯失良機，誠如曹操所評：「紹之爲人，志大而智小，色厲而膽薄，忌克而少威，兵多而分畫不明，將驕而政令不一，土地雖廣，糧食雖豐，適足以爲吾奉也。」〔註357〕《火鳳燎原》卻是大似篡改：袁方刻意誤導敵軍，糧資看似匯於烏巢，實則暗處陽武；袁方誘敵深入，正待甕中捉鱉，造使袁譚、袁尚爭功內鬨，便可一箭三鵰，同時剷除心頭大患。作者詳密擘劃，兼又層層反間，看似昭然若揭的明暢戰局，竟成曲折迂迴的心理戰術，即是來自虛構人物的彈性發揮。

電視劇《回到三國》同屬此例，男主角司馬信穿越時空，仰賴現代知識，遂從無所事事的尼特族，躍身成爲蜀漢軍師；赤壁前夕，諸葛亮苦於趕製箭支，想起司馬信譫言「港男十八招」，遂於紙上拼湊字句，並由「裝假狗」、「搏大霧」悟得玄理，〔註358〕方創「草船借箭」妙招。上述妙計，本爲《三國演義》經典橋段：

> 肅領命來見孔明。孔明曰：「吾曾告子敬，休對公瑾説，他必要害我。
> 不想子敬不肯爲我隱諱，今日果然又弄出事來。三日內如何造得十
> 萬箭？子敬只得救我！」肅曰：「公自取其禍，我如何救得你？」孔

〔註356〕古本小說集成委員會編，《古本小説集成・三國志通俗演義（萬卷樓本）》，頁 572-573。

〔註357〕〔西晉〕陳壽著，〔南朝宋〕裴松之注，《新校本三國志注附索引》，頁 22。

〔註358〕此爲香港俚語，「裝假狗」意指裝蒜，「搏大霧」即爲糊弄。

明日：「望子敬借我二十隻船，每船要軍士三十人，船上皆用青布爲
幔，各束草千餘個，分布兩邊。吾自有妙用。第三日包管有十萬枝
箭。只不可又教公瑾得知；若彼知之，吾計敗矣。」〔註359〕

《三國演義》於赤壁大戰多所杜撰，又以「借箭」、「借東風」蔚爲大眾熟稔；
孔明氣定神閒，只待良辰便可輕取敵營贈箭；電視劇同述此事，卻是增添當
代元素，造使劇情更顯逗趣，不同於《火鳳燎原》精心擘畫，卻同需仰賴虛
構角色之變因，方使劇情發展不同史況，而能依循作者意圖，展現另番風格。

（三）角色形象

新角登場，爲使劇情得以推展，亦或增補內容變異，或是單純添加角色類
型。因此，新創角色形象，也與上述肇因息息相關。首先，若是爲求翻轉劇情，
自會務使角色融入故事，宛如此人此事自始至終，即於三國時空確切存在。電
視劇《三國》虛撰女角靜姝，曹丕贈送此女與司馬懿，甚言：「其祖是當年朝
廷大將軍何進。何進死後，家道中落，竟流落民間。」〔註360〕僅爲虛構角
色，卻仍費心交代此人來歷，遂使角色更爲眞實。又如歌劇《新洛神》，虛設
女角袁冰，此女落難遭挾，因此愛上救命恩人曹植，遂使曹丕、曹植、甄宓此
段錯綜複雜的三角戀情，又因袁冰而更顯糾葛。袁冰身爲袁熙堂妹，與曹家有
血海深仇，卻愛上滅族兇手之後裔；又與甄宓曾有姑嫂關係，如今反成爲情場
敵手——新角之身分設定，遂使劇情更生衝突，角色形貌更顯豐足。

其次，倘若創塑角色，只是爲求增添畫面美感，或是延伸架空情事，則新
角設計首求特異。漫畫《龍狼傳》，雖爲三國題材，卻已成各顯門派的江湖風
格；三國猛將憑藉武學絕招、妖術仙法，威震千軍以得勝利。因此，此作虛構
「龍騎兵」、「虎豹騎」、「五虎神」，大多一身勁裝、短打裝扮，如同武俠小說
的奇人劍士。此外，創設新角有時純爲視覺考量，即是三國稀少的女性人物；
《龍狼傳》虛設女角蓮花，作者自云：「蓮花這個中國女孩的角色，可以爲故
事增添色彩，所以還是留下比較好。如果沒有蓮花，戰場上的畫面就全都是一
些大叔在打了。」〔註361〕此種新角，非關劇情翻轉，也毋須另創故事，而是
仰賴女角以引發關注，塑形之際首重外貌，以及軀體展現。又如諸葛果，傳說

〔註359〕古本小説集成委員會編，《古本小説集成・三國志通俗演義（萬卷樓本）》，頁
872-873。
〔註360〕高希希導演，朱蘇進編劇，《三國・77》。
〔註361〕山原義人兼修，草野眞一構成，《龍狼傳～破鳳與天運～》（臺北：東立，2005），
頁26。

爲諸葛亮之女，遂於《魔姬》、《蒼天戰姬》、《百萬名將傳》、《眞三國大戰》均見此角，〔註362〕人物形貌皆爲道冠裝束、八卦圖騰，以此連結家學背景；另一共通，則是均爲袒胸露乳，極力凸顯女體妖嬈，自是肇因於賣點需求。

　　尚有較爲特殊的角色設定，則是參照史實人物，作爲新創角色的「原型」。新創角色之樣貌、性格亦或生平大事，雷同於眞實存在的歷史人物，予以讀者強烈既視感。此般狀況，可能是有意借擬，或是無心巧合，茲就下例略作探討：電玩《幻想三國誌 II》，虛撰女角瑤甄，身爲東漢皇族，靈帝賜號「興平公主」。瑤甄溫柔恬靜，深諳醫術方藥，曾經師事吉平、華佗；東漢傾覆之後，瑤甄力圖興復漢室，身爲皇族仍無力回天，公主遂浪跡天涯四處行醫，解救蒼生以聊盡心力。瑤甄雖爲女性，其皇族血脈加上行醫濟世，如同歷史人物──漢獻帝劉協。劉協被迫禪讓之後，遷居河內郡，改封「山陽公」；民間傳說，劉協眼見大戰之後田園荒蕪，百姓流離失所，便以宮中所傳醫術，協同其妃曹節，診治百姓以救死扶傷，遂被民間讚譽爲「龍鳳醫家」。又如遊戲《決戰 II》，劉備之青梅竹馬美三娘，武技傑出、善使弓馬，戰略陣法深有見解；此位女角，名號應爲「麋夫人」之變形，〔註363〕人物形象則源自《水滸傳》扈三娘，此女「天然美貌海棠花」，兼又身手矯捷、武藝高強，隨身攜帶日月雙刀，恰似美三娘雙手持刃的颯爽英姿。不僅《三國演義》風靡東瀛，《水滸傳》同是廣爲流傳，兩部經典均曾改編爲大眾文學、動漫電玩；開發商將其兩相結合，激發讀者更爲強烈的熟悉感，同是不無可能。電影《赤壁》，則虛構男角甘興，曾爲江洋大盜，行事粗莽、剛烈勇猛，處處可見甘寧縮影；不同的是，《三國演義》杜撰甘寧死於沙摩柯箭下，電影則述甘興手持「魚油彈」爆破曹營、身死赤壁。由此可見，依循「原型」設定的虛構人物，既能承接原設角色戲份，又能任憑作者編造事蹟，俾利劇情推演無礙。

　　自創角色之設計，尚有一種特殊類型：「瑪莉蘇」。「瑪莉蘇」，源自寶拉‧史密斯（Paula Smith，？－）於 1973 年創作之同人小說〈A Trekkie's Tale〉（譯：星際迷航傳奇），刻意設計「Mary Sue」作爲主角。〔註364〕她是位未滿 16 歲

〔註362〕百納遊戲，《魔姬》（廣州：百納遊戲，2013）。
　　　　　崑崙在線，《百萬名將傳》（北京：崑崙在線，2012）。
　　　　　奇米娛樂，《眞三國大戰》（臺北：奇米娛樂，2014）。
〔註363〕日語當中的美、麋二字均可讀爲「び（BI）」。
〔註364〕〈A conversation with Paula Smith〉：http://journal.transformativeworks.org/ index.php/twc/article/view/243/205（2015.02.08）。

的少女，卻已晉升少尉官階，她冷靜機智、膽識非凡，她的邏輯清晰兼又身手矯捷，她人緣極佳且魅力非凡，每個男子都爲其傾心動容，遠觀她那女神般的迷人風韻。寶拉・史密斯創作此文，意在嘲諷當時盛行之星際迷航同人誌，常有脫離現實的劇情內容，以及完美無瑕以至幼稚刻板的角色設定。「瑪莉蘇」遂成文學創作之定形角色，概指過度理想化人物，具備所有優點，反使角色性格扁平，故事經歷單調乏味。此外，爲求顯現「瑪莉蘇」之臻善臻美，必有其他角色的陪襯烘托，有時未能博取贊同，反倒招致讀者反感。此種臻於完美、背離常情的角色設定，不僅出現於同人創作，部分原設作品同有此況，遂稱「原作蘇」。〔註365〕

　　三國改編文本，增添虛構人物，同有「瑪莉蘇」之況。原因有二：一是，作品屬於戀愛遊戲，玩家常以主角身分介入遊戲場景，爲求戀情得以萌發，自會設定所有角色皆對主角心存好感，或是與主角存有強烈關聯，更易彰顯主角的核心地位，進而經營戀愛路線。戀愛遊戲的主角，通常無所特異，方使玩家心生認同、投射自身；平庸無奇的主角，卻總擁有吸引所有角色的人格特質，遂使風格殊異且各具優點的諸位人物，一一臣服於主角魅力。譬如遊戲《三國戀戰記》：主角山田花──玩家操作遊戲的中介體──相貌清秀，性格溫和，乃是尋常可見的普通少女；穿越三國之後，反使眾家豪傑，爲其心動神迷，俾利戀愛主題得以發展，卻正符合上述「瑪莉蘇」特點。其次，穿越題材之三國改編，爲求闡發情事，自會刻意增添穿越角色與三國人物的互動，同時加強自創人物對於情勢之影響；正因作者過度聚焦，甚至美化、神化以突顯角色，遂使人物無所不能，角色形象逐漸趨於「瑪莉蘇」。《龍狼傳》主角天地志狼，穿越至三國時代，以其歷史學識，審擘戰局發展，並且修習「雲體風身」、「鬥仙術」之奇門遁甲，身懷絕技而不遜色於三國猛將，遂由普通國中生，蛻變爲三國時期眾人敬畏的「龍軍師」、「龍之子」；單憑歷史遊戲所得知識，即能瓦解周瑜智謀，亦或短暫修練武學技巧，馬上就能決戰甘寧，部分讀者大呼過癮，也有讀者嗤之以鼻，更對作品失衡深感不耐。另部漫畫《笑傾三國》，〔註366〕女主角裴笑，本爲竊盜爲生的孤女，穿越時空

〔註365〕譬如《暮光之城》男主角艾德華・庫倫（Edward Cullen），以及《格雷的五十道陰影》男主角克里斯欽・格雷（Christian Grey），於作者描述之下，均呈現完美無缺的夢幻形貌，具備獨特超凡的能力，以及刻意凸顯的身世背景，便是「原作蘇」的經典類型。
〔註366〕夢三生作，雯雯畫，《笑傾三國》（北京：華文，2012）。

遂與三國梟雄互生羈絆，曹操爲其傾心、孔明爲其動情、華佗深爲眷顧、何晏難忘佳人、司馬昭更將此女視爲此生摯愛，縱使芳魂消殞，猶仍未曾忘懷；三國英傑陸續拜倒石榴裙，單憑裝笑風采即可收攬群雄，不僅人物嚴重扁平，也使壯闊宏偉的三國題材，淪爲女主角展現魅力、征服愛奴的風花雪月之流。

「瑪莉蘇」衍生之況，於同人誌類型更屬常見；同人奠基原作、杜撰情節之際，常會聚焦於特定人物，展現原作未述的角色面相，遂將主角極盡美化、優化、合理化，譬如劉備奪取荊州，乃是秉持「以天下爲己任」之濟世良謀，亦或曹操負盡天下人，實是承擔「我不入地獄則誰代之」的慈悲心懷。因其無所框架，同人誌尚會出現自創新角：豔冠貂蟬的絕世美姬，或是勇勝呂布的人中英雄，他們名不見經傳，卻是震撼全場的聚焦亮點。「瑪莉蘇」之所以太過完美、偏離現實，在於人物承載作者理念，乃是作者意志的全然代入；與其說「瑪莉蘇」是美好類型的臻善展現，不如說是作者藉此寄託「與眾不同」、「超越凡俗」的自我心態，此種類型的新創角色，除了博取讀者認同，更爲滿足作者的個人投射。

此外，三國電玩遊戲，常有「自創武將」的構形機制，譬如《三國群英傳》、《眞・三國無雙》，以及強調個體特色之線上遊戲。自創武將由遊戲廠商提供套件，包括：髮型、臉孔、膚色、身高、體態……等等人形特徵，再由玩家挑選組合，塑造獨一無二的人物形貌。玩家形塑自創武將，藉此寄託理想形象，亦或心儀的人物類型。上述狀況，衍伸於同人誌作品，便會出現「三國人物 x 自創角色」之再創故事，一方爲眞實人物，一方則是全然杜撰的虛擬角色，作者描述二人互動，實則滿足自身對於三國人物的關聯渴求，遂見天馬行空的任意編派。

小結

三國改編文本，雖是架構《三國演義》，卻非全然照本宣科，無論改編爲何種媒介，多多少少必有異動，藉由迴異原文的設計，突破舊作框架，表達新作價值。本章節分爲三部：史觀立場、主體內容、形象塑造，探討改編文本之「異變」狀況。首先，「史觀立場」爲預設心態，行文之前便已影響作者觀點，又可依照個體察覺與否，分爲「潛意識變動」、「前意識變動」。前者肇因當代意識與集體思潮，即爲當今盛行的反戰理念，以及日本獨有的「物哀」

審美，均對三國改編產生影響；後者則爲作者有所察覺的主觀，可再分爲「尊蜀抑魏」、「尊魏抑蜀」、「尊吳」，立場不同，將會造成同件史事的不同解讀，隨著當代對於《三國演義》之反動，「尊魏」、「尊吳」漸成動漫遊戲之大宗。

第二節「主體內容」，依照事件類型，分爲「改動」與「新添」。改動之況，乃是針對既存情節，保留事件大概，修改其中細處，著重細膩解讀，或是藉此闡發新意。改動之法，分爲「合理補述」、「文武調置」、「異動結局」。首先，《三國演義》存有極多抒寫未盡的空白，利於改編者由中發揮，針對描述不足的疏漏之處，加以修補、俾其合理；亦或選取無關緊要的平淡橋段，賦以新意、重新解讀，藉此烘托人物形象。文武調置，則是源自戲劇手法，可概分爲兩種形式：文戲武編，轉化於三國題材，乃將抒情場面、愛情事件，加快節奏轉爲武打過程，於講求快速呈顯的動漫遊戲，常見此類改造手法。武戲文編，則將戰爭場面轉爲情感渲染、亦或詼諧嘲謔，不僅茲發新貌，更能減省經費、便於描述。異動結局，則無視於歷史實況，憑藉作者意圖，亦或迎合讀者渴求，改變三國故事之後續發展，甚至成爲迥異史傳的架空想像。

主體內容之改造方式，尚可新添無中生有之事，包括：嶄新元素、文本互涉、愛情故事。首先，嶄新元素，改編者援引無關三國的其他事件，作爲改編文本的另番主軸，乃因三國故事已被翻轉殆盡，唯有增添新式元素，方使敘事有別舊作，有時甚會走火入魔，淪爲僅存「三國」虛名的架空作品。其次，文本互涉，乃是廣泛呈現於所有創作，包括三國改編文本；改編者演繹三國，卻又參雜非屬《三國演義》的其他文本，尚可分爲援引典籍、三國之外情事、甚至尚見他國文化，遂使內容更顯多變。最末，愛情故事之增添，肇因此事最爲常見，加上《三國演義》未曾提及，更令讀者好奇書中英雄的另番形貌，隨著解構興起、權威瓦解，再創作品轉爲著重英雄人物的平凡面，愛情故事因此滋生；此外，同人文化的推波助瀾，則使同性戀情也成三國改編大宗。

本章第三節，論述「形象塑造」，分爲改造舊角色、創造新角色。首先，「改造舊角色」，細分五個區塊：反差化、豐富化、年輕化、美形化、性轉換。反差化之因，在於《三國演義》主觀偏頗，常見違背史實，刻意美化角色、抑或詆譭人物，當代改編反向而行，援引演義之外，同時參照史書，以及當代意識的評價，重新塑造人物真貌。豐富化之狀，特別針對留存姓名卻事蹟不詳的人物，予以描摹重塑，使其各具姿態，人物關聯已存、形貌卻可自由

發揮,乃是重塑故事之一大利器。年輕化,則是源於戲曲行當之分配,加上欣賞美感之需求,遂使三國人物返老還童,個個均是身強體健、年輕貌美,加上動漫風潮影響,甚能下修至少年、孩童樣貌,完全悖離史實記載。美形化,同是肇因動漫文化,以及「女性向」之鼓吹,加上三國人物相貌,並無明確記載,遂使改編者得以恣意編造,憑藉人物俊美以收攬讀者目光。最後,性轉換,則是近時興盛的架空設定,將三國人物改變性別,且多半爲由男轉女,增添《三國演義》甚爲稀少的女性角色,同時賦予角色嶄新風貌,或是切合劇情翻轉,亦或滿足特殊族群「物化女體」之慾望。

三國改編之形象塑造,尚有「創造新角色」,即是虛構人物以置入劇情,分爲三點論述:角色來源、角色作用、角色形象。首先,新角來源於作者杜撰,或是援引僅留名氏的眞實人物,尚能參照歷史人物作爲原型,遂使新角同使讀者備感熟悉。其次,新角之作用,女角多爲增添畫面美感,或是搭配愛情故事;自創男角,則有三種類型:一是頂替知名人物,角色形貌又能彈性發揮;二是無名小卒,藉此增添平民視野,更換角度觀覽亂世;三是成爲關鍵角色,造使故事發展出現難以預料之變因,營造劇情高潮迭起。最末,新角形象之設計,必須結合角色用途:著重劇情發展者,新角形貌會刻意銜合三國史事,盡量減低突兀之感,若是醉翁之意不在酒,只求耳目一新,則可恣意架空,任憑作者杜撰,遂見武俠風格與詭異裝扮,屢屢現於三國故事。

第五章 《三國演義》當代改編文本優劣論

　　戲曲研究者周傳家曾言：「整理改編是一項創作。」〔註 1〕所謂改編，即是衍生作品（Derivative work），亦稱演繹作品、派生作品，創作者擇選既存作品爲底本，端賴其中特點，拆解分化爲主軸、人物、架構、脈絡……諸多特性，再憑藉個人思維，參照特定意圖，寄託預設意涵，以及種種有意爲之的額外增添，將原作元素重新組織、再次陳述、另生解讀甚或顛覆逆轉，造就新作誕生。作品之中諸多元素，均與原作相近相符，甚至全然沿襲，譬如《西廂記》源自《會眞記》，均述張生、鶯鶯之戀；又如魯迅〈採薇〉採納《史記》之述，〈奔月〉沿用《淮南子》所言；再如好萊塢電影《足球尤物》（She's the Man），乃是承襲莎士比亞《第十二夜》。雖是取源相同底本，改編之後的故事形貌，卻可視爲獨立新作，原因無他，在於再創者刻意添置的「新異特點」，俾使新作迥異原設，甚至有別於相同底本之其他改編，遂見新作價值，以及專屬此作的獨特魅力。問題在於，這些立意創新的改編作品，能否助益底本蛻變，藝術成效更爲錦上添花；亦或只是強行更竄，淪爲畫虎不成反類犬的山寨贗品。誠如常言，「師父引進門，修行看個人」，《三國演義》改編作品，均是師承相同祖師，何以有人習得門派精髓，千山獨行、無往不利？有人卻是敗壞綱紀，走火入魔而全然背離門派宗旨？甚至，同是鑽研典籍爲底，更有高徒卓然自立，不僅熟諳箇中蹊蹺，甚能超越原作、更攀高峰，其中關鍵又爲何處？

〔註 1〕 周傳家、王安葵、胡世均、吳瓊、奎生，《戲曲編句概論》，頁 214。

　　本篇章節，欲論述《三國演義》改編文本之優缺，就中探察原因。不過，所謂優缺判別，僅爲一己之見；爲更合信度，筆者審閱三國改編之優劣高下，乃是依循三項標準：第一，改編文作是否完整，特別是另關新徑的嶄新主題，能否邏輯嚴謹而自成架構？第二，奠基三國的改編文本，有無連結原設題材，巧妙化用三國元素，並能予以嶄新解釋；雖然，改編文本常以創新取勝，但仍有別於自創作品，三國改編理應連結原設素材，方能不枉三國盛名。第三，讀者閱覽三國改編之後，能否茲生共鳴、贊同，甚至促其回溯原史，即是作品對於讀者的感染力道。上述三點，也正爲《三國演義》勝於其他歷史章回之處，筆者援引上述三論，做爲改編文本優劣之判。

第一節　優點

　　本論文欲探討《三國演義》改編文本，有趣的是，《三國演義》此書即可視爲《三國志》改編之作，雖是講述相同時空之相同人物的相同事蹟，羅貫中卻如操持利剪，大肆裁切史事情節、人物形貌，再由個人巧思予以縫補、點綴，遂使詞語精鍊、資料闕漏的上古史書，蛻變成爲中華文化圈流傳最廣的傳奇盛典；此般虛實交錯、衍生再造的兼融手法，時常可見卻甚爲困難，莫怪毛宗崗讚譽：

> 讀《三國》勝讀《水滸傳》。《水滸》文字之真雖較勝《西遊》之幻，然無中生有，任意起滅，其匠心不難，終不若《三國》敘一定之事，無容改易，而卒能匠心之爲難也。且三國人才之盛，寫來各各出色，又高出於吳用、公孫勝等萬萬者，吾謂才子書之目，宜以《三國演義》爲第一。〔註2〕

《三國演義》震懾人心、攸傳百世，在於此作參照現實情事，仍能翻出新意，兼併虛實而幾無齟齬；結局已定、過程昭然的三國史事，經由羅氏生花妙筆，竟能衍發新生詮釋，看似荒誕無稽，卻又銜合無縫，甚至反客爲主，覆蓋史實而成普羅大眾對於事件發展之概定印象，無人能出其左右。《三國演義》之精采述事，除了提升己作藝術效果，蔚爲中國經典文作；同時藉由此書流傳，遂使三國史事成爲眾所熟悉的經典戰局，尚能拓及海外、超越時空，短短百餘年之興亡更迭，仍於讀者腦中歷歷在目，如數家珍傳頌不歇。簡言之，《三

〔註2〕　朱一玄、劉毓忱，《三國演義資料匯編》，頁267。

國演義》再創史貌之新詮，俾使史事更流傳；針對演義之後代改編，又將此況回饋其書，造就此部章回之永續推廣、活化再生；下文，遂就改編文本於《三國演義》之「重新詮釋」、「延續發展」，此二優點論析之。

一、重新詮釋

　　拿破崙（Napoléon Bonaparte，1769－1821）曾言：「History is a set of lies agreed upon.」（譯：歷史是一套被同意的謊言。）常人觀覽歷史，期盼鑑往知來，但因往事已矣，身處今朝的社會大眾，只能藉由史傳資料，揣想往日情境，就中瞭解事件脈絡。何謂歷史？寧可（1928－）認為：「歷史是過去事物活動的過程，歷史是人類社會發展過程的記載。」〔註3〕歷史必須經由記載──文字抄撰亦或口耳相傳──方得流傳至今，既是如此，貌似實景之史傳典籍，實則兼雜人為主觀，包括記載此事之史官，以及接棒傳承、講誦演繹之世俗大眾，均於流傳過程，加諸個人體悟於史事，遂使客觀存在之事件真相，逐漸增添刻意、無心的有色解讀。個體思維不同、立場懸殊，賦予事件之觀點評鑑，將會造生極大差異，此種現象未曾停歇，實至今日猶仍顯現；譬如，新莽末年之民軍事變，《後漢書》鄙為「赤眉之亂」，東漢靈帝之太平道信眾，《三國志》斥為「黃巾賊亂」，物換星移幾度秋，今日中國政府，卻將二者改稱「赤眉起義」、「黃巾起義」，大加歌頌：「千百年來，由於統治階級的厭惡和污蔑，人們對這次起義的不甚了解和誤會，綠林英雄壯舉竟被玷污，豈不可悲？綜觀綠林起義過程，可以說是一部中國歷史上極其輝煌的農民革命史。她留給我們的歷史文化底蘊──綠林文化是中國人民的一筆寶貴的財富。」〔註4〕可見史實詮釋各憑心証，史事真相遂也難以確定，吾所遵奉的流風遺俗，其實只是眾家解讀之一；除非返回過去，無人能對往昔真相有所確証；憑據嚴謹的史書記傳，以及由此衍生的歷史題材，實則擁有甚為寬鬆的解讀空間。

　　陳壽撰寫《三國志》，雖是秉持專業，猶仍心存定見，採取「帝魏寇蜀」之觀點，推崇曹魏為正統，蜀漢、孫吳只成附庸，藉由史籍體例以區分尊賤，譬如：本紀、列傳之別，帝號、名諱之稱，以及用字遣詞之褒貶喻意，在在

〔註3〕　寧可，〈什麼是歷史－歷史科學理論學科建設探討之二〉，《河北學刊》（石家莊：河北社會科學院，2004年6期），頁15。

〔註4〕　「中文百科在線」：
　　　　http://www.zwbk.org/MyLemmaShow.aspx?zh=zh-tw&lid=98670（2015.04.16）。

顯示先入爲主的預設史觀。陳壽將三國之事，分屬《魏書》、《蜀書》、《吳書》，看似相互抗衡，實則主從嚴明；出身蜀國的陳壽，卻於西晉仕事史官，唯有歸屬正祚於曹魏，承襲其勢的西晉司馬氏，方能蔚爲中原政權之正統霸主。誠如馮友蘭（1895－1990）所言：「歷史像個『千依百順的女孩子』，是可以隨便裝扮塗抹的。」〔註 5〕肇因史官立場不同，記載之際便已有所褒貶，或是避重就輕之迂迴行文，遂使史貌眞相實不可得。誠如《三國志》，雖然倍受禮讚、奉爲「良史」，與其說是三國時代的梗概大要，不如說是一介史官之見聞，方更切合創作情境。「秉筆直書、懸之國門」的正史記載，尚見主觀偏頗；恣意創作的文章字句，豈不更爲自由心證？縱使奠基歷史主題，解讀空間仍可隨由作者心性，史觀得以變迭，事件得以捏造，相同情境也能各有解讀、各自表述；作家創作之際，除卻思量內容情節，更爲著重之處，乃是作品之亮點何在、創思何見？是故，即便歸屬歷史主題，改編作品卻非全然遵循史事框架；甚至，部分作品「爲反而反」，尋思證據以反駁既況，只要析述合理、邏輯銜扣，便可成爲耳目一新的翻案之作。

　　前文介紹之眾多作品，領域紛歧，媒介懸殊，主軸更見大相逕庭，聚焦亮點各有著重，卻均存有共通特徵：對於既定事件的重新詮釋。此般手法，歷代創作均可察見，三國故事同是如此，先有史傳留存，譬如《三國志》、《後漢書》、《晉書》；再有箚記漫筆，譬如《世說新語》、《裴子語林》、《東坡志林》；又有民間傳說，譬如關公顯聖、孔明求仙、漢初群雄轉世之說；尚有各顯神通的文本創作，譬如《三國志平話》、《三國演義》、三國戲曲；以及當代娛樂，包括影視戲劇、動漫電玩、大眾文學，尚有三國爲題之攻略書、解析書、工具書，甚或蛻變爲商場運擘、人生哲理之教戰守策，形形色色，不一而足。相同主題卻又屢經改編，必得增添嶄新特點，方得突破舊作藩籬，突顯新品價值，遂使故事新詮應運而生。

　　縱使情事相同，卻因解讀各異，事件眞貌更見撲朔，藝術效果卻也豐沛多元，不僅予以文本另番詮釋，尚能拓及嶄新意涵，同時肇因作品新解，便將文本推廣至未曾涉獵、未受吸引的另方族群，猶如集體創作的層層加疊，共同建構之藝術能量，就此源源不息——當今創作對於三國史事的多重詮釋，以及「再創之再創」的接連演繹，兼之以同人創作的自由無拘，亦或商業作品之市場考量，不就如同《三國志平話》的編匯過程？宋元時代，說書者於街頭講唱，爲

〔註 5〕馮友蘭，《胡適思想批判》（香港：三聯書店，1955），頁 81。

使觀眾捧場，插科打諢勢所難免，說學逗唱面面俱到，語不驚人死不休更爲致勝法則，雖是演繹歷史題材，卻仍多見浮誇之語、私心論見，只爲求吸引觀眾，使其同感戚戚焉。譬如《三國志平話》託言孫學究罹怪之事：

> 學究用手揭起匣蓋，見有文書一卷，取出看罷，即是醫治四百四病之書……自後不論遠近，皆來求醫，無不癒者。送獻錢物約二萬餘貫，度徒弟約迭五百餘人。內有一人，姓張名角……張角辭了師父歸家。遇經過處治病，無不痊可，並不要錢物。張角言：「若我要你用度，有文字到時，火速前來。但有徒弟，都依省會。如文字到，有不來者，絕死。如不隨我者，禍事臨身！」〔註6〕

孫學究尋獲天書，並將咒法傳授諸徒，其中一人名曰張角，以此解釋，何以張角解救萬民於瘟疫，成爲百姓擁戴的「大賢良師」。昔日說書者，針對眾家演述之熱門史事，自行拆解事件片段，各自賦予闡釋新說，遂見因果轉世之述，亦或宿命天意之說，雖然失於荒誕，卻見舊事新詮的豐沛能量，方能匯集而生，藝術成就更臻高鋒的《三國演義》。

　　三國當代改編，同是逕行解構《三國演義》：譬如《一騎當千》、《戀姬†無雙》，大肆竄改武將性別；亦或改編事件，譬如伴野朗《吳‧三國志》述孫朗之間諜組織，《祕本三國志》述劉備爲曹操耳目；甚或顛錯結局，譬如《反三國演義》蜀漢興國，《三國戀戰記》孫氏一統河山；又或增添架空，譬如《銅雀臺》之四星聚首，《武靈士三國志》之轉世再生；尚且翻案史實，譬如《關雲長》述關羽爲愛走單騎，《不是人》述關羽爲慾起殺機，《火鳳燎原》述呂布實乃智勇兼備，《軒轅劍》述諸葛亮一意孤行；種種行徑，全然顛覆史實舊貌；不免令人懷疑，吾所閱覽之作，是否仍屬「三國題材」，亦或只是託名「三國」的架空作品？倘將目光侷於現在，自是困惑新作之浮泛膚淺，除卻眩人耳目的娛樂效果，這些譁眾取寵的詭異主軸，是否有其存在價值？倘若對照演義文作，更加鄙棄改編作品之矯造偏離，託名三國卻於關鍵情節處處偏離，宛若失卻主軸，只欲立異以爲高？筆者認爲，上述行徑，正是再創生存的關鍵因素，尚可說是《三國演義》相對《三國志》之殊異所在，楮斌傑（1933－）認爲：「(《三國演義》)眞正的傑出價質不是歷史學上的，而是文學上的。」〔註7〕吾等贊許《三國演義》之再創詮釋，認爲背離史實之處，正是其書精彩

〔註6〕 古本小說集成委員會編，《古本小說集成‧三國志平話》，頁8。
〔註7〕 褚斌傑，〈談三國演義〉，《三國演義研究》（臺北：木鐸，1983），頁46。

所在，何以卻對再次衍生的當代改編，厲聲批判其扭曲史實之荒謬不經？「重新詮釋」的不確定性，再創者得以增添新事、更顯自由；倘由「解構」視之，正因作品逕行拆解、轉替、拋棄重組，讀者不再只是被動接受的閱聽人，轉為掌控文作的支配者，各自解讀以獲取全新文本；亦如黃會林（1934－）所言：「如果改編作品不能賦予作品新意義，改編將很可能是失敗的。」〔註 8〕因此，尚有作品反其道而行，針對內容提出質疑、意圖顛覆，甚至對於其他閱聽人所遵奉的制式規範，有所懷疑推翻，遂使文作解讀更行多元，不再只有權威論見，而是呈顯百家爭鳴之各自表述。〔註 9〕

　　重新詮釋，尚有兩項特點。一是，文本改編之際，各作相同癥點：詮釋之處，多是重新解讀事件之起因。歷史存在諸多謎團，以及出乎意料的轉折發展，常人不解其因，或訴諸天命所歸，或揣想神怪作祟，藉由詮釋事件癥結，俾使人民得以掌控「己所認定的真相」，更加確定目標所在以及己身價值。今日作品，不再遵循既定說法，顛覆史事為表面，尋思起因為癥結，大衛‧洛吉認為：「作家超出了傳統，脫離了一般常用的習慣表達方式，讓讀者『察覺』了我們在概念上已經『知道』的東西。簡言之，『陌生化』是『原創性』的另一個詞彙。」〔註 10〕正因另起詮釋，早已為人熟悉的經典文本，方能重新引發觀眾興趣。譬如《秘本三國志》以「陰謀論」解構三國，曹、劉煮酒論英雄，蛻為暗通合盟之啟始；又如《銅雀臺》以「衣帶詔」為全作主軸，將《三國演義》之宮闈內鬥，重新解讀為精心運擘的反曹組織；再如《天地吞食》，託言龍女下凡取精，俾助男子實現願望：曹操獲得「天下」、孔明獲得「知識」、劉備獲得「勇氣」，三國時代並非自然發展的史事過程，而是結局已成的上天註定。三國題材，雖是奠基現實，卻非實事求是的史料考證；是故，如臨其境的細膩刻劃，於現實層面必為妄談，於創作層面實屬必須；無中生有的假託憑藉，實為史家大忌，卻為再創長才；重新解讀之另生詮釋，

〔註 8〕 黃會林、周星主編，《影視文學》（北京：高等教育，2002），頁 257。
〔註 9〕 電玩《真‧三國無雙 7》發行之際，於網路公布新作資訊、角色介紹，網友對於該部電玩，聚焦趙雲之遊戲設定，深感不滿，遂言：「正視歷史吧，正史裡趙雲連五虎都不是，只是劉備的警衛員。」另名網友則予以回覆：「搞得好像你見證過歷史一樣，還是一樣看別人的寫的，你就確定那一定是真的？」由此可見，文本的不同解讀，實可開啓大眾對於既存史實的嶄新審視，抑或呼應個體既存於心，對於史實記載的懷疑。（「《真三國無雙 7》詳細圖文介紹」：http://wap.gamersky.com/gl/Content-288626.html（2015.04.16）。
〔註 10〕 〔英〕David Lodge 著，李維拉譯，《小說的五十堂課》，頁 79。

乃為史官偏頗主觀，卻是再創作品之中心主軸。筆者同意，當代三國題材，品質落差甚為懸殊，再創詮釋也時見牽強，更有部分作品僅是濫竽充數；現今輿論對此大加批判，雖是言之有理，卻是肇基錯亂，逕以史書標準，鄙斥改編新作之另起詮釋、挪調立場以及恣生新事；然而，「言人所不能言，言人所不及言」，別出心裁以突破藩籬，方是文本創作之首重。是故，筆者贊同再創詮釋之改寫風潮；至於三國改編文本之優劣良窳，無關改編與否，乃是所有作品勢必面臨的價值評斷，不應混淆並提之。

　　重新詮釋之第二特點：創作者設定情境，名為三國時代，實乃投諸於「平行時空」，以便杜撰新事，同能避免齟齬史實，助益讀者重新審閱經典文作。譬如漫畫《魔法無雙天使衝鋒突刺！呂布子》，三國人物均來自「天使三國界」：「為了成為最強『無雙天使』，必須蒐集一千顆首級。但真正的修行，是要至人間蒐集七顆行善證明的寶珠。」〔註11〕所謂「天使三國界」，自是無關歷史的另個時空。又如《三國戀戰記》之漫畫文案，即言「藉由不可思議的書，來到跟三國志非常相似的世界」，〔註12〕作者託言三國之名，卻又另闢異地情境，遂成新舊融合、真假交雜的「類三國」作品：作品當中，同見趙雲衝鋒陷陣，卻是稚氣未脫的青澀少年；仍有關雲長千里走單騎，美髯公卻成黑髮飄逸、頷無髭鬚的白面書生，原設、自創交錯綜雜，遂使讀者無法預期，嶄新解讀也就因此而生。亦如電玩《戀姬†無雙》，描述日本中學生北鄉一刀，偶然墜入三國時空：「在掉進三國志世界的一刀眼前出現的四名可愛的女孩子，根本無法聯想她們是三國志的英雄豪傑，她們在這個世界的角色，與一刀在現實世界所熟知的三國志故事一模一樣。」〔註13〕同將故事背景設定於「類三國」場景——遂可依循三國架構，又可避開歷史考證，全力經營作品特點，乃是便宜行事的作法。

　　此種手法，部分讀者嗤之以鼻，認為只欲瓜分三國威名，實為三國贗品之流；卻有部分讀者，仰賴「平行世界」之設定，跳開原設拘束，重新解讀經典舊作，更能接收改編作品的嶄新創意。《戀姬†無雙》囊括2006年「美少女遊戲賞」之「最優秀廣告賞」，以及 2007 年「最佳角色賞」、「新類型賞」，〔註14〕

〔註11〕鈴木次郎，《魔法無雙天使衝鋒突刺！呂布子·1》，頁6。
〔註12〕Daisy2 作，あず真矢畫，《三國戀戰記·1-2》（臺北：東立，2014）。
〔註13〕小林正親，《真·戀姬無雙～海戰！邪馬台國》（臺北：青文，2010），頁6。
〔註14〕「2007 美少女遊戲賞結果發表特設頁」：
　　　　http://bishojyogameaward.org/2007/result.html（2015.04.16）。

此番熱潮，竟是發生於三國故事甚爲普及的東瀛島國，何以日人未感突兀，反對三國名將之「性轉」設定，及其隨興惡搞的荒誕內容，全然接受、少有反感？筆者認爲，在於其作採取「眞名」設定；所謂眞名，即是登場人物之眞實名號，唯有武將眞心認同的對象，方能採取此名呼喚己身，譬如關羽之眞名愛紗，曹操之眞名華琳，孫權之眞名蓮華……眞名源於作者新創，玩家更以眞名逕稱人物。〔註15〕如此一來，《戀姫†無雙》之重點，已非如何改寫三國，而是於仿效三國的平行時空，任憑眾家脂粉爭奇鬥艷；玩家擁戴此人此角，並非心繫三國俊才之豐功偉業，而是全然跳脫演義框架，隨波流俗於改編作品之自創情境，悠遊其中、愜意自得。

二、延續發展

2010 年，美國雜誌編輯泰德・傑諾威（Ted Genoways，1972－），於《Mother Jones》提出「小說已死」（The death of fiction）的沉痛呼籲。〔註16〕在此之前，文學雜誌乃是發表作品、抒展己才之處，文學編輯則是藉由閱覽作品，發掘文壇新星；隨著媒介改變，以及讀者興趣轉移，加上文學創作之影響式微，文學作品漸趨衰頹，登載篇幅大爲縮減，訂戶數量更是逐年下滑，顯現小說榮景已成明日黃花；臺灣作家隱地（1937－）同有此慨：「十年前，能銷一萬本的才算是暢銷書，如今可以銷到一千本就是難能可貴了，大多數書只印幾百本，甚至幾十本，所謂依量印刷，印出來只送送朋友，根本到不了書店，就算到了書店，至多個把月，就被退了回來，從此就被封閉在出版社暗無天

〔註15〕 網友 Profaner 於 PTT 論壇發表文章：〈Baseson 根本不懂所謂的人氣角！〉，討論《戀姫無雙》登場角色之人氣高低，文中提及：「戀姫系列中一開始的蜀六元老——翠、星、愛紗、玲玲、紫苑、朱里。明明…明明…明明就是一開始設定的六位女主役。到了眞戀姫，淦他喵的桃香來了，結了義了，其他人都沒戲份了！」上述內文，全以「眞名」稱呼角色，倘若未有對照，難以察覺實爲三國題材之改編作品。翠爲馬超，星爲趙雲，愛紗爲關羽，玲玲爲張飛，紫苑爲黃忠，朱里爲諸葛亮，桃香爲劉備，《戀姫無雙》將上述人物做爲蜀漢主線，應是參考演義提述之「五虎將」；但是，即便作品依尋原設，肇因改替眞名，歷史成分卻也淡化許多，遂有利於再創者自由發揮劇情後續。（「Baseson 根本不懂所謂的人氣角！」：https://www.ptt.cc/man/Suckcomic/D961/D738/M.1281341272.A.218.html（2015.04.16）。

〔註16〕 《Mother Jones》線上版：http://www.motherjones.com/media/2010/01/death-of-literary-fiction-magazines-journals（2015.04.15）。

日的倉庫裡。」〔註17〕倘若失去了舞台，甚連觀眾席都空無一人，即便作品精
闢堪爲不刊之作，又有何人知曉精妙，仔細品察其中滋味？當代作品，勢必面
對此項嚴峻課題，至於百載之前的章回小說，更是早被時間洪流淘選殆盡。

　　然而，《三國演義》歷經朝代更迭，倘就敘事架構，乃是舊時中國之古老
文體，若是觀其內容，更是睽隔近兩千年，實屬西元三世紀之遠古歷史，莫
說人物煙消雲散，即便史蹟都已成荒煙蔓草；縱使如此，《三國演義》仍爲中
國流行最廣的章回小說，不僅興盛於創起之初，尚且悠傳後世百載。三國故
事傳頌之廣，泰半來自史傳記載、民間軼聞，以及《三國演義》之浸潤人心，
明末古文家陳際泰（1567－1641）便言：「從族舅借《三國演義》，向牆角曝
日觀之，母呼我食粥，不應；呼食飯，又不應，後忽飢，索粥飯，母怒捉襟，
將與之杖，帳血釋之，母後問舅，何故借爾甥書？書中有人馬相殺之事，甥
耽之，大廢服食。」〔註18〕僅只百年的天下征戰，經由文人巧手撰述，竟能
成爲躍然紙上的千古奇事，神迷讀者難以自拔；尚能橫跨時空阻隔、飄洋過
海，成爲東亞文化圈之共同基石。

　　上一代讀者，藉由《三國演義》勾發興趣，神思書中鏖戰，遙想志士人
傑，部分讀者精益求精，追溯史籍記載，遂使千百年前的匆促亂世，再度浮
現世人眼前；經由文學作品的加乘推廣，雖然情節大有出入，卻對歷史之保
存、普及，予以關鍵助力。時至今日，盛行百載的《三國演義》，反成封建時
代遺存古蹟，全書歌頌之家國情操，盡被當代思潮解構，大肆贊揚的蜀漢人
物，也不再是萬人景仰的忠義楷模；強調個人意識的民間大眾，更加推崇唯
才是用的曹操，亦或愛恨分明的孫權、唯利是趨的呂布、等待時機的司馬懿，
甚至，根本未曾接觸《三國演義》。但是，三國故事卻仍廣爲人知，只要身處
東方文化圈，總對三國題材略有概念，知曉桃園三結義、聽聞貂蟬連環計，
或許嗤笑借東風、草船借箭之荒誕不經，秉持反論之前題，仍是肇基於曾經
聽聞三國情事。雖然，「小說已死」、「文學淪敗」是不可避免的趨勢，三國故
事卻仍普及流傳，原因無它，在於傳播途徑已非限於文句，而是另闢蹊徑，

〔註17〕 「寫給某作家的一封信」：
　　　　http://udn.com/news/story/7009/488285-%E5%87%BA%E7%89%88%E7%B7%9
　　　　A%E4%B8%8A%EF%BC%9F%E5%AF%AB%E7%B5%A6%E6%9F%90%E4%
　　　　BD%9C%E5%AE%B6%E7%9A%84%E4%B8%80%E5%B0%81%E4%BF%A1
　　　　（2015.04.15）。
〔註18〕 轉引自顧俊主編，《三國演義研究》，頁135。

得使社會大眾有所接觸。當代民眾，尤以年輕世代，多是先行接觸三國題材之影視戲劇、動漫遊戲，滋發趣味之後，部分群眾止步於當代娛樂，卻有部分群體更加深入，回溯改編基底，亦或探索再創作品未曾涉略的原設細節。尚有部分三國題材忠實玩家，為求解決遊戲障礙，遂而回溯文本、翻查史料，投身《三國演義》之中，甚至溯及《三國志》、《後漢書》、《晉書》……種種相關史料。簡言之，三國文化之普及，除了歷史故事之綿延流傳，尚可利用當代改編以吸引讀者，回溯根本、重新推廣。

　　過往時空，三國戲曲與《三國演義》，藉由深入淺出的劇情，成為追溯史事之跳板；現今景況，《三國演義》之傳佈推廣，反是利用貼近當世的簡明文體，亦或更為新穎的當代娛樂，做為吸引讀者之誘因。日本文壇巨擘吉川英治所言：「欲體會《三國演義》之精髓，以直接閱讀原著較佳，然而對今日的讀者來說，原著艱澀難懂，往往無法驅策一般人閱讀，享受其中的樂趣，故有此書之附梓。」〔註19〕有趣的是，吉川英治意圖簡化《三國演義》，促使經典作品推廣更速，此番見解，同是橫山光輝對於「吉川三國志」之改編契因；橫山慨歎莘莘學子難以讀通吉川《三國志》，決意採取畫格明朗、劇情通暢之連環圖形式，俾利年輕族群覽閱經典。〔註20〕筆者認為，三國改編作品，雖然良莠不齊、品質懸殊，倘就樂觀角度，也不失為經典文作的延續方式，特別是在傳統價值幾近崩解的現今社會。劉微娜（？－）、李占領（？－）即言：

> 電子媒介憑藉其傳播優勢，將原本尊貴的文學女神從高座上請到可能沒有多少文化知識的男女老少面前，用現代化的技術手段，給文學作品新的生命力，使男女老少感受喜怒哀樂之情，實現了文學傳播的大眾所有權。〔註21〕

上述所言，雖是專指影視改編，且對大眾學識太過小覷，卻也道出《三國演義》持續傳播，實是仰賴新穎媒介之流通平台，經由簡化改編，俾使社會大眾先行接觸梗概大要，深入淺出以闡揚意旨，自然有利三國故事的持續推廣。

　　大眾文學、影視戲劇以及動漫遊戲，是本論文意欲探討的改編文本；蒐羅作品之際，筆者不免感受，這些領域似乎肩負「原罪」，常被視為僅供娛樂的浮泛作品，雖是奠基經典文作，終究難登大雅之堂，遑論探究其中奧義。

〔註19〕 〔日〕吉川英治著，鍾憲譯，〈作者自白〉，《三國英雄傳·1》），頁8。
〔註20〕 邱嶺、吳芳齡，《三國演義在日本》，頁74。
〔註21〕 劉微娜、李占領，〈從三國類文學作品的影視改編看文化快餐化〉，《新聞世界》（合肥：安徽日報，2012），2012年第6期，頁223。

此種論點，如同晚明文人袁宏道（1568－1610），身處劇曲盛行、章回方興的昔日中國，面對士大夫的雅俗之析，心生慨歎，遂生此論：

> 唐、虞、三代之文，無不達者。今人讀古書不即通曉，輒謂古今奇奧，今人下筆不宜平易。夫時有古今，語言亦有古今；今人所詫謂奇字奧句，安知非古之街談巷語耶？〔註22〕

袁宏道認爲，文學創作應與時俱進，與其一味崇尚古風、先入爲主貴古賤今，反倒偏離創作本質；其實，往昔之作並非全屬經典，今人創作也絕非江河日下，源發內心的眞情摯性，方是作品優劣之首重關鍵。現今三國改編，遣辭用句難及正史典雅，亦不如《三國演義》之文白兼融、通達流順；卻更能反映當下潮流的時代特性，確切呈顯社會思維，甚或自成一格的小眾文化。因此，對於當今大眾，影視戲劇、動漫遊戲之娛樂作品，實則「雖小道仍必有可觀焉」。

今日三國題材，作品繁多、類型紛雜，洋洋灑灑已成巨集，即便列出作品名單，勢必會有遺漏之處；《三國演義》或爲舊時產物，奠基三國之當代娛樂，卻仍是今日顯學。但是，提及三國改編之代表作品，仍以前述名作爲主，譬如大眾文學之吉川英治《三國志》、北方謙三《三國志》、陳舜臣《秘本三國志》，影劇作品《三國演義》、《三國》，以及漫畫作品橫山光輝《三國志》、王欣太《蒼天航路》、陳某《火鳳燎原》，亦或電玩遊戲《三國志》、《眞‧三國無雙》。〔註23〕同是根源三國的改編作品，何以僅有數作出類拔萃？筆者認爲，上述名作廣受好評，在於創新之際，尚能結合原設情節，並且強調新舊銜接之合理順暢。是故，內行看門道，忠實三國迷尋得端倪，由中發掘演義劇情，一方面增強預設心理，另一方面對於再創者不露痕跡的見縫插針，深感懾服而更生認同。至於，未曾接觸三國故事的外行大眾，雖然不解其中癥

〔註22〕鍾林斌，《公安派研究》（瀋陽：遼寧大學，2001），頁77。

〔註23〕筆者認爲上述作品爲三國改編翹楚之作，乃是秉持數項憑證：首先，吉川英治《三國志》、北方謙三《三國志》、陳舜臣《秘本三國志》，均成後續改編的仿效底本，「吉川三國志」影響日本動漫甚鉅，「北方三國志」也曾改編爲單機型電玩，「陳舜臣三國志」情節則成漫畫《諸葛孔明時之地平線》的底本架構，風靡程度可見一斑。其次，影劇《三國演義》、《三國》，以及「橫山三國志」、王欣太《蒼天航路》、陳某《火鳳燎原》，亦或電玩《三國志》、《眞‧三國無雙》……上述諸作，名聲遠揚、銷售亮眼、讀者反應熱絡，研究三國改編的期刊、碩博士論文，也常以此爲題，論述改編特性；因此，概稱上述諸作爲三國改編代表，應不爲過。

結，改編作品之娛樂效果，仍可使其暢遊其中，遂於潛移默化之下，同樣增補三國故事之脈絡大概，同是《三國演義》得以延續的另條途徑。譬如《眞·三國無雙》，乃是三國電玩暢銷經典，除卻影音效果華麗絢爛，同見用心經營的劇情內容；第四代作品，改採史書列傳形式，各自描述人物事蹟，譬如《關羽傳》、《龐德傳》、《呂蒙傳》，甚連虛構人物亦或邊緣配角，同樣有其專屬列傳，則爲《貂蟬傳》、《月英傳》、《小喬傳》。每回關卡之前，均見動畫說明勢力版圖、局勢變化、以及人物相關事蹟，猶如史傳簡筆大要，卻使玩家更有身臨其境的歷史氛圍。《眞·三國無雙》屬於格鬥類型，遊戲獲勝之唯一方式，便是清除主要敵人，雖然簡要明快，卻也容易乏味，何以此作竟能連出七代？〔註24〕接連移植至各式遊戲主機，甚至轉譯爲多國版本？乃因格鬥主軸之外，同時銜合《三國演義》歷史脈絡，每回關卡猶如拼圖，接連湊合方能浮現史事全貌，更加增強玩家對於此作的「忠實性」。

　　部分三國電玩，因其細心構畫，玩家經由遊戲推演，更加明瞭史事變化，甚能反推論之：玩家操縱三國題材電玩，若對史事有所概念，更能俾利遊戲進展，搜羅關鍵要素、避開陷阱阻礙；遊戲關卡之編排，部分來自恣意設定，卻也有開發商匠心獨具，暗中鋪排演義線索，促使玩家回頭關注原設文本。譬如，電玩《三國志》、《眞·三國無雙》、《三國志英傑傳》，〔註25〕均曾述及「夷陵之戰」，玩家操縱遊戲之際，無論身屬吳軍、蜀軍，均會關注陸遜之「火計」是否成功，便成戰役勝敗癥結；此番設計，源於《三國演義》經典橋段：

> 初更時分，東南風驟起。只見御營左屯火發。方欲救時，御營右屯又火起。風緊火急，樹木皆著。喊聲大震。兩屯軍馬齊出，奔離御營中。御營軍自相踐踏，死者不知其數。後面吳兵殺到，又不知多少軍馬。先主急上馬，奔馮習營時，習營中火光連天而起。江南、江北，照耀如同白日。〔註26〕

陸遜審度情勢，察覺劉備軍團「依溪傍澗，就水歇涼」，連營七百里而成致命缺弊，遂以火攻陣法，造使蜀軍全盤潰散，劉備就此頹敗不振，中道崩殂於白帝城。倘無火攻，夷陵之戰勝負難定，若無夷陵潰敗，劉備或許直取荆州、併吞

〔註24〕《眞·三國無雙》目前（2014）已有七代作品，但於每代新作之間，尚會發行「猛將傳」之資料補強片，亦或「Empires」之策略補強片，倘若全部計數，系列作品已達 37 款。

〔註25〕KOEI，《三國志英傑傳》（東京：光榮，1995）。

〔註26〕古本小說集成委員會編，《古本小說集成·三國志通俗演義（萬卷樓本）》，頁 1580。

東吳，三國鼎立就此逆轉。夷陵之戰甚為關鍵，遂被遊戲廠商精心運擘，玩家倘若熟悉事件癥結，遊戲過程將更得心應手，勝敗要件兼能手到擒來；因此，部分玩家操縱遊戲之際，甚將《三國演義》作為參考攻略，以便遊戲更行順暢，〔註27〕此般作法，同使《三國演義》有所延續，甚至新造「實用價值」。

又如漫畫《火鳳燎原》，雖為奠基三國，卻是處處可見創新意圖。此作改設司馬懿為主角，並且混淆敘事時序、模糊人物身分，以免讀者端見姓名，立即投諸刻板印象，如此一來，方得俾利作者之翻案新詮。《火鳳燎原》首集，描述司馬家族為求自保，派遣「殘兵集團」暗殺許臨，藉此削減董卓勢力；「殘兵」首領燎原火，勇冠三軍、無所畏懼，屢屢暗助關東軍團，手指天火暗示己名，劉備卻未解其意，誤認乃以天上之雲為號，「趙雲」之名至此浮現，讀者方才恍然大悟；又如「殘兵」之將小孟，身型纖秀、貌美如花，卻非女紅妝，而是面貌清秀的少年宦官，為達清君側、除奸佞之重責大任，偽裝歌妓以接近董卓，化名「貂蟬」，再度扣合演義設定，卻令讀者難以掌控、大呼過癮。小孟進入太師府，董璜意欲玷污，卻見騎都尉袁當，極力捍衛佳人清白，任憑董璜叫罵毆擊，宛若敗犬只懂搖尾乞憐。外貌良善忠厚，卻是棉裡蘊針、深藏不露，袁當巧心佈局，誘使董璜步步入彀，最後了結此人性命，成為董卓欽點傳人，方才顯露真名「呂布」。作者陳某，接連使用相同技巧：先敘人物行為，藉此形塑角色，直至讀者浸淫日深，才又層層揭曉真實名姓，以此扣合演義情節，卻使角色詮釋更顯自由、更得創新。屢為常態之後，部分讀者耽迷劇情，甚至查閱《三國演義》，意圖藉由關聯線索，先行拼湊登場人物的真實來歷；因此，《火鳳燎原》之特性，不僅在於劇情內容娛樂人心，讀者搜羅劇情伏筆、預測情勢走向，遙與作者「隔空鬥智」，同為一大樂趣。

《火鳳燎原》另項特點，也是討論度居高不下的關鍵情節，即是「水鏡八奇」之真實身分；形塑此派秘密組織，作者故作玄虛、意有所指：

> 世上有很多蠢材，專幹傻事的蠢材！蠢材無處不在，壟斷了整個世界……導致每朝每代都發生了可悲的傻事！故此，上天製造了一批

〔註27〕網友 qlz，於論壇 PTT 發表遊戲心得：〈KOEI 英雄傳系列各傳特色〉。內文提及：「劇情方面，基本上到夷陵之戰為止，都跟著三國演義走；所以只要讀通三國演義，大部分單挑都不至於會錯過。」由此可見，倘若瞭解《三國演義》之章節劇情，操縱三國遊戲作品之際，實則有其助益效果。（「KOEI 英傑傳系列各傳特色」：https://www.ptt.cc/bbs/Koei/M.1400168922.A.672.html（2015.04.15）。

與眾不同的人來平衡這世界，稱之爲天才。天才有三種，一種是蠢才認爲的天才；一種是自認天才的天才；而最後一種是……天才公認的天才！〔註28〕

「水鏡八奇」爲天才之首，屢施險計以奪先機，實爲勝負成敗之關鍵人物。八位俊才，其中七位陸續登場：袁方、荀彧、賈詡、郭嘉、周瑜、龐統、諸葛亮，個個均爲龍鳳之選，堪稱三國時代的智囊首席；尚有一位入門弟子，至今（2014）未見廬山眞面目。讀者各持論點證析己見，或曰其乃助益江東的陸遜、魯肅，或曰護翼西蜀的姜維、法正，甚至三國後期的陸抗、羊祜，同是各有支持的口袋名單；無論讀者擁戴何論，泰半出自私心，卻也有人言之鑿鑿，引用資料以佐證其言，〔註29〕所謂資料，便是來自三國史傳，亦或翻尋演義章節。上述狀況，便是改編漫畫推廣之際，促使讀者回溯原設之最好例證；如此一來，不僅呈顯《三國演義》之當今解讀，同時俾利章回原作延續更廣。

最末，三國改編作品，助益原設文本得以延續，尚有一點簡單因素：在於改編作品之「簡單易懂」。身處資訊爆炸的今日社會，取得知識相形便利，閱讀趨勢卻是逐年弱化，加上網路媒介興起，社會大眾熟悉輕淺短小的隨筆文體，亦或明快暢捷的圖文對照；是故，即便是當代文學作品，仍會面臨閱讀群眾的急遽縮減，遑論百年之前的章回小說？然而，沉浮千年的三國往事，有賴改編作品之推陳出新，並且利用新興媒介，譬如影視戲劇、動漫影音、電玩遊戲、甚或更顯新穎的手機應用程式；雖是換湯不換藥的重提往事，卻因增添嶄新元素，並且深入淺出敘述劇情，遂能吸引觀眾目光，再次活化三國故事。甚至，爲求凸顯娛樂效果，改編作品通常採用「簡化」、「略化」、「通俗化」之變造手法，俾使作品流暢通達，甚至輕鬆愜意，對於部分心存畏怯、

〔註28〕 陳某，《火鳳燎原‧3》（臺北：東立，2003），頁50。

〔註29〕 網友 IamNotyet，於論壇 PTT 發表遊戲心得：〈RE：〔討論〕八奇就是楊修〉。此位網友並不認爲楊修爲八奇之末，反倒認爲應是魯肅：「八奇之中，袁方屬於袁紹一方，不算在內。曹操身邊有二、三、四奇；劉備身邊有伏龍、鳳雛；而東吳孫權身邊卻只有周瑜。要是最後一個八奇也在劉備一方，那麼後期三方所擁有的八奇比例將是曹2（郭嘉已死）：劉3：孫0（赤壁後數年周瑜也死），水鏡八奇的思考領域是神到靠杯的，結果擁有最多八奇的蜀漢居然最先亡，而東吳反而最後亡？」由此可見，網友推論「水鏡八奇」之眞實身分，乃是採取三方勢力之平均分配；三國鼎立之相互牽制，以及諸多謀士死亡時間，即是來自正史所載、以及《三國演義》形述內容。看似爲漫畫迷之間的奇想討論，卻是肇基於眞實史傳與小說文本之資料佐證。（「八奇就是楊修」：https://www.ptt.cc/bbs/Chan_Mou/M.1356546792.A.EDE.html（2015.04.15）。

排斥經典的閱讀群眾，實是簡明易達的另脈途徑。〔註 30〕倘若激發興趣，自會搜尋三國資料以深入瞭解；若是無心駐守，仍會存留大概印象，三國故事得以再度流傳。當然，有識之士認為，加諸娛樂意圖之改編作品，已然失去三國主軸，近於「名存實亡」之濫竽充數，遂而更感憂心忡忡；筆者則是樂觀以對，個人認為，文本之偏頗解讀、拾取皮毛，的確是對作品本質之消磨戕害；然而，身處於傳統文化陸續崩解的今日社會，倘若經典作品為求渾整，堅守原汁原味之精髓傳承，就此故步不前、封鎖沉潛，造使後人無以知悉，方是造成「文化已死」之真正癥結。單就此點，娛樂類型之三國改編，對於三國故事之推廣延續，仍舊有其正面效益。

第二節　缺點

　　2005 年 4 月，臺灣味全公司推出飲料新品「自然果力」，主打濃郁原汁綜合蘆薈顆粒，廣告內容卻是風馬牛不相干的「桃園三結義」：劇情敘述，劉、關、張共飲果汁以結義金蘭，卻因爭食最後一顆蘆薈顆粒，關羽脹成紅臉，劉備缺氧發白，張飛賭氣翻黑，以此解釋三人面色差異之肇因。〔註 31〕時隔九年光陰，中國公司阿里通信，同樣利用「桃園三結義」作為廣告主軸，改推手機優惠服務。〔註 32〕銷售成果不得而知，影片內容卻耳目一新，均是使用「陌生化」之設計手法。「陌生化」（defamiliarization），源於俄文「ostranenie」（譯：使其變得陌生），由俄國形式主義學者什克洛夫斯基（Victor Shklovsky，1893－1984）提出；其人 1917 年出版《作為程序的藝術》，主張藝術基本目

〔註 30〕　網友雲錦，於網路發文求教，懇請大眾指點，如何閱讀《三國演義》；此位網友，肇因三國人物太多、關聯複雜，閱讀文作及其改編戲劇，都因記性不佳而無法進入劇情。網友莫途回覆：「不想看那麼死板的三國就去看港漫《火鳳燎原》，雖然有部分是原創，但主線還是按著歷史時間走」；網友大馬則建議：「玩光榮的三國志遊戲吧……先玩，你會發現對很多人物都產生了興趣，然後看他們的簡介，然後再慢慢看書什麼的。玩個遊戲主要在於興趣和娛樂，不是那麼需要哪方面知識的。」由此可見，三國改編之動漫遊戲，端賴讀者需求不同，可為《三國演義》之簡化模式，或是接觸原典之先行跳板。（「迷糊理科雙魚女求教如何讀三國演義」：
　　　　http://www.douban.com/group/topic/53788655/（2015.04.15）。
〔註 31〕　「自然果力・桃園三結義篇」：https://www.youtube.com/watch?v=B72fgBx74Uk（2015.04.18）。
〔註 32〕　「阿里通信・桃園三結義篇」：
　　　　https://www.youtube.com/watch?v=BxYBe5JkOBY（2015.04.18）。

的，在於使用陌生的方式，呈現熟悉的事物，藉此戰勝人們對於熟悉事物的無感：「那種被稱爲藝術的東西的存在，正是爲了喚回人對生活的感受，也感受到事物，使石頭更成其爲石頭。藝術的目的是使你對事物的感受如你所見的視象那樣，而不是如同你所認識的那樣；藝術的手法是事物反常化手法，是複雜化形式的手法，它增加了感受強度和時延。」〔註33〕誠如《三國演義》，正因聲名遠播，歷代接連改編，部分作者爲求創新、爲求突破、爲求凸顯己作亮點，恣意杜撰以彰新意，如此一來，是否反成本末倒置？改編新作，僅在乎變動殊異，是否得以別開新境、眩人耳目，卻無暇思及作品架構之渾然整體，是否有其藝術價值，甚至是否合乎邏輯？以下，針對《三國演義》改編文本之缺點，茲就「主旨偏離」、「劇情闕漏」、「形貌狹隘」三處論析。

一、主旨偏離

前文曾述，《三國演義》意圖呈現交錯抗衡的勢力消長，是故善述大戰始末，卻少論及近身肉搏，綜有豪傑陣前對決，多半採取套路摹寫，概以「回合」總括情勢。與其強調單打獨鬥，《三國演義》更在乎兩軍對戰之謀略陣式，述其直搗黃龍，亦或迂迴行軍，甚或暗渡伏兵，方是巧心運擘之處。當然，張飛一人當關、趙雲一騎當千、典韋奮戰至死無所動搖，仍爲三國經典橋段；反向而思，正是因其少見，方更突顯以至深烙人心。倘就《三國演義》戰景述寫，仍是著重於軍陣鏖戰，以及由此牽動的天下大局；面對各路英雄之武藝高低，何人方是「三國第一」？原設未曾提述，遂也難有確論。因此，未獲滿足的讀者，自行揣想英雄武藝，各憑心證亦或考據資料，藉此排定豪傑名次。讀者有此企盼，創作者遂投其所好，鎖定此處大肆發揮；遂使當今三國改編，常見武將過招、各顯本領，相互對峙以論戰輸贏。部分交戰，來自於史傳流存的眞實事蹟，譬如凌統尋釁甘寧、太史慈酣鬥小霸王。部分交戰，則是《三國演義》略述而過的回合套招，則如張郃鬥張飛，又如黃忠對戰夏侯淵：

> 次日，兩軍皆到山谷闊處，布成陣勢。黃忠，夏侯淵，各立馬於本陣門旗之下。黃忠帶著夏侯尚，夏侯淵帶著陳式，各不與袍鎧，只穿蔽體薄衣。一聲鼓響，陳式、夏侯尚，各望本陣奔回。夏侯尚比及到陣門時，被黃忠一箭，射中後心，尚帶箭而回。淵大怒，驟馬

〔註33〕〔俄〕Victor Shklovsky 等著，方珊譯，《德國形式主義文論選》（香港：三聯書房，1989），頁6。

> 逕取黃忠，忠正要激淵廝殺。兩將交馬，戰到二十餘合，曹營內忽
> 然鳴金收兵。淵慌撥馬而回，被忠乘勢殺了一陣。〔註34〕

西元 219 年，劉、曹陣營交戰定軍山，黃忠斬殺曹營大將夏侯淵，劉備至此盤據漢中，奠基局勢而成鼎足。《三國演義》依循慣用模式，僅將兩軍交戰鎖定於大將交鋒，一方面減省群眾描述，一方面概述交戰畫面；此次對戰，變成再創作品的演繹重點，加以精深描摹，仔細刻劃英雄武藝。

但是，尚有更多對戰場景，實是來自姑妄言之，又以動漫遊戲最見頻繁，此類作品並非力圖翻案，而是首重娛樂效果，更見推翻前作的恣意妄為。譬如漫畫《龍狼傳》，作者省卻蔣幹盜書、誤殺蔡瑁、黃蓋詐降，單憑主角施展仙術，一票武將便已兵敗如山倒；赤壁之後，天地志狼又學習「龍脈之氣」，隻身決戰武當山，不僅背離演義，更是無關三國。又如電玩《真‧三國無雙》之預設「一騎討」，玩家只要掌握時機以引發事件，遂能重現「三英鬥呂布」、「鄧艾戮姜維」之經典對戰，甚至超越史實，激碰出全然虛構的假想對戰，譬如劉玄德鬥孫尚香之情海生波，亦或陸遜戰孫策之家族血恨，荒誕不經的妄想事由，將於遊戲情境得以實現。

後世演繹，常將三國交戰轉為二雄廝殺，為求對峙場景之高潮迭起，尚會誇大人物武藝，甚以江湖武學的流派招式，套用於三國人物身上。譬如漫畫《火鳳燎原》，先有「奪命手夏侯惇」，〔註35〕後有趙雲「常山劍法」，〔註36〕宛若江湖俠客過招，甚至虛撰洛陽「清風幫」，〔註37〕協助關東軍入城襲擊，遂使軍閥盤據反成武俠傾軋。漫畫《武‧霸三國》，則言趙雲本是遊仙寨寨主，統領「常山四衛」，袁紹則為「暗日郎君」，張郃別稱「鳳凰殺手」，文醜自號「震地門神」，〔註38〕一幫武將猶如決戰光明頂。又如漫畫《侍靈演武》、《武靈士三國志》、《武‧霸三國》、《三國神兵》、《一騎當千》、《魔法無雙天使衝鋒突刺！呂布子》，均將亂世大戰減縮為武將肉搏，甚至套上響亮名稱，遂見周瑜「武威裂王劍」、〔註39〕陸遜「亞空大輪陣」、〔註40〕張郃「鳳翼張

〔註34〕古本小說集成委員會編，《古本小說集成‧三國志通俗演義（萬卷樓本）》，頁 1335-1336。

〔註35〕陳某，《火鳳燎原‧11》（臺北：東立，2007），頁 108。

〔註36〕陳某，《火鳳燎原‧1》，頁 99。

〔註37〕陳某，《火鳳燎原‧1》，頁 183。

〔註38〕永仁、蔡景東，《武‧霸三國‧1》，頁 2。

〔註39〕白貓、左小權，《侍靈演武‧1》，頁 65。

〔註40〕真壁太陽作，壱河柳乃助畫，《武靈士三國志‧6》（臺北：青文，2009），頁 92。

揚染紅天」、〔註41〕關羽「義風神龍」、〔註42〕董卓「雙蛇暴烈掌」、〔註43〕呂
布「真劍狩糾斗」,〔註44〕三國名將均成江湖俠客,運掌騰氣便能扭轉乾坤。
電玩《三國戰紀》,〔註45〕採取近身廝戰,為了施展絕招、予以敵人痛擊,玩
家必須熟記特殊招式之按鍵搭配,招式各有專屬名稱;譬如張遼之「追風腿」、
「殺手鐧」、「霸王擊鼎」、「秦王鞭石」、「風捲殘雲」……等等絕招,不僅方
便區分招式,更如武俠對戰之高手奧義。尤有甚者,陳凱歌(1952-)執導
《呂布與貂蟬》,大肆增添武打情節,竟遭中國廣電局以「該片過於暴力,不
符合電視劇要求」,〔註46〕勒令停播,直至改名《蝶舞天涯》,並將史實角色
改為架空人物,方得重新播映。漫畫《蜀雲藏龍記》同如上例,描述諸葛亮
遭山賊襲擊,幸賴「黃髮神旗女」黃綬相救,並受仙人眷顧施予「天蠶變」,
蛻變為百讀經典且內力渾厚的化外高人;後續劇情卻是「鬼道」、「三清派」
之門派廝殺,整整兩集未見諸葛亮登場,作者因而自嘲:「原本只是想以外傳
描述葛亮與妻子黃綬的愛情故事,想不到一畫就是六年,而故事又導入武俠
主題,一時刀光劍影,反而讓諸葛亮文人之身風采盡失,有時候竟只流於陪
襯角色。」〔註47〕如此看來,早已失卻《三國演義》之史實架構。貫串全作
的武術過招,雖然突顯英雄武藝,戰鬥情勢扣人心弦,卻是幾近抹滅原設當
中的鬥智謀略,概括籠統為武將廝殺,故事內容看似刺激,主軸意旨卻日趨
平淡,淪為賣弄功夫的武打劇碼,全然失去《三國演義》之所以流傳千古的
關鍵魅力──作品主軸之忠義思想。

　　筆者認為,《三國演義》改造作品,整體素質之江河日下,最大主因在於:
太過著重戰鬥場景──尤以個人對戰為主──作者極力擘劃戰鬥,甚至虛設武
打名稱,全心經營兩雄交戰,造使架構失去主軸,劇情發展平淡僵化,底蘊喻
意蕩然無存,除卻驚心動魄的熱血博殺,再創作品幾乎未曾深入其它刻劃。上
述狀況,動漫遊戲特為顯著,造成年輕世代對於三國故事,雖有印象卻是支離
破碎,並且參雜虛構武打。最富盛名之三國遊戲《真·三國無雙》,銷售數字曾

〔註41〕永仁、蔡景東,《武·霸三國·1》,頁24。
〔註42〕蔡明發,《三國神兵·1》(香港:玉皇朝,2008),頁29。
〔註43〕塩崎雄二,《一騎當千·4》(臺北:尖端,2001),頁101。
〔註44〕鈴木次郎,《魔法無雙天使衝鋒突刺!呂布子·1》,頁48。
〔註45〕鈊象電子,《三國戰紀》(新北:鈊象電子,1999)。
〔註46〕「陳紅、黃磊《蝶舞天涯》五月北京與觀眾見面」:
　　　　http://ent.sina.com.cn/v/2004-04-30/1855380350.html(2015.04.20)。
〔註47〕林明鋒,《蜀雲藏龍記·第三部·7》(臺北:東立,1999),頁200。

高達 124 萬片，熱門作品當之無愧。〔註48〕縱使遊戲遵循史脈，人物結合演義摹述，並且藉由過場動畫以刻劃角色內心、交代劇情發展，相較徒求虛名的三國作品，已是兼合虛實的首選佳作；但是，為求營造樂趣，加強刺激衝擊，常是鋪述未盡便已匆促開戰，這也正是玩家投身遊戲的首要目的。腥風血雨、橫掃千軍之後，玩家讚許呂布勇猛無敵，關羽堪稱百將之首，卻不知叱咤風雲的猛將梟雄，為何而戰、為誰而戰？三國武將操控於手，也只是傾瀉情緒的短暫快感，真實存在的歷史人物，卻被極度壓縮簡化，僅成滿足快感之殺戮工具。《三國演義》揚名立萬，蔚為東亞文化圈之共通寶典，除了過往時空奉為實用的兵戰意圖，便是天下局勢的詭譎發展，以及英雄人物之精彩形貌，在在深植讀者心中。《三國演義》描摹人物英勇，卻非僅只著墨對戰，羅貫中更欲突顯之處，在於這些各奉其土、各圖奇謀的豪傑梟雄，所秉持的「志向雄心」。楊力宇認為，「雄心」（ambition）是《三國演義》全作主題，主要角色形象突出，即是因其野心勃勃、秉懷大志。譬如曹操，夢想殲滅敵人、統一中國；亦如劉備，冀望匡復漢室、重振劉氏江山；甚或將領重臣、軍師謀士、官吏部屬均不例外，他們一心一意各為其主，忠心耿耿使命必達。但是，大多人物卻都無法實現大志，徒留憾恨以「壯志未酬身先死」。羅貫中凸顯三國人物的雄心、失敗和死亡，矢志奮戰以逐步攀升，最終猶是陡然一落，孤臣無力可回天之戲劇性呈現；以此展現，人物終究無法改變命運，面對宿命注定的失敗，流露之慨歎無奈。〔註49〕譬如，《三國演義》第五十三回：

> 太史慈見城門大開，只道內變，挺槍縱馬先入。城上一聲礮，亂箭射下，太史慈急退，身中數箭。背後李典、樂進殺出。吳兵折其大半，乘勢直趕到寨前。陸遜、董襲殺出，救了太史慈，曹兵自回。孫權見太史慈身帶重傷，愈加傷感。張昭請權罷兵。權從之，遂收兵下船，回南徐、潤州。比及屯住軍馬，太史慈病重。權使張昭等問安，太史慈大叫曰：「大丈夫生於亂世，當帶三尺劍立不世之功；今所志未遂，奈何死乎！」言訖而亡，年四十一歲。〔註50〕

太史慈身負才學、處事周到，早年依附孔融、劉繇，以其智謀輕取黃巾，實

〔註48〕「国内歴代ミリオン出荷タイトル一覧」（日本國內百萬銷售一覽表）：http://geimin.net/da/db/m_domestic/index.php（2015.04.01）。《真·三國無雙》之三代作品，以 124 萬片銷售記錄，排行 160 名。

〔註49〕郭興昌，《三國演義研究在美國》，頁 92-93。

〔註50〕古本小說集成委員會編，《古本小說集成·三國志通俗演義（萬卷樓本）》，頁 999。

為智勇兼備的傑出俊材，之後，太史慈投奔孫吳，以其戰力鎮服江東，乃為東吳奠基大將；無奈，尚未制霸中原，英雄已是溘然長逝，疾聲慨歎「所志未遂」，此乃人生最大憾恨。因此，三國人物所秉志向，便是他們奮戰不歇的終極動力，造就三國局勢的更迭起伏，以及整體故事之脈絡推演。

回到現代，時人稱為「OTAKING」（御宅之王）的岡田斗司夫（1958－），提出「OTAKU 已死」的驚悚論點。所謂「御宅族」，乃是「執著於某種人、事、物……御宅族以甚為極端的方式，把時間與金錢集中消耗在該對象上……御宅族對於該對象，有豐富的知識與創造力，而且會從事散播資訊與創作的活動。」〔註 51〕隨著動漫市場急遽擴大，岡田卻憂心忡忡，有感於日本動漫畫產業，關注核心已從「詮釋能力」轉變為「消費能力」；相較於過往讀者，對於喜愛作品之深入研究、推廣提倡、甚至衍伸再創，今日讀者，接觸管道更顯多元、更為便利，卻是轉為單純的閱讀欣賞，僅只作為娛樂活動。如此一來，「迷」只是消費者，而不具有詮釋者、對話者的能力，迷文化的能量就會逐漸消退，動漫畫文化場域能量的多樣性，也勢必受到限制，漸行薄弱以致平庸。〔註 52〕《三國演義》後世改編者，對於經典文作之詮釋再創，便已展現疲態；創作之前，對於原作無所探析，單只仰賴字面所述的軍事戰記，即便成為故事詮釋者，勢必僅成照本宣科、全無深入的浮泛之作。再創者遂將改編作品聚焦於交戰畫面，實則僅存皮相，全然偏離原作喻旨；雖然，仍可仰賴普羅大眾對於三國故事之熟知，予以自行增補，但若此般情勢持續惡化，三國故事之改編，勢必趨於平庸、走入困局，如同汲取殆盡的水源，終將耗竭而坐困枯井。假想來日時空，三國故事持續流傳，卻也僅存戰鬥場景，必將是經典文化之可悲缺憾。

三國改編之主旨偏離，造使作品日漸褊狹，失卻貫串《三國演義》之忠義主旨，雖有部分作品另創主軸，多數作品卻已流於鬆散，看似劇情流暢，實是過目即忘，難以達臻《三國演義》的藝術成效；如此一來，不僅詮釋受限、故事貧乏，尚會造就特殊現象：劉備此角的簡化、弱化、累贅化。無論聚焦史實，亦或蒐羅傳說，劉備均為牽動時局的關鍵人物；甚至，《三國演義》一書，羅貫中大肆宣揚的「忠義」主旨，便是藉由蜀漢人物為表徵，並以劉備為核心：

〔註51〕〔日〕野村總合研究所著，江裕真譯，《瞄準御宅族》（臺北：商周，2006），頁 1-2。
〔註52〕陳仲偉，《日本動漫畫的全球化與迷的文化》，頁 6。

> 羅貫中所宣揚的「忠義」觀念，乃是《三國演義》的主題思想……
> 《三國演義》主要是以「忠義」思想來臧否褒貶人物的。羅貫中精
> 心策劃的人物，如諸葛亮、關羽、張飛、趙雲等，都以「上報國家，
> 下安黎庶」為畢生宗旨，都是「忠義」的典型；而羅貫中竭力鞭撻
> 的董卓、曹操等則是不忠不義的典型。因此，可以說《三國演義》
> 是謳歌「忠義」觀念、謳歌「忠義」英雄的史詩。〔註53〕

《三國演義》為塑造劉備忠義，反是過於吹捧，以至弄巧成拙，誠如毛宗崗所評：「劉備之辭徐州，為真辭耶？為假辭耶？若以為真辭，則劉璋之益州且奪之，而陶謙之徐州反讓之，何也？或曰：辭之愈力，則受之愈穩。大英雄人往往有此算計，人自不知耳！」〔註54〕腹中秉懷算計，形貌仍以忠義為宗，止是劉備有別於其他軍閥的最人特點，同是普羅百姓愛戴此角、感懷蜀漢的癥結所在。

俄國學者李福清（Boris Lyvovich，1932－2012）認為：《三國演義》作者的思想，主要受治國修身之道所影響，正面人物均具備儒家道德特性，譬如徐庶的「孝」、關羽的「忠」、諸葛亮的「智」。〔註55〕然而，隨著當代思潮解構偶像，對於傳統美善的質疑與否定，誠如吉川英治撰寫《三國志》，全篇告結之心得：

> 蜀軍雖然曾經戰勝魏國，卻未能持續至終，究竟最後導致敗滅的原因
> 在哪裡呢？我認為原因之一乃是，自劉玄德以來，蜀軍所揭櫫的「復
> 興漢室」的大纛，是否真的適合採用。此外，所謂的大義名分，是否
> 能謂中國全土的上億百姓所接受，也是值得懷疑的事情。〔註56〕

吉川揣想封建時代百姓觀點，實則立足今日思潮，對於蜀漢誓言耿耿之「大義名分」，產生懷疑與抗拒。綜合上因，加上改編文本的主旨偏離，「忠義」已非當代所頌，劉備陣營的崇高理念，僅成夸夸空想；因此，劉備的存在意義，既無臥龍、鳳雛之智謀，同無馬超、黃忠之武藝，未如關羽之孤傲忠耿，亦不比張飛之魯莽勇猛，本以追奉忠義、慈愛百姓為其特點，卻因奠基主軸之消損，遂使劉備全無用武之地。此種現象，又以動漫電玩最顯常態：《火鳳燎原》、《三

〔註53〕李殿元、李紹先，《三國演義懸案》（臺北：三豐，1997），頁80。
〔註54〕〔明〕羅貫中著，〔清〕毛宗崗評改，《三國演義》，頁125。
〔註55〕〔俄〕李福清著，陳周昌選編，《漢文古小說論衡》（南京：江蘇古籍，1992），頁105。
〔註56〕〔日〕吉川英治著，鍾憲譯，〈諸葛菜〉，《三國英雄傳·10》，頁376。

國亂舞》、《三國志百花繚亂》，三部漫畫均曾形塑劉備，後述二作尚以劉備做爲主角。首先，《火鳳燎原》之劉備，雖於劇情開頭「搶一城、救兩城」，〔註57〕顯現此人仁民愛物兼又富於智謀；但是，肇因全作首重謀略，遂使標秉忠義的劉皇叔，沉浮於才華智謀更爲突出的濟濟人才，未見顯眼也未有獨特，自此削減人物魅力。至於《三國亂舞》，聚焦於格鬥殺戮，但見關羽、張飛、趙雲之過人武藝，反倒令人納悶，何以豪傑競相投奔於劉備麾下？失卻了忠義主旨之加持，劉備僅成蜀漢軍團誓死保衛的一塊累贅，遂使讀者難以信服；又如《三國志百花繚亂》，則以「武將性轉」與「輕鬆諧趣」爲其號召，並且捨棄忠義主旨，劉備雖爲主角，登場畫面卻大幅遞減，作者或許察覺此狀，亟欲發揮卻也無所著力，因而藉由角色自嘲：劉備武不能、智不足，「像是空氣一般的存在」。〔註58〕上述種種，均可發現三國主幹的忠義精神，已遭當今改編者摒棄，卻又無法另創骨架以支拄全作，遂使改編作品流於浮泛，僅成展現拳腳、亦或賣弄人物的貧弱作品，絕非《三國演義》之延續良況。

二、劇情闕誤

　　三國故事再創作品，爲求突破，自是絞盡腦汁、搜索枯腸，針對史傳、演義之交代未盡，見縫插針以滋衍他事，力求開創敘事新局。畢竟《三國演義》威名遠佈，藝術成就早已浸淫人心，後世創作者雖可立於巨人之肩，遍地拾來盡是豐沛資源；然而，獲利之處正是災弊所殃，同須避免籠罩於巨人陰影，一味因襲故舊、老調重彈，終將只是了無新意，難以博得大眾注目。演繹三國題材者，通常利用「改動」、「新添」之技巧，俾使故事另顯他貌；倘就細項而言，則有「合理補述」、「文武調置」、「異動結局」、「嶄新元素」、「文本互添」、「愛情故事」，均可做爲改造脈絡，再創者尚可憑藉當代元素、現今思潮、以及個人主觀，投諸作品之中，交互加乘以達作品樣貌之更大變化。

　　部分作者，或是求好心切，或是標新立異，或是爲求改編以致本末倒置，反使新創劇情不合常理；雖然，內容事件有所創見，卻未顧及三國題材之特

〔註57〕《火鳳燎原》首集，「桃園三匪」登場之回，先述劉備率兵搶奪經陽城，將城內財物搜刮一空、揚長而去，造使之後進城的關東軍一無所得，但因百姓如逢救星之愛戴款待，遂使袁紹之關東軍團意志糜爛，無法追擊下座城池。之後，劉備再以所得財物，賑濟已被掠奪一空的護陽城，助益百姓得以存活。如此一來，其實保護經陽城不被關東軍閥慘烈蹂躪，同時協助護陽城之百姓重生，實則雙贏計謀，此爲《火鳳燎原》之經典改編。

〔註58〕nini，《三國志百花繚亂・5》（臺北：東立，2008），頁170。

殊需求：一方面，必須兼顧史實以切合讀者預期；另一方面，又必須茲發新意，消弭歷史主題之過高「預佈性」，予以讀者無法預期之後續發展，這也正是觀覽新作的樂趣所在。兩相拉扯之下，倘無審慎架構，反倒自相矛盾，遂成虛實錯亂的效顰東施。電影《關雲長》，演繹故事之際，兼又試圖翻案，一方面突顯關羽的忠義形象，卻又是外剛內柔的多情漢子，過五關、斬六將本為追隨劉備，改編作品卻憑添無稽之事，關羽護嫂反成捍衛意中人的騎士風範；另一方面，曹操此角同有嶄新摹寫，突顯曹操愛才、惜才的寬宏度量，更使角色悠悠自嘲：

> 老劉家的房子快塌了，是我姓曹的幫他修好，可是，有人偏要說是我拆了老劉家的房子，我的冤苦向誰訴說？……挾天子以令諸侯，這是一句屁話，我知道，這種屁話一定會有人信，兩千年以後還會有人信！……只有兩種人相信這句話，一種是蠢蛋，一種是壞蛋，劉備就是個壞蛋，你（關羽）就是個蠢蛋！〔註59〕

憤恨不平的表白心志，與其說是角色對話，更像曹操面對普羅大眾的沉冤自清；因此，造使關羽腹背受敵，導致女角綺蘭香消玉殞，罪魁禍首並非曹操，而是暗中操縱的漢獻帝。故事描述，漢獻帝認為「不殺關羽，天下永無寧日」，即便曹操任憑關羽去留，漢獻帝卻暗自佈局、追殺關羽，反使綺蘭殞折、秦琪敗亡，關羽發現真相後憤慨難平，單槍匹馬殺進重圍，意欲親手血刃漢獻帝，反被曹操護主抵擋……觀賞至此，筆者已是錯亂至極：面對極度忠誠的關羽，漢獻帝何來殺機？只因意中人心歸劉備，關羽便欲投靠曹操以免觸景傷情，三國武聖反成少年維特？最末，肇因佳人夭亡、好友殞命，關羽一怒為情傷，縱使弑君在所不惜，如何扣合該部電影再三歌頌之「忠義」形貌？此片劇情設計，有其翻案企圖，卻成「為反而反」的故作創新，處處破綻、邏輯突兀，更因顛覆情節之刻意編造，反倒削減角色性格之合理性。回顧往昔，毛宗崗曾言：

> 吾以為三國有三奇，可稱三絕：諸葛亮一絕也，關雲長一絕也，曹操亦一絕也。歷稽載籍，賢相林立，而名高萬古者莫如孔明。……歷稽載籍，名將如雲，而絕倫超群者莫如雲長。……歷稽載籍，奸雄接踵，而智足以攬人才而欺天下者莫如曹操。〔註60〕

〔註59〕 麥兆輝導演，莊文強、麥兆輝編劇，《關雲長》。
〔註60〕 朱一玄、劉毓忱，《三國演義資料彙編》，頁255。

孔明智絕、關羽忠絕、曹操奸絕，已是《三國演義》之角色標誌。然而，此部電影，關羽忠義形貌無存，僅成唯兄是從的盲從之輩；剛愎自用的負面缺憾也未曾突顯，倒是處處退卻、委屈求全，尚如肉身菩薩承受百姓石刑；最令觀眾愕然之處，在於全作過於聚焦男女情愛，威震華夏的美髯公，竟成為情所困的玻璃心，與其說是三國戰事，其實更似瓊瑤劇碼。故事劇情漏洞百出、自相矛盾，乃因再創者解構關羽忠義，〔註61〕顛覆權威之反向思考；甚至，為求漂白曹操、突顯劉協，作品尚言，實是漢獻帝「挾曹操以令諸侯」，看似受限於權臣，實則借刀殺人以殲滅群雄。作品有此立意，卻無相符結構，此部電影最大敗因，在於僅將各部橋段視為孤立文本，逕自改造卻無前後銜貫，遂成顛三倒四的謬誕之作。

　　《三國演義》是座寶山，卻也是難以跨越的魔障，三國改編為求新求變，均會安插杜撰橋段，務使作品展現新意；然而，僅求改編卻未做深思，將使結構混亂，甚至成為荒謬鬧劇。例如電影《赤壁》，小喬夜渡敵營，乞求消弭戰火、勿使生靈塗炭，曹操卻仍執意發兵，小喬遂以自刎相脅──上述改編，將小喬看得太重要，又將曹操設定得太膚淺，「覽二橋於東南兮」已是杜撰，「衝冠一怒為紅顏」更為突兀。又如電影《銅雀臺》，虛設女角靈雎，其乃呂布、貂蟬之女，為報父仇而委身曹操，正待時機成熟以暗殺謀命；劇情描述，宮中大亂，曹操策馬行經宮門，靈雎早已立於城牆之上，手持方天畫戟，躍身而下刺擊曹操！一介女子竟能手持長戟，飛縱城牆以擊殺仇家，非但美貌承襲母親，破表戰力同樣不遜色於人中呂布。電影編劇者，或為提升全劇高潮，或為製造意外變因，或為營造俠女英姿，卻使情節過於奇詭、突兀錯亂，反倒貽笑大方。

　　此外，漫畫《武靈士三國志》、《三國亂舞》、《新三國志》，同有邏輯矛盾之處。《武靈士三國志》，描述周瑜守護江東，完成前世摯友遺志，孫策則力圖征戰天下，決不重蹈壯志未酬身先死；肇因曹魏重軍壓境，周瑜決定臣服大國，避免兩軍交戰之死傷遍野，遂與主戰孫策爆發衝突，各擁重兵以致內鬨……如此設定，周瑜反成自相矛盾：先述其肩負亡友重責，矢命守護東吳；

〔註61〕《關雲長》導演麥兆輝：「我們對關雲長有興趣，因為他是忠義的代表。熟悉我們的觀眾都知道，在我們以前拍的警匪片中，從來都是對『忠義』有很深入的探討，我們常常都懷疑『忠義』這種精神是否真的存在。」（「莊文強、麥兆輝訪談：《關雲長》的新鮮感」：http://hengshizc.com/7/view-8615687.htm（2015.02.21）。可見當代思潮，轉而懷疑前人推崇論點，嘗試解構、甚至推翻。

再述其手刃摯友，意欲斬草除根，周瑜甚至自剖心路：「唯有殺害孫策，方能達成斷金之約定。」〔註62〕周瑜此角，到底爲誰辛苦爲誰忙？爲求遵守亡友承諾，逐而消滅所有阻礙，正欲消滅之頭號阻礙，又是周瑜心心念念的亡友本尊──令人不盡愕然長嘆，倒底是周瑜神智錯亂，還是創作者意識不清？此部漫畫以戰鬥爲主，又欲呈顯孫策、周瑜之羈絆摯情，逐而橫生波浪、製造禍端，造使二人相互爲敵，不僅有利戰鬥情事，更能營造角色衝突；然而，最大敗因在於，再創者只考量衝突「是否驚人」，卻未思及此番安排「是否合理」，遂使劇情突兀，更顯詭譎牽強。

　　另部漫畫《三國亂舞》，同有刻意添造的新創劇情：女版劉備，本爲南華老仙之弟子，對於同門師兄張角，甚爲崇拜、私心傾慕；後來因隙齟齬，張角統領信徒侵擾中原，劉備挺身而出捍衛漢室，卻又自言：「（消滅張角之後）存在的理由便會消失，打算自我了斷。」〔註63〕宛若由愛生恨的天涯俠女；作品他處，劉備卻又自秉「中山靖王之後」，義正詞嚴以招攬義軍、服膺大眾，意欲平定硝亂世局。筆者不盡納悶，劉備投身亂世究爲何因？爲療個人情傷，亦或爲拯天下蒼生？又如《新三國志》，首章標明「戰場不殺生」，〔註64〕藉此宣揚劉備仁德，之後關羽速斬敵將以立威名，劉備遂言：「就算如此，他還是不配繼續做我們的兄弟」，〔註65〕欲與關羽恩斷義絕；正當關羽黯然離去、投奔孫堅，劉備又言：「我不能再讓你爲我殺人了，所以我要帶走你」，〔註66〕蜀軍回歸和樂，筆者卻是錯愕良久，之後關羽速斬華雄，劉備甚至贊其神勇，渾然忘卻過往標榜的仁義標語。作者欲塑造劉備軍團的仁慈愛物，卻與軍事主題兩相衝突，逐使劇情混亂無章，讀者並未感受劉備的仁義光芒，只覺蜀漢軍團全被劉備下蠱，即便歪理仍奉爲圭臬，反覺可笑至極。上述三作，均屬商業出版的漫畫作品，趨利而行乃首要目標，誠如徐佳馨（？－）論析：「日本漫畫只是因應市場而生的文化產品，具『商機』的作品才有可能出線。」〔註67〕是故，刻意添造衝突情節，藉此收覽讀者眼光，乃爲情有可原；但是，動漫評論者 Max Ziang（？－）亦言：「每部創作的動漫畫或是遊戲電玩，仍是建基在好的故事腳本。成功

〔註62〕　眞壁太陽作，壱河柳乃助畫，《武靈士三國志・7》，頁55。
〔註63〕　吉永裕之介，《三國亂舞・1》（臺北：東立，2009），頁181。
〔註64〕　山崎拓味，《新三國志・1》（臺北：東立，2005），頁15。
〔註65〕　山崎拓味，《新三國志・3》（臺北：東立，2006），頁50。
〔註66〕　山崎拓味，《新三國志・3》（臺北：東立，2006），頁61。
〔註67〕　轉引自陳仲偉，《日本動漫畫的全球化與迷的文化》，頁39。

的商品必須有動人的情節，鮮明的角色性格安排。視覺固然重要，但其內涵的故事，才是扮演商品的重要靈魂。」〔註68〕因此，罔顧架構銜接、失卻劇情邏輯，徒然標新立異、譁眾取寵，逐使再創作品宛若狗尾續貂，不僅無法借力使力以更上層樓，反是全然消弭原設底本之藝術成果。

此外，《武靈士三國志》尚有另處紕漏：此作採取吳國史觀，並以孫策為主角，本該殞落的小霸王，仍於作者筆下繼續馳騁，逐為三國亂世之逐鹿大戰，增添更多未知變因。但是，正因作者創設新局、顛覆命運，俾使孫策擘展雄圖，逐使統領東吳之真正霸主——孫權，竟無用武之處，淪為陪襯配角；因此，關聯孫權之經典橋段，自然無法銜合該作，譬如聘見魯肅、採納子瑜、攻伐黃祖、降服甘寧，均被一筆勾銷，悉成遺珠之憾。〔註69〕另部漫畫《大家的吳》，改採孫權為敘事主體，上述情節反成要點，雖有新創詮釋，基本架構仍是依循原設。同是奠基三國、甚至專述吳國之兩套作品，情節安排如此懸殊，乃因刻意凸顯某角，另置鋪敘重點，倘與史實有所出入，必將造生移花接木、張冠李戴，不僅削弱人物形貌，更使相關劇情無端消弭。這般狀態，恰是部分讀者對於《三國演義》的詬病之處：世人讚頌孔明借箭之智，實乃羅貫中挪奪孫權之計；亦或推揚三英鬥呂布之勇，而未察此為孫堅戰績，《後漢書》記載：

> 孫堅收合散卒，進屯梁縣之陽人。卓遣將胡軫、呂布攻之，布與軫不相能，軍中自驚恐，士卒散亂。堅追擊之，軫、布敗走。卓遣將李傕詣堅求和，堅拒絕不受，進軍大谷，距洛九十里。卓自出與堅戰於諸陵墓閒，卓敗走，卻屯黽池，聚兵於陝。堅進洛陽宣陽城門，更擊呂布，布復破走。〔註70〕

擊敗呂布之驃赫戰功，並非羅貫中極度突顯的桃園三結義，而是「勇摯剛毅，孤微發跡，導溫戮卓，山陵杜塞，有忠壯之烈」的長沙太守——孫堅。〔註71〕《三國演義》為求塑造重點人物，卻也壓縮其它角色形貌，經典場景自然不復存在；此番缺憾，竟也複印於三國當代改編之作。

〔註68〕 Max Ziang，《酷日本》，頁86。
〔註69〕 《武靈士三國志》之外傳作品《武靈士三國志‧赤壁》，陳述三國時代之赤壁大戰，改為依循史實設定：孫策早歿，江東改由孫權統領；同理反推，正因外傳內容，回歸三國時空，遵循史實之孫策早亡，孫權方得成為吳國主君，遂有此角存在之必要。然於本傳，全套漫畫九集完結，孫權仍只作為旁襯配角。
〔註70〕 〔南朝宋〕范曄，《新校本後漢書并附編十三種》，頁2328。
〔註71〕 〔西晉〕陳壽著，〔南朝宋〕裴松之注，《新校本三國志注附索引》，頁1093。

　　除卻關鍵事蹟之挪轉，尚有創作者爲求劇情流暢、亦或精簡筆力，竟將既存人物全然消弭。精讀《三國演義》之讀者，必定知曉曹操軍團五大謀士：荀彧、荀攸、賈詡、程昱、郭嘉，及其獻策擘劃之功；然而，倘若覽讀《三國志》，則知尚有賢士甚受器重，即爲驚鴻一瞥、匆匆而逝的戲志才，《三國志》有云：「先是時，潁川戲志才，籌畫士也，太祖甚器之。早卒。太祖與荀彧書曰：『自志才亡後，莫可與計事者。汝、潁固多奇士，誰可以繼之？』彧薦嘉。」〔註 72〕曹操取用賢人只論才華、不計德行，即便是識才無數的漢末梟雄，猶仍慨歎戲志才死後「莫可與計事者」，更見此人卓然不群。《三國演義》卻隻字未提，遂使此人事蹟更加消沉，就此淹沒於歷史塵沙；港漫《三國神兵》，竟將曹操寵物熊貓，命名爲「戲志才」，料是英才地下有知，亦會感慨黃鐘毀棄。反向而論，程遠志、鄧茂方爲《三國演義》虛構人物，反倒蔚爲眾人熟知，甚連吉川英治《三國志》，首章劇情即是黃巾兵卒與劉備交戰，依循「吉川三國志」之動漫遊戲，譬如漫畫《三國亂舞》、《三國志烈傳・破龍》，電玩《眞・三國無雙》、《三極姬》，同將此角置入其中，成爲主力角色。又如周倉，本無其人、純爲杜撰，《三國演義》形塑之後，遂成關羽身旁的忠誠部署，不僅活躍於三國雜劇，甚至隨同主將一併「神格化」，成爲護衛關聖帝君的周大將軍；改編電視劇《少年關雲長》，周倉更成引領全劇的主要角色。可見創作者剔選題材、鋪敘情節之際，看似無心插柳的割捨取抉，將對後世延續演變，造生始料未及的連鎖效應。

　　漫畫《一騎當千》，即如上狀。此作同以孫策爲主，率領「南陽學園」之志士豪傑：張昭子布、周瑜公瑾、呂蒙子明、魯肅子敬、陸遜伯言，投身群雄爭霸的混亂世局。既以孫策爲東吳統領，孫權此角則無發揮空間；直至今日（2014），《一騎當千》漫畫連載至 23 集，動畫則有六季作品，改編電玩接連移植四款平台，人物名單已是洋洋灑灑，孫權仍舊潛伏未明。〔註 73〕即便此角登場，必與孫策相形衝突，角色難有發揮空間；既是如此，《三國演義》之關鍵要事，譬如：碧眼兒坐鎮江東、孫權決計破曹操、孫劉結姻聯同盟、縱馬飛躍小師橋，自是無疾而終，失卻要角難以闡發。三國題材改編之際，部分劇情混淆不清、亦或邏輯失衡，有時源自作者安排，意圖彰顯史事新詮；

〔註 72〕　〔西晉〕陳壽著，〔南朝宋〕裴松之注，《新校本三國志注附索引》，頁 431。
〔註 73〕　《一騎當千》動畫版第三季，曾有新創女角名曰孫權，並自居爲孫策伯符之妹。然而，隨著故事發展，方知此人實爲小喬，刻意隱瞞身分，乃是意欲觀察周瑜、孫策之相處狀況。直至目前（2014），孫權此角尚未登場。

卻有部分因素，則是肇因於人物異動，即便作者有意鋪敘相關劇情，仍因失卻關鍵人物，必須重新銜合事件脈絡，亦或只能悵然割捨，難以撰述《三國演義》經典場面。

　　三國改編尚有一處弊病：架空劇情日漸增添，甚至反客為主，排擠既定史事之發展流程。相較《三國演義》忠義主軸，現今盛行的三國故事，僅只重視交戰畫面；美其名為自由發展，實際上則成為結構紊亂的大雜燴，為求耳目一新，反倒置入於史無稽的自創情節。茲引王寧「後現代主義」之論述，以作探討：

> 後現代主義的無中心意識和多元價值取向，由此帶來的一個直接的後果，就是評判藝術價值的標準不甚清楚或全然模糊，藝術精品的存在受到了消費者的挑戰，出現了高科技操作下的複製的藝術，甚至是拼湊的藝術，無深度、平面化、增值、拼貼、碎片等均成為後現代藝術的特徵。〔註74〕

誠如所言，面臨瞬息萬變、價值崩盤的當代社會，傳統文學倘若一味堅守本貌，實乃無益於文本延續，只會加深作品與讀者之隔閡；後現代主義，則以較為靈活的策略，譬如謔仿（parody）、拼貼（pastiche）、呼應（echo）、暗指（allusion）……種種技法，試圖兼融傳統文學與大眾文化，多元面向之價值認定，造使作品增添不同風貌、容許殊異解讀。部分作品，尚能結合虛實、相得益彰；可惜的是，更為常見之景，則是新增元素喧賓奪主，全然偏離歷史原貌，與其說是三國新詮，不如逕稱為三國時代的平行時空，其實更為合適。譬如，漫畫《華陀風來傳》，描述三國名醫華陀，曾替關羽刮骨療毒，又為曹操診治頭風，看似切合演義情節，作者卻又憑空杜撰，華陀實為服侍藥師如來佛的神將之一，行醫濟世乃為宣揚佛教，遂於看診之際，常遇鬼怪作祟、幽靈伸冤，眾多主題雜亂無章，怪力亂神反成全作支柱。亦如《一騎當千》，忽然加入關西區域的參戰學園，包括：大和學院、山城學院、興福寺學園，與戰鬥士則有卑彌呼、柳生三嚴、源九郎義經、武藏坊弁慶，均是援引日本歷史人物。如此設計，或是為了激化衝突，或是為求突破新局，或是增進日本讀者之熟悉愛好，或著，僅是追求漫畫作品之無拘趣味，遂使三國戰局更顯混亂。如此一來，前段劇情正欲鋪敘赤壁大戰，卻因半路殺出程咬金，史實脈絡戛然而止，但看作者盡情擘劃日本內鬨，亦或虛構中日大戰，譬如

〔註74〕王寧，《全球化與文化研究》，頁41。

趙雲決戰柳生三嚴,亦或曹操力克源九郎義經,三國題材早已名存實亡,也令讀者納悶不已,如此劇情究與三國有何關聯。

最末,部分改編作品,竟有甚爲可笑的劇情關誤:望文生義、時代錯亂。前者,即爲漫畫《超三國志霸-LORD》,援引曹操所言「呂布狼子野心,誠難久養」,〔註75〕便將呂布設定爲母狼養大的孤兒,身邊總是伴隨狼隻,爲其效力、攻擊敵人,驍勇溫侯霎時成爲叢林泰山。後者,則因改編者摘引史料,卻未考慮年代問題,造使劇情備生突兀:電影《赤壁》,孫尚香極欲奉獻一己之力,遂言:「國家興亡,匹女有責」,竟是徵引清代顧炎武之言。〔註76〕電影《三國之見龍卸甲》同有此弊,諸葛亮於戲中沉吟:「世事如棋,一朝換得千古業,勝負已分,我還得趕往別處救亡。」詞語典雅,頗有儒風,開頭兩句卻是援引故宮聯楹。漫畫《三國志烈傳·破龍》,杜撰孔明毛遂自薦,前往北方謁見袁紹,卻因人微言輕而被拒於門外,孔明幽幽歎道:「周公吐哺,天下歸心」,轉而投效識才愛才的曹操;另部電玩《眞·三國無雙》同樣引用《短歌行》,卻出現於董卓獨攬朝政之時,富麗堂皇的宮殿樑柱,刻有「對酒當歌,人生幾何」,同是枉顧時間順序。《三國演義》曾述,曹操於赤壁前夕,臨江釃酒而作《短歌行》,雖是小說家語、不可確信,然若考證創作年代,也決不可能早於官渡大戰、甚至十八路諸侯聯軍之前,便有此作傳頌人口。娛樂作品並非立意教化,但是考證粗疏的內容瑕疵,必然影響劇情通暢,甚至造使讀者嗤笑。甚如《三國之見龍卸甲》,民眾款待趙雲以西瓜、玉米;〔註77〕電影《赤壁》,身爲討虜將軍兼會稽太守的孫權,卻是佩戴九旒冠冕,〔註78〕亦見諸葛亮教導士兵使用連弩,更已淪爲無稽笑柄。

〔註75〕 古本小說集成委員會編,《古本小說集成·三國志通俗演義(萬卷樓本)》,頁320。

〔註76〕 顧炎武《日知錄·正始》:「知保天下,然後知保其國。保國者,其君其臣肉食者謀之。保天下者,匹夫之賤,與有責焉耳矣。」(〔清〕顧炎武,《日知錄》(北京:學苑,2005),頁212。)

〔註77〕 西瓜,古稱「寒瓜」,原產於非洲南部,西元10世紀引進中國;玉米,古稱「番麥」、「西天麥」,原產於中美洲,16世紀方傳種於中原;均非三國時代可見物種。「西瓜引種中國與發展考信錄」:
http://www.agri-history.net/scholars/huangshengzhang1.htm(2015.05.20)。

〔註78〕 《周禮·夏官·弁師》記載:「天子之冕十二旒,諸侯九,上大夫七,下大夫五。」赤壁前夕,孫權尚未稱帝,仍爲名義上的東漢官員,並不可能做此打扮。(〔東漢〕鄭玄注,〔唐〕賈公彥疏,《周禮注疏》(臺北:臺灣商務,1983),頁90之580。)

三、形貌狹隘

　　《三國演義》精髓亮點，除卻情節千轉百折，便是人物形象精彩豐沛，毛宗崗評曰：「文官有文官身分，武臣有武臣氣概；人人不同，人人如畫。」〔註79〕三國人物數以千計、交錯綜雜，羅貫中寫來卻能歷歷在目，眾家豪傑各有獨特形貌，活靈活現以躍然紙上。關四平認為：

> 《三國演義》摹述角色，主要採取兩大手法：對於主要人物，處處對比、同中求異，誠如董卓與曹操，均是挾天子以令諸侯，前者獨攬大權、縱情荒淫噬殺，後者專擅朝政、力秉法令嚴明，即為「犯之而後避之，乃見其能避也」。對於次要人物，則是利用重要事件以扣合角色性格，一方面推演劇情發展，一方面俾使人物面貌更見深刻，譬如「百騎劫曹營」寫甘寧、「火攻破曹丕」寫徐盛、「雪中奮短兵」寫丁奉，經由戰鬥情節之突顯渲染，人物血肉就此豐足。〔註80〕

《三國演義》之角色風貌，雖是誇大渲染，卻也參照史實；相較之下，當代作品形塑人物，與其考證歷史形貌，實更重視創作考量：角色之形貌特質，是否得以吸引讀者注意？亦或提升作品話題？甚至單憑角色形象，尚能攬括對於此作並無興趣的其他閱覽群？依照今日動漫用語，再創作者形塑角色之際，首重「萌要素」。何謂「萌要素」？欲探討此類趨勢，須先探析「萌」之定義：

> 一、「萌え」（MOE），本指草木初生之芽，日本御宅族及動漫喜好者，使用此詞形容極端喜好的事物，指涉對象多為動漫作品的女性角色；不過，樣貌可愛、討人喜歡的男性（譬如「正太」），也能使用此詞形容之。二、萌，是一種不伴隨性慾衝動的狂熱愛戀，以及因此導致的興奮狀態。三、萌，是對於某人某物，抱持極為強烈的執著；執著對象，不僅限於真實存在的人、物，架空屬性同可激發萌的感受。〔註81〕

所謂的「萌」，籠統來說，就是喜歡、著迷、狂熱，但又與上述情感略有差別，其間蹊蹺在於：萌之觸發，通常結合東方特有的「朦朧美學」，以及「妄想」。〔註82〕個體認為某人某物為萌，乃是參雜過度衍伸的類推妄想，造使個體感受

〔註79〕〔明〕羅貫中著，〔清〕毛宗崗評改，《三國演義》，頁247。
〔註80〕關四平，《三國演義源流研究》，頁142-144。
〔註81〕傻呼嚕同盟，《ACG啓萌書——萌系完全攻略》，頁44。
〔註82〕傻呼嚕同盟，《ACG啓萌書——萌系完全攻略》，頁44。

滿足；反之，心中並無此類串連之人，面對相對情境，卻仍無法觸發情感，遑論心動與否。譬如，眼鏡乃是常見「萌要素」，喜愛此道者，或由配戴眼鏡聯想至智慧象徵，或是揣想角色之內斂含蓄，此些特質正爲個體偏好之處，使其對於眼鏡角色，投射預設好感——即便該名角色只是配戴眼鏡，難以察覺是否兼備上述性格，甚至可能反其道而行；但是，至少在第一印象，都不會消除「萌要素」所生觸發。相較於世俗大眾常言之「喜歡」、「可愛」，通常具有普遍認同；「萌要素」卻是依循個體經驗解讀之後，方得激發之情感，各家喜好自有不同。〔註83〕簡要而言，萌之認同，極爲主觀，個體之間懸殊甚異。

「萌」，此詞源生於 ACG 文化，遂於動漫遊戲蓬勃發展，更加延伸至當代文學，甚至蔚爲非動漫族群的流行口語；〔註84〕因此，三國題材改編作品，除了依循史實，同時憑藉「萌要素」以設計角色，已蔚爲主流趨勢。「萌要素」之解讀，甚爲仰賴個體妄想，雷同於約翰‧費斯克所提之「生產者式」（producerly）文本：創作者之成品，對於閱讀者而言，是容易了解、具有開放性，可依照不同個人自身經歷、想法，加以各自解讀。〔註85〕因此，越多讀者投入詮釋，「萌要素」越見紛歧；同時，伴隨網路媒介之快速傳播，以及互通有無的及時擴散，「萌要素」之分類，更見細密繁複。就今日主流，可概分爲：身體特徵、性格特質、話語用詞、服裝配件、職業類型、人際關係……幾項要素；倘再細析屬性，譬如單述人物性格，仍可劃分爲無口、笨拙、弱氣、元氣、強氣、傲慢、傲嬌、不良、腹黑……種種型態。〔註86〕依循上述分項，三國人物同可歸屬類型，譬如袁紹，《三國志》述其：「好謀無決，有才而不能用，聞善而不能納。」〔註87〕應是屬於「傲慢」類型。亦或禰衡，裸衣擊鼓以蔑禮制，面對曹操斥責不以爲懼，甚至夸夸其言俗士可憎：

〔註83〕「萌」之另解，認爲「燃」與「萌」爲日文同音字，意指常人接觸所喜之物時，熱情澎湃、熱血沸騰的生理反應，導致全身猶如燃燒般發熱，遂言「燃之」（MOE）。傻呼嚕同盟，《ACG啓萌書——萌系完全攻略》，頁48。
〔註84〕「萌之」此詞，曾獲2004年「（日本）新語‧流行語大賞」之提名。
〔註85〕轉引自陳仲偉，《日本動漫畫的全球化與迷的文化》，頁93。
〔註86〕「萌」之說法，源於日本動漫界；是故，現今流傳之「萌要素」，大部分詞彙承接日文說法，甚至直接套用日文漢字。譬如，「無口」類似沉默寡言，「弱氣」類似膽小懦弱，「元氣」意指充滿活力，「強氣」近於盛氣凌人，「傲嬌」則爲看似傲慢、實際只是太過害羞只好故作輕慢。上述定義，僅以近似之中文詞彙略作定義，完整意涵仍可更深論述；但是，無論如何詳加定義，肇因個體感知有異，完整統論實爲不可得。
〔註87〕〔西晉〕陳壽著，〔南朝宋〕裴松之注，《新校本三國志注附索引》，頁211。

> 汝不識賢愚，是眼濁也；不讀詩書，是口濁也；不納忠言，是耳濁
> 也；不通古今，是身濁也；不容諸侯，是腹濁也；常懷篡逆，是心
> 濁也！吾乃天下名士，用爲鼓吏，是猶陽貨輕仲尼、臧倉毀孟子耳！
> 欲成霸王之業，而如此輕人耶？〔註88〕

郭興昌認爲，羅貫中憑藉禰衡狂言，厚顏比擬孔子、顏回，使其自居儒家宗主，大肆鄙棄曹操之所作所爲，其人言語粗鄙、思想奔放，全然無視傳統規範，猶如「垮掉的一代（neatnik）」；〔註89〕若於「萌要素」角度，所重並非行爲象徵，而是角色舉止之外顯型態，則是屬於「強氣」之屬。

「萌要素」的劃分詳密、類型多元，是當代另起風潮；角色形貌殊異多變，應當更加切合現實時空之多元發展。然而，爲求突顯特質，「萌要素」雖然源自人類行爲，卻是誇張處理、強化渲染，以便展現角色特點；更有甚者，尚將渾然整體的人物性格，拆解爲支離破碎的各類屬性，人物不再是難以定義的複雜個體，反倒成爲可供組合的要素形體。譬如「人妻」此詞，《荀子》曾有述及：「請問爲人夫？曰：致功而不流，致臨而有辨。請問爲人妻？曰：夫有禮則柔從聽侍，夫無禮則恐懼而自竦也。」〔註90〕端視句意，「人妻」意指爲人之妻；動漫用語同有此類屬性，卻是源自日文用法，意指「他人之妻」，即是已婚女性，讀者由此聯想其性格特徵：相較其他女性，「人妻」較爲成熟、世故，甚至性感、主動，亦或溫柔嫻熟，善於體貼男性、照顧幼兒。將此種分類置入三國故事，舉凡《三國演義》諸多女性，幾乎均有「人妻」屬性：曹丕之妃甄宓、劉備之后吳氏、孫策之妾大喬、貞烈守城的王氏、隔屏聽語的蔡夫人、流徙胡漢的蔡文姬，均是嫁作人婦。上述女角，生平紛歧、性格迥異，無法籠統概定，誠如後宮之主穆皇后，怎能體會蔡琰流離邊塞十二年的悲憤？依附梟雄宛若菟絲的江東二喬，又怎能等同抵禦外敵的王異？但是，正因「萌屬性」盛行，當代創作將人物概括簡化，電玩《火鳳三國 Online》，〔註91〕宣傳作品之新聞標題：「最強人妻的綽約風姿」，〔註92〕便以「人妻」代稱角色，只欲突顯人物身分，卻全然漠視該名角色的其他特質。

〔註88〕古本小說集成委員會編，《古本小說集成・三國志通俗演義（萬卷樓本）》，頁436。
〔註89〕郭興昌，《三國演義研究在美國》，頁72。
〔註90〕蔡玉麟，《白話譯解荀子》，（臺中：文听閣，2010），頁34。
〔註91〕宇峻奧汀，《火鳳三國 Online》（臺北：宇峻奧汀，2010）。
〔註92〕「最強人妻的綽約風姿《火鳳三國 Online》多張遊戲圖釋出」：
　　　　http://gnn.gamer.com.tw/3/37563.html（2015.04.06）。

　　如此一來，雖使人物特質顯眼、容易辨認，角色卻成爲「一言以蔽之」的單調個體，即是遵循單一特質的「扁形人物」。扁形人物縱使平庸，仍於作品有所用處，他們易於辨識、也容易記住，若與圓形人物搭配登場，可使個體形貌深淺交錯，也能減省作家筆力，更利經營焦點；但是，如果全篇角色逕成扁形人物，反倒成爲類型展示，經由人物牽動的故事趨勢，必將淪爲可供預測的乏味作品。相較之下，《三國演義》之所以述寫成功，在於人物醒目卻又不至僵化，乃因羅貫中善於彰明角色特質，兼又適時變化以增多元，茲引張飛爲例：

> 正悽惶時，忽見麋芳面帶數箭，踉蹡而來，口言：「趙子龍反投曹操去了也！」玄德叱曰：「子龍是我故交，安肯反乎？」張飛曰：「他今見我等勢窮力盡，或者反投曹操，以圖富貴耳……俟我親自尋他去，若撞見時，一槍刺死！」玄德曰：「休錯疑了。豈不見你二兄誅顏良、文醜之事乎？子龍此去，必有事故，我料子龍必不棄我也。」張飛那裏肯聽，引二十餘騎，至長坂橋。見橋東有一帶樹木，飛生一計，教所從二十餘騎，都砍下樹枝，拴在馬尾上，在樹林內往來馳騁，衝起塵土，以爲疑兵。飛卻親自橫矛立馬於橋上，向西而望。〔註93〕

張飛一身武藝精湛神勇，百萬軍中取上將首級，猶如探囊取物，莫怪程昱讚歎：「關羽、張飛皆萬人敵也」。〔註94〕除卻勇猛形象，尚有爲人處世的性格特質，《三國志》如此評述：「羽報效曹公，飛義釋嚴顏，並有國士之風。然羽剛而自矜，飛暴而無恩，以短取敗，理數之常也。」〔註95〕關羽、張飛，均是武力高強、忠心不貳，卻也有其性格弊病：關羽驕矜自大，輕忽敵軍以致兵敗身亡，張飛暴虐寡恩，不恤小人遂遭部屬弒殺。羅貫中撰寫《三國演義》，參照史書記傳、民間傳說，除了突顯張飛勇猛，尚且誇擬其人火爆。因此，長坂之戰，聽聞麋芳片面之言，張飛便欲擊殺趙雲，急躁性格顯露無疑；羅貫中卻又筆鋒一轉，竟見張飛心生計謀，僞少佯多以詐敵軍；正當讀者讚賞張飛奇智，卻又因其自斷橋梁、倉卒離去，遂被曹操洞悉眞相，再度扣合莽漢形象。藉由諸多轉折，角色形塑更見立體：張飛雖是衝動魯莽，卻又粗

〔註93〕　古本小説集成委員會編，《古本小説集成·三國志通俗演義（萬卷樓本）》，頁 783-786。
〔註94〕　〔西晉〕陳壽著，〔南朝宋〕裴松之注，《新校本三國志注附索引》，頁 425。
〔註95〕　〔西晉〕陳壽著，〔南朝宋〕裴松之注，《新校本三國志注附索引》，頁 948。

中帶細、急生智謀，角色形貌多元流轉，同時有其穩定持一的中心性格，遂使讀者觀覽之際，不僅認同人物特性，尚能時見意外驚喜，更加期待難以預料的後續行為，卻又不至矛盾無章。

　　當今三國題材，仍有作品架構細膩，對於人物刻劃深入，譬如漫畫《火鳳燎原》，詳盡擘劃層層計謀，藉此彰顯智士策略，倘若《三國演義》志在突顯軍略妙計，《火鳳燎原》則是意圖表彰人心難測。亦或戲劇《三國》，大肆摹述司馬懿，不再僅為陪襯孔明的反派佞臣，而是另以大智若愚之內斂形貌，逐步吞食曹魏天下，誠如其言：「我揮劍只有一次，可是我磨劍卻用了幾十年。」〔註96〕經由編劇雕塑，更顯角色詭譎心計。但是，當代三國改編，卻有更多貪圖虛名之作，架構混雜無章，人物刻劃空洞，概以浮誇包裝，以達譁眾取寵，「萌要素」遂成最顯便利的角色參照。過度突顯人物之「萌要素」，易使創作者太過聚焦於角色外貌，失卻刻劃內心之深度描繪，反成本末倒置的膚淺手法。至於讀者，隨著流行浪潮的鼓舞，僅只注目於角色屬性是否符合本身喜好，身為作品主軸之故事內容，卻成人物的附庸配件——情節之設計，並非為了交代劇情，而是只為彰顯人物之專屬特性，甚至成為賣弄風騷、刻意「賣萌」的展示舞台。誠如日本小說家東浩紀（1971－）所言：「九〇年代的御宅族，可以單就與原著故事無關的片段、圖畫或設定進行消費，消費者隨自己喜好，強化對於特定片段的情感投射，類似這樣的消費行為已經抬頭。這種新型消費行為，御宅族們自稱為『人物萌』。」〔註97〕承前所述，「萌要素」將鑑賞重點聚焦於人物，應是有助於角色塑造，卻因僅只鎖定人物，遂使角色脫離故事；簡要而言，讀者並非經由故事內容進而喜愛角色，而是肇因人物具備某項特質，足以切合讀者的特定妄想，便已義無反顧地著迷其中。作品角色，不再作為敘事主體，而是成為高度物化、量化、符號化之客體，將使鑑賞過程極為直觀、甚至膚淺，遂有同人研究者，戲稱「萌要素」愛好者，猶如「巴夫洛夫的狗」，〔註98〕對於人物特點已成制約反應，與其說是喜愛，反倒更近於「戀物癖」之原始衝動。

　　「萌要素」日漸興盛，分類品項繁多細密，角色特質不再經由讀者詮釋，

〔註96〕高希希導演，朱蘇進編劇，《三國》。
〔註97〕〔日〕東浩紀著，褚炫初譯，《動物化的後現代化——御宅族如何影響日本社會》（臺北：大鴻，2012），頁 61-62。
〔註98〕傻呼嚕同盟，《ACG 啟萌書——萌系完全攻略》，頁 41。

而是如同貨品標籤，早已明示內含成分，遂使人物失去可供演繹的紛歧點。譬如甘寧，《三國志》述其：「寧雖粗猛好殺，然開爽有計略，輕財敬士，能厚養健兒，健兒亦樂為用命。」〔註99〕雖為殘暴之徒，卻能誠心對待手下，可見此人俠士風範；此外，《三國演義》描述甘寧引眾渡江、投奔孫權，參拜新主即已大發議論：

> 權曰：「興霸來此，大獲我心，豈有記恨之理？請無懷疑。願教我以破黃祖之策。」寧曰：「今漢祚日危，曹操終必篡竊。荊南之地，操所必爭也。劉表無遠慮，其子又愚劣，不能承業傳基，明公宜早圖之。若遲，則操先圖之矣。今宜先取黃祖，祖今年老昏邁，務於貨利；侵刻吏民，人心皆怨；戰具不修，軍無法律。明公若往攻之，其勢必破。既破祖軍，鼓行而西，據楚關而圖巴蜀，霸業可定也。」孫權曰：「此金玉之論也！」〔註100〕

甘寧審度時局，提出二分天下的戰略計畫：先取荊南以扼曹操，盤據楚地再策西進，步步凌逼以殲滅群雄；除了衝鋒陷陣之猛士形貌，甘寧同樣有其籌謀智略。因此，讀者閱覽小說，或由「負耗帶鈴」遙想其浮誇，或由「輕財敬士」讚佩其豪邁，或由「二分天下」之策劃，揣想此人見識卓越，讀者著重各有殊異，遂使再創演繹展現千種風貌，正是三國作品豐沛萬變之主因，在於莫衷一是的「多元解讀」。倘若改以「萌要素」形塑角色，多半採取最為醒目的外顯特徵，誠如動漫游戲之甘寧設計，概以「不良」作為專屬特質，包括《眞・三國無雙》、《放開那三國》、〔註101〕《鋼鐵三國志》、《一騎當千》、《三國殺》、《赤壁》……上述作品，雖使甘寧形貌明確，大加形塑「錦帆賊」之粗野驍勇；卻是忽略正史、演義之多元形貌，遂使人物姿態僵化，故事推演更顯狹隘。

　　三國改編作品，形塑人物過於偏重「萌要素」，造使角色發展侷限；此外，尚有前文述及「女體化」風潮，加之以「萌要素」特質，更使人物樣貌日趨平淺、甚至貧弱。蒐羅當今三國改編，女性角色登場比例，不僅逐為提升，更有全以女角作為主軸；改編作品對於史料貧乏的女性角色，又是如何演繹呈現？一是，參照史料記載、軼聞傳說，大量增添女性人物，譬如：關羽之

〔註99〕〔西晉〕陳壽著，〔南朝宋〕裴松之注，《新校本三國志注附索引》，頁 1292。
〔註100〕古本小說集成委員會編，《古本小說集成・三國志通俗演義（萬卷樓本）》頁 726-727。
〔註101〕巴別時代，《放開那三國》（臺北：奇米娛樂，2014）。

女關銀屏、關索之妻鮑三娘、糜竺之妹糜夫人、司馬昭之后王元姬，眾多脂粉躍上舞台，個個均成不讓鬚眉的驍戰巾幗；二是，逕自改造人物性別，遂使器宇軒昂的龍帥虎將，全然「性轉」為嬌嬈女紅妝，三國亂世遂成鶯燕爭鬥的亞馬遜戰國，譬如：《一騎當千》、《戀姬†無雙》，均是標榜「性轉」三國名將之代表作品。女性角色增多，乃是意圖開創角色類型，抑或增添劇情面向；卻有部分作品，僅為瓜分市場，即以「炒短線」之投機心理，盼能分一杯羹坐享名利。如此一來，相較於平庸無奇的劇情主軸，角色設計務必光采奪眼，甚至譁眾取寵，方能吸引大眾目光，有效提升作品賣度；因此，可供物化之女性人物——尤以加諸特定「萌要素」的角色——便如雨後春筍，頻繁現於作品之中；上述狀況，於競爭激烈之電玩，尤以線上類型，最可觀見此般風潮。譬如，《戰姬天下》、《一姬當千》、《狐狸三國》、《三國艷義》、《Q妹三國》、〔註102〕《三國 INFINITY》……均將叱吒三國的勇猛男兒，悉數「性轉」成六宮粉黛，並且結合「萌要素」類型，遂成下表狀態：

表格 15　三國人物「萌要素」對照簡表〔註103〕

	曹　操	劉　備	孫　權	呂　布	司馬懿
戀姬無雙〔註104〕	強氣	腹黑	天眞	無口	X
戰姬天下	傲嬌	女神	御姐	軍服	少女
三國艷義	女王	蘿莉	御姐	強氣	歌德

◎製表人：黃脩紋

可見各家作品之「萌要素」設定，莫衷一是、未有定論。縱向比較，遂見相同人物於不同作品，殊異極大，差別甚多；倘若採取橫向對照，則知其中蹊蹺：為求兼顧玩家喜好，角色設計之際，與其考慮人物特徵是否切合史實，創作者更加強調「萌要素」是否平均分配、面向多元；因此，同一作品

〔註102〕久遊，《一姬當千》（上海：久遊，2013）。

　　　　金山軟件，《狐狸三國》（北京：金山軟件，2013）。

　　　　新娛兄弟，《Q妹三國》（北京：新娛兄弟，2014）。

〔註103〕「腹黑」，意指城府極深；「無口」，意指沉默寡言；「御姐」，意指年長成熟、性感嫵媚的女性；「蘿莉」，意指年幼童眞、甜美可愛的女孩；「女王」，如同御姐成熟性感，但是更為強勢，甚至具有虐待傾向；「歌德」，詳稱為「歌德蘿莉」（Gothic Lolita），具備歌德次文化之暗黑、獵奇，兼又結合蘿莉的甜美形貌。

〔註104〕《戀姬無雙》當中，截至目前（2014）司馬懿尚未登場，是故，不納入討論。

之人物「萌要素」，最好極力總括且避免重複。如此一來，常會罔顧此般屬性是否適合於三國人物，而是反因為果、倒行逆施，概以吸引玩家之類型為號召，三國本質消失殆盡，徒留廠商賣弄產品、哄抬聲勢的表面虛名。

　　除此之外，尚有角色設計之特殊處理：「反差萌」。即是利用人物外貌、內在之極大反差，亦或角色性格之違和情態，予以讀者強烈衝擊，進而關注人物特質。「反差萌」之關鍵，在於強行結合矛盾特點，表現形式極為多元，得以涵括各種面向之角色特質。譬如，「性別反差」為女貌男身、男貌女身，即為偽娘、偽郎之態；「年齡反差」為少年老成亦或耄齡童顏，譬如天山童姥；「個性反差」意指外型與行為相顯衝突，例如身穿華服卻行徑粗野的「窈窕淑女」伊萊莎；「能力反差」，即是令人傾羨的天才兒童，亦或動漫娛樂之怪力少女。上述「反差萌」，同於三國題材廣泛出現，更有一類反差設計，乃是針對原作設定與後世演繹之刻意反差，務使人物形象與原始設計，形成光譜兩端之最遠對襯。例如，漫畫《三國遊戲》，將投胎轉世之董卓，設定為清心寡欲、茹素慈悲的比丘尼，迥異於荒淫殘暴之史傳形貌；又如電玩《戀姬†無雙》，呂布一身武藝傲視群倫，卻也是個善於照顧流浪貓犬的溫柔角色；再有電影《關雲長》，關羽衝鋒陷陣無人能敵，關鍵時刻卻又猶豫退卻、於心不忍，藉由作中曹操評析：關羽「本是一匹狼，卻天生一副羊的心腸。」〔註105〕同是利用刻意反差之角色設計，遂使改編作品滋生衝突、另造懸念。但是，不同於其他「反差萌」之恣意妄造，上述三例之落差癥結，實是來自史傳記載的逆向操作；讀者之所以感受衝擊，乃是閱覽作品之前，已然熟知三國人物的原設樣貌、性格特質、行事作風；倘若無此前提，自然失卻反差對照，衝擊突兀遂也不復存在。

　　三國故事廣泛流傳，對於有意改編之後世作者，猶如挖之不盡、取之不竭的七彩寶山，隨手可拾豐沛題材，奠基已成而無費吹灰之力；然而，三國故事也正如競相開採的天然資源，倘若一再汲取、無所回填，最終必將耗損枯竭；當今作者，利用三國威名，卻少見演繹深入的突破之作，僅有「啃蝕老本」的安逸怠惰。諸多三國作品，只考慮「萌要素」是否搶眼，並未思量如何切合史實，以及角色深入刻劃；另一方面，又欲利用「反差萌」的衝突效果，達到提升關注之市場目標，兩相交集之後，下個世代、抑或百年之後，後世讀者對於三國人物之真實樣貌，是否反倒不知所以然？眾家作品之人物

〔註105〕麥兆輝導演，莊文強、麥兆輝編劇，《關雲長》。

設計，看似獨特、風貌懸殊，掀開皮囊之後，內質貧乏卻又如出一轍；當今創作者，爲求突破遂大肆顛覆人物形貌，另一方面，角色形塑卻又相顯貧弱、無所創新，再三惡性循環，只恐三國人物魅力，終將消失於僅存皮相的「賣萌」風潮之中。

　　最末，筆者卻想另做反思：上述種種改編弊病，造使三國作品江河日下，失卻渾然整體的主旨意涵，劇情編寫也常見突兀缺漏，人物形貌更是狹隘扁平，全然無復《三國演義》震懾人心的藝術成效；然而，大肆批判改編作品鄙陋之際，是否也正陷入另方迷思——過度強調改編作品之結構嚴謹，反倒忽略單純娛樂的價值所在？誠如《三國志平話》，全書奠基輪迴果報，事件屢見仙道幻法，人物形貌突兀粗糙，倘以正統文學以評價優劣，此書難登大雅之堂；但是，追求典雅本非此書成因，迎合觀衆喜好、渲染誇妄情節，語不驚人死不休，方是刻意營造的作品特色，也正是此書娛樂百姓的價值所在。當今三國改編，部分作者立意重塑三國情境，用心鋪排整體架構；部分作品則是追尋商機，尋覓具有市場價值的創作題材，據實考證自非首重，提昇收益、迎合讀者方是最大考量，遂使作品浮泛平庸，卻更易於觀衆吸收瞭解，以及作品之流傳廣佈；簡言之，改編文本的「通俗化」，雖是耗損三國本質，卻更切合「商品化」的行銷模式。尚有部分三國改編，深受「後現代主義」之解構思潮影響，全然跳脫歷史框架，完全根除歷史氛圍，盡情翻轉三國形貌，呈現「去中心化」的開放解讀，雖使三國本味消失殆盡，卻也就此茲發新型價值——作品之商業效益，亦或娛樂效果，甚或呈顯作者所欲蘊藉的當代思潮，同樣有其專屬成果。因此，倘若改編作品，本就立意於市場娛樂，遂而輕忽劇情結構、角色深化，蓋以詼諧、刺激、顛覆、炫人耳目……種種商業效果以形塑全作，確實達到其「預期效果」；既是如此，又怎能強行以其他條件審視該作？此爲評論三國改編之缺弊，仍須留意的評析前提。

第三節　爭議

　　再創作品，常會陷入「爲反而反」之迷思，爲求突破原作劇情，刻意顛覆以顯特色，反使全作分崩離析，遂成刻鵠類鶩之作。但是，天下俊才何其多，仍有部分作品，架構組織見其嚴謹，主軸意旨井然有序，劇情內容更是高潮迭起，無論是舊事新詮之演繹技法，亦或突破顛覆之逆轉神思，在在可

見匠心獨具，不僅獲得讀者讚賞，更由拾人牙慧的改編再造，提升至更高境界，具備渾然一體之藝術成效。既是如此，又何來爭議之說？乃因改編作品成效斐然，反成毀譽參半，正與《三國演義》如出一轍——改編太過成功，反使虛實倒錯、真相混淆，遂使讀者潛移默化之下，竟將小說杜撰之齊東野語，視為真實存在的可稽史料；再創者編造事件過程，本為追求劇情跌宕，卻因述寫太過精采、太具渲染，造使讀者信以為真，甚至誤把馮京當馬涼，對於有所違離的史實真相，反倒視為無稽之談，此乃改編作品之優，同是改編作品之謬。

　　中國文學研究家立間祥介曾言：翻譯《三國演義》之後，曾有讀者投書，嚴厲譴責之：「你雖說你的作品是譯自原著的，但與吉川《三國志》比起來，不僅大相逕庭，也很乏味，應更忠於原著。」〔註106〕事實上，較早出版的吉川版本，才是偏離原典之作；吉川並非全然依循《三國演義》，而是採取半譯半撰，藉此寄託個人寓意，以及對於三國人物的評價慨詠。「吉川三國志」問世之後，橫山光輝依據情節，編繪而成漫畫《三國志》，此作同樣風靡東瀛；自此之後，《三國志》遂成日人對於《三國演義》、亦或吉川之作的慣稱，〔註107〕至於陳壽所撰《三國志》，則加註為「正史三國志」以茲區分，〔註108〕因此，日本三國題材之改編作品，看似依循三國原設，卻總令熟讀《三國演義》的他國讀者心生困惑，乃因混雜「吉川三國志」之自創情節。《龍狼傳》作者便言：「我第一次對於《三國志》有點了解，是編輯借了我一部吉川英治寫的小說《三國志》。基本上我是在決定要畫之後，我才開始接觸三國志。」與其說是承接《三國演義》，不如說是依循已被改寫過的「吉川三國志」，卻誤認其中內容，即是三國時代真實史事。

　　吉川三國志，杜撰諸多情節：孫尚香代稱「弓腰姬」，關羽曾為私塾師，劉備情迷芙蓉姬、買茶遭遇馬元義、被迫成為黃巾軍，以及張飛獨力擊殺808人，遂有「八百八屍將軍」之稱——上述情節，均是吉川英治無端妄造，意

〔註106〕〔日〕駒田信二著，鍾憲譯，〈譯語與改編之解說〉，《三國英雄傳・10》，頁406。

〔註107〕《異鄉之草》作者志水アキ，作品附錄曾言：「所謂的『三國』就是中國東漢
　　　　王朝沒落後展開的，為期約一世紀、諸侯爭霸的戰亂時代，亦是日本人愛讀
　　　　的《三國志》中所描述的年代……《三國志》以一八四年發生的黃巾之亂作
　　　　為開端……」由此可見，志水アキ乃將《三國志》、《三國演義》混為一談。
　　　　（志水アキ，《異鄉之草》，頁6-7）。

〔註108〕「日本國會圖書館」：http://iss.ndl.go.jp/books/R100000002-I000002301511-00
　　　　（2015.04.10）。

圖增添小說亮點，卻因情節通暢、文字流麗，高潮迭起張力萬分，不僅風靡當代大眾，甚至成爲日本民眾對於三國故事之既定印象。因此，諸多作品承襲吉川《三國志》，均設「芙蓉姬」一角；柴田鍊三郎《英雄在此》、漫畫《天地吞食》，同將關羽設定爲私塾先生，並且身兼劉備軍師，爲其撰寫檄文征告，甚至擘劃戰局謀略；動畫《三國志・英雄的黎明》、遊戲《Ｚ／Ｘ　ゼクス》〔註109〕均以「八百八屍」代稱張飛；光榮出品之電玩遊戲《三國志》、《眞・三國無雙》、《決戰II》，以及漫畫《三國志列傳・破龍》，則以「弓腰姬」指稱孫尚香。猶有甚者，搜羅當今遊戲作品，不僅日本有此現象，尚且拓及臺灣、中國、韓國之電玩領域，例如臺灣《三國戰紀》、中國《三國遊俠》、韓國《三國擊霸魂》，〔註110〕竟然同有「弓腰姬」此稱，讀者也都瞭然於心、知悉何人。

　　後世演繹之二度創作，反倒超越原始範本，成爲讀者心中深信不疑的歷史場景，正如同《三國演義》對於《三國志》之取代；長江後浪推前浪，藝術成就更攀高峰，卻也因改編杜撰，再度產生史實扭曲。因此，依循「吉川三國志」所創造之三國改編，是否仍可視爲《三國演義》延伸之作？亦或，已然偏離原設，僅是日人心中的「假想三國」？此種狀況繼續延續，會是對於文本的推廣，亦或加速原設作品之汰換消殞？《三國演義》之成功，在於羅貫中之奇筆運擘，予以事件細膩描繪，甚至杜撰虛妄情節，俾使史事更顯精彩、更見詭譎、更令讀者拍案叫絕；中華文化圈，沉迷於三國時代之豪傑梟雄，與其說是景仰其人歷史生平，實則肇因《三國演義》之誇述渲染。如此看來，恰是「吉川三國志」對於《三國演義》之譯創兼半，所生之後續效應：一方面遵循原設大要，一方面又於夾縫之處，極力增添個人寓意、以及事件新解，遂以作者自創場景，更使讀者印象深刻，並且成爲另部新作的再創基底。

　　現今三國題材，部分秉持正史，卻有更多作品依循演義情節，同樣獲得讚賞好評；因爲，欣賞《三國演義》及其延續之作的讀者，並非立意評鑑史書，而是秉持欣賞藝術，遂對作品之改造翻轉，態度更爲自由、更顯開放。倘若《三國演義》對於《三國志》，雖是篡改過度之事實混淆，卻也茲生更爲豐沛的藝術成果，甚至蔚爲經典文學，屢受後人贊揚推廣；那麼，「吉川三國

〔註109〕日本一ソフトウェア，《Ｚ／Ｘ　ゼクス》（岐阜：日本一ソフトウェア，2013）。
〔註110〕大宇資訊，《三國擊霸魂》（臺北：大宇資訊，2011）。
　　　　中寶青，《三國遊俠》（深圳：中寶青，2012）。

志」以及再度演繹之三國作品，何嘗不是如此？不過，當代三國改編，是否能同《三國演義》淬鍊成金，仍須等待時間淘選，經由社會思潮匯聚共識，來日方能評定其優缺價值。

無獨有偶，漫畫《火鳳燎原》，同因內容細膩、劇情離奇、戰鬥場面熱血沸騰，深獲讀者好評。《火鳳燎原》雖為漫畫，卻也依循歷史小說架構。首先，擇取眾所皆知的歷史主題；其次，依循年代以擘劃發展；再者，則是史書與小說之最大殊異：描述之際，除了交代史事變化，同時穿插想像杜撰，並且憑藉史事，置入所欲闡發的個人思維。陳大為比較《三國演義》及其改編漫畫之殊異，他認為演義為「忠義之書」，《蒼天航路》意在呈顯漢末天下之爭權殺戮，是為「慾望之書」，《火鳳燎原》則為機關算盡的「權謀之書」。〔註 111〕除了重塑人物形象、顛覆史事過程，《火鳳燎原》尚於作品主軸大肆修改，也正是全書魅力所在——但看眾多謀士，相互盤算以設局反間，俾使事件峰迴路轉，鹿死誰手終究難料，讀者深陷奇詭而更加沉迷、難以自拔。如同張國華（？－）所言：

> 任何成功的改編都是再創作，都打上了主創人員對原著的理解與詮
> 釋，任何改編都具有「當代性」，是用當代人的視角去看待名著，並
> 用當代人的理解去改編名著，這是歷史賦予改編者的權利。〔註 112〕

陳某拋卻史評、活化角色交鋒，捨棄《三國演義》獨沽「三絕」，改以當代思潮之個人主義，造使登場人物形貌多變，更見勢均力敵、龍爭虎鬥；然而，處處是焦點，人人是英傑，是否反使主題失準，難有縱貫全作的主旨？誠如陳柏臻（？－）所言：「（火鳳燎原）缺乏了一條主軸，或著說畫者更換了主軸，以至於故事一直延續下去，這是目前可看出問題之一。」〔註 113〕反觀《三國演義》，雖是章回漫長、多線進展，劇情仍是層序井然；原因無它，在於羅貫中秉持蜀漢作為全書主線，無論陳述何方軍閥、何線戰事，終究旋回主題，扣合蜀漢軍團之下步進展。如同凌宇所述：「（三國演義）為扇形網狀結構，以劉蜀為圓心，曹魏和孫吳作為扇形體兩端，劉曹之間、孫劉之間、孫曹之間的矛盾鬥爭構成了一條條經線和緯線。」〔註 114〕萬千事端交錯穿梭，卻仍

〔註 111〕陳大為，《亞洲閱讀：都市文學與文化》，頁 224。
〔註 112〕張國華，〈尊重經典 敬畏歷史〉，《中國電視》（北京：中國電視藝術委員會，
　　　　2011），2011 年第 8 期，頁 35-36。
〔註 113〕陳柏臻，《喀報・213 期》（2010.3.20）：
　　　　http://castnet.nctu.edu.tw/castnet/article/2351? issueID=91（2015.03.01）。
〔註 114〕凌宇，《符號：生命的虛妄與輝煌：三國演義的文化意蘊》，頁 85。

有其奠基根柢，便是作爲圓心的劉蜀陣營，遂使主線昭然明瞭。陳某卻非如此，雖是標榜燎原火、司馬懿爲首要主角，開頭十集卻先極盡摹述呂布，直至呂布敗亡，再述曹操北方爭霸，兼又參雜桃園崛起，以及江東新秀展露頭角；目前則以「水鏡八奇」之智士謀戰，最受讀者矚目，卻也招致讀者不耐，認爲水鏡八奇並非主角，眞正主角反倒神隱，[註115] 全書主題多頭並進，稍不留神，劇情發展便容易流於潰散紛亂。

　　若就改編方式，《火鳳燎原》同是虛實交錯：述賈詡策亂長安爲眞，設定其屬秘密組織「水鏡八奇」爲假；摹呂布勇猛無雙爲實，卻又虛設水鏡先生《士氣論》：「貶敵抬己，其法有三。其一，敵降初勝者，貶己方武將魯莽。其二，敵將多勝者，貶己方軍師擇地失當，氣候預測錯誤。其三，敵將常勝者，貶敵軍將領有勇無謀。」[註116] 倘若呂布僅有虎虎之勇，而無英奇之略，又何來百戰百勝的彪赫戰績？溫侯雖然勇猛過人，三國時期也正是群傑並出，單憑武藝的魯莽之士，理應難成群傑莫敵的人中高手；因此，陳某將呂布設定爲智謀兼備之人，方能層層擘劃以剷除異己，丁原、董卓、王允盡成犧牲祭旗。上述數例：水鏡八奇、呂布形貌、水鏡先生《士氣論》，以及雜伏其作的「黑暗兵法」、「光明兵法」、「奉孝殺戮」、「天變之法」，均是來自作者杜撰。此外，陳某爲香港作家，雖其篇幅有異於港漫形式，[註117] 劇情內容也非港漫聚焦的戰鬥廝殺，而是偏向智略較勁；但是，仍有部分沾染習氣，

[註115] 網友 letyouselfgo，於 PTT 論壇提問〈水鏡第八奇〉，討論其中人物眞貌；網友 hqj 回覆：「別再討論第八奇了～ 看到煩！」（「水鏡的第八奇」：https://www.ptt.cc/bbs/Chan_Mou/M.1149899367.A.CF3.html（2015.04.20）。另個論壇「動漫臺」，網友「柚木熱內盧」則言：「司馬懿這個角色前期不算太出彩，重點戲都是他與其他歷史主角：小孟（貂蟬）、孔明、呂布的交會。陳某眞正爲他注入了靈魂的一幕，要等到他與孔明的合作共同對抗郭嘉。在那之前，我覺得這位主角的表現遠不如其他角色。」（「煮酒論火鳳・人物篇」：http://hkgalden.com/view/151751（2015.04.20）。

[註116] 陳某，《火鳳燎原・4》（臺北：東立，2003），頁 166。

[註117] 香港漫畫，簡稱「港漫」，相較於臺灣、中國、韓國作品偏向日本形式，港漫則近似美國類型：版本爲較大的 16 開本，畫頁採取彩色印刷，畫格整齊少有破面；主題同樣涉及多種面向，但以武打爲主流趨勢；而於畫工方面，人物較爲寫實、精製刻劃，並且分工細密，大致分爲主編構思劇情，主筆繪製內容，再由助手上色、塡補、潤飾。陳某的漫畫作品，不同上面特點，而是偏向日漫模式：32 開本、黑白印刷，作者自編自繪，人物形貌寫實，但又穿插美形修飾；最大差異在於，內容雖有武打廝鬥，仍以謀略推展之劇情爲主；此外，並不特意穿插色情畫面，同樣有別於「物化女性」爲盛的武俠港漫。

譬如人物武藝冠以武學名稱，遂見「奪命手夏侯淵」、「趙火常山劍法」、「劉備千里追魂劍」，亦或類似江湖人士之門派歸屬，則有「水鏡八奇」、「南華八怪」、「殘兵」、「敗將」……諸多集團。上述構劃，雖使情節精采出奇，卻也大肆偏離三國原貌，如同《三國演義》於《三國志》之承接──有所突出的藝術效果，也正是犧牲原作、杜撰它語的編造之處。

前文曾述，赤壁大戰為演義亮點，摹述此戰之來龍去脈，即佔八回篇幅，處處均見妄造情節；倘述《火鳳燎原》精彩之處，前部劇情在於呂布的精心策畫，目前發展則為水鏡八奇之互為敵手，均是憑藉史傳、演義的隻字片語，加以闡發無稽之事，遂成愛好此作的讀者，最屬熟稔的經典情節。因此，再度造生史實資料與小說情節的穿插混淆，隨著改編作品的推陳出新，情況勢必更顯錯亂。〔註118〕三國改編之著名漫畫，本宮ひろ志《天地吞食》中止於1984年，橫山光輝《三國志》則於1986年完結，王欣太《蒼天航路》完結於2005年，池上遼一《超三國志霸－LORD》則止於2013年，陳某《火鳳燎原》尚在連載，目前（2014）進展已到54集，情節僅至赤壁前夕，後續劇情仍是未知數；無庸置疑之處，在於《三國演義》早已定案，改編諸作也相繼告罄，〔註119〕《火鳳燎原》猶仍連載，尚是變化莫測的一盤活棋。相對於塵埃落定的三國作品，瞬息萬變的《火鳳燎原》，對於當代讀者更具吸引力；此般場景，正如宋元時期的市井街坊，雖有正史《三國志》，肇因於文化基礎、接觸頻率，以及難以預測的靈活情境，百姓更感興趣於街頭說唱的《三國志平話》，亦或日漸興盛的三國戲目，日日均有新異進展，時時常見情節轉迴，遂而反客為

〔註118〕網路論壇PTT之「KOEI」版，網友針對三國名將武力排行而相互爭論，Stevenyenyen認為：二國武將排行之中，趙雲應屬第七名，「因為對比跟文醜、顏良的對戰戰績，所以註定比不上前幾人」，colamonster反駁之：「（趙雲）打贏文醜？但跟顏良沒打過？你看的是火鳳吧？」之後經由網友闡疑，colamonster重新查閱《三國演義》，確有描述趙雲對戰文醜，承認自己「被橫山光輝誤導」。由此可見，《三國演義》描述情節，兼雜眾多改編匯聚之下，將於讀者心中產生混淆。（「三國武將武力排行」：
https://www.ptt.cc/bbs/Koei/M.1408433563.A.8EF.html（2015.04.15）。
〔註119〕本宮ひろ志，於《天地吞食》第七卷，描述劉備封禪之事，末頁曾言：「ジャンプのアンケートではかなり低かったので連載は終了してしまったが」（譯：該系列不得不結束，因其於JUMP連載之問卷評價太低），實際上，此作於週刊連載之讀者反應，人氣居高不下，可見應為作者另有意圖，遂自行腰斬。此外，此作改編之電玩遊戲，同被奉為三國題材經典之作；期盼來日，原作能接續前作，繼續繪製《天地吞食》之完整內容。

主，改以杜撰情事，蔚爲深植人心的經典橋段。《火鳳燎原》以及其他三國改編作品，縱使荒謬仍然有助故事拓展，猶如源頭活水來，俾使三國故事與時俱進、靈活創新，屢增元素而更見豐沛；亦或弊大於利，恣意妄造反倒耗損原設，遂使奠基歷史之改編作品，反成自由心證、徒沾虛名的架空之作？與其今日妄下定奪，筆者認爲，實應交由後世讀者，如同今日評斷元明之際的《三國演義》，衡量其長久發展，方能更見作品全貌及其整體價值。筆者也期待，除卻目前獨佔鰲頭的《火鳳燎原》，冀有更多三國改編，繼續推陳、各自詮釋，俾使此段經典史事，得以悠傳另段千年。

小結

　　《三國演義》改編文本，發展至今，難以計數。仍有數款作品，始終被奉爲經典，成爲有口皆碑的改編佳作；相較之下，同有令人齒冷的山寨贋品，託名三國卻只是濫竽充數。本章針對三國改編之優點、缺點，以及難以論定的爭議現象，觀察其現象，探討其原因，並推論其發展趨勢。

　　優點方面，可分爲「重新詮釋」、「延續發展」。首先，改編作品爲求突破，常會重新演繹事件過程，倘若處理得宜，不失爲史事新詮的另種說法。其次，改編文本訴諸當代媒介，不再謹守文句形式，而是轉爲多元面向以流傳散佈，遂使三國故事傳播更廣，更能拓及各類閱聽者。上述二點，也正是《三國演義》對於《三國志》之貢獻，藉由史事新詮與推廣普及，俾助原設文本得以繼續流傳。

　　改編文作之缺點，細分爲三類：「主旨偏離」、「劇情闕漏」、「形貌狹隘」。首先，主旨偏離之狀，相較《三國演義》秉持忠義，改編作品遂顯雜亂無章，失卻連貫整體的中心意旨，甚至爲求凸顯戰鬥，竟成只述交戰的武林作品，忽略原作之鬥智謀略，造使作品內容貧乏。其次，劇情闕漏之誤，乃因改編作品爲求突破，太過著重劇情逆轉，反使邏輯前後突兀，遂成狗尾續貂之作；又因改編作品之選角考量，特別突顯某一人物，勢必瓜分其它角色的演出份量，造成相關情事無法浮現，劇情發展遂見侷限。最末，改編作品常見形貌狹隘，肇因當代「萌要素」風潮，改編者簡便行事，逕自套用以形塑人物，造使角色徒留外貌、性格卻是日趨平淡，甚至淪爲扁形人物；另外，當代改編塑造角色，太過著重單一特質，未如《三國演義》之適度變化，更使角色

僵化平板,難以滋生渲染魅力。

　　本章第三節,論述爭議之狀,特以「吉川三國志」及《火鳳燎原》為例。上述二書,均為三國改編佳作,後續影響更是源源不絕。前者風靡日本,造成許多動漫遊戲均承襲其作,包括此書杜撰之景,遂成「假想三國」之貌;後者重視戰爭場景,卻也著重智謀交鋒,淋漓發揮演義精髓,但又杜撰太多情節,虛實交錯、撲朔迷離,造使三國故事再度發生史實曲解,讀者印象更顯混淆。常人抨擊改編作品,斥責妄傳史事之弊;但是,保留史事概要卻又恣意改編細節,正是《三國演義》備受推崇之處。因此,誠如評鑑演義功過,並非全由當代眼光,更應交由後世讀者之全盤觀照,方能審視改編作品之利弊得失。

第六章　結　論

　　俗諺有云：「唐三千，宋八百，數不盡的二列國。」《三國演義》問世之前，金代院本已有《刺董卓》、《罵呂布》、《蔡伯喈》、《襄陽會》、《赤壁鏖兵》……上述劇碼，源自史實記載，或是改撰民間傳說。元代雜劇，又有于伯淵《白門斬呂布》、王仲文《七星壇諸葛祭風》、武漢臣《虎牢關三戰呂布》，劇情均被《三國演義》承襲採用；另外，尚有高文秀《謁魯肅》、鄭德輝《王粲登樓》、石君寶《小喬哭周瑜》、戴善甫《關大王三捉紅衣怪》、無名氏《關雲長大破蚩尤》，則因內容離奇，亦或偏離主線，遂被羅貫中剔除，並未撰敘為演義情事。根據《錄鬼簿》、《錄鬼簿續編》、《涵虛子》、《太和正音譜》、《元曲選》、《元曲選外編》……等書記載，現存七百多種元雜劇劇目，三國題材即佔五十多種，又以諸葛亮、關羽、張飛、劉備……蜀漢人物為主之劇目，則有三十多種，最屬大宗。〔註1〕時至今日，雜劇未若昔時鼎盛，三國故事猶仍搬演上台，改編為戲劇影視、小說漫畫、電玩遊戲，以及由其衍生的同人誌作品，處處均見三國時代的名臣猛將，意氣風發以馳騁天下。

　　《三國演義》雖屬舊時章回，仍是當今娛樂熱門主題，關注程度更是遠勝於其他章回小說。有二肇因，一是《三國演義》以及三國相關傳說，本就普遍傳頌，甚至拓及海外異邦，已是全球性經典作品，更為東亞文化圈之共通礎石；其中，又以日本對於三國故事之流傳與再創，最為鼎盛且影響甚鉅。二是，《三國演義》諸多特點，巧妙切合改編作品所需元素，包括：脫離現實的架空背景、敘事未盡的眾多人物、角色之間的強烈羈絆、戰鬥為主之對立構圖，均是後世改編之有利切入點。當代娛樂文本，最早將三國故事改編為

〔註1〕 沈伯俊，《羅貫中與三國演義》，頁30。

漫畫形式，始於 1971 年橫山光輝《三國志》，此作大受歡迎，開啟三國爲題之動漫改編；之後，1985 年光榮發行電玩遊戲《三國志》，更將古老史事移植至新穎媒介，再度造成風靡盛事，甚至成爲年輕世代接觸三國史事的最初途徑。此外，源生日本的同人誌文化，強調個人解讀、自由衍伸，恰好呼應「後現代主義」之解構思潮，遂使奠基三國之改編再創，更顯熱絡卻也風貌懸殊。至於觀衆群體最爲廣泛的影視戲劇，同見三國題材蓬勃發展，於源生地中國已有數部電影，以及持續改編的多部電視劇；而於日本，尚能轉變爲歌舞伎、人形劇、廣播劇，改編熱潮始終未減。

　　三國當代改編，橫跨諸多領域，雖是奠基相同文本，卻仍造生不同變化；一方面源於商業考量之求新求變，一方面則因改編者之個人意圖：

> 同一文學產品在不同的消費者中，產生的藝術效果是不一樣的。因爲人們在欣賞作品時，除客觀存在的文學作品之外，主觀因素也起很大作用。由於受不同消費者的主觀情感、社會經歷、文學修養、心理素質以及其他因素的影響，對於同一文學作品再創造的結果是異常豐富多彩的。〔註 2〕

此外，尚因不同媒介之專屬特性，遂使改編作品產生不同風貌。影劇方面，電影礙於片長，常是聚焦主題以精簡陳述，電視劇則因集數較長，得以充分演繹原作內容；且因戲劇媒介最爲普遍，此類改編雖有異變，仍是相形保守，以便迎合廣大民衆的共通喜好。動漫方面，肇因讀者以青少年爲主，創作風氣自由開放，容許極盡誇張與恣意顚覆，助長三國故事之重新詮釋，甚至造就「性轉」風潮蔚爲流行；另外，漫畫多爲連載形式，通常依照時序推演劇情，遂使動漫改編多半聚焦於「前三國」，若因反應不佳、中途腰斬，則使作品草率收結，常見敘述未完之亂象。電玩方面，則有著重思考之戰略推演，或是追求刺激的動作格鬥，亦或滿足幻想的戀愛主題，以及最顯多元的線上遊戲；操作模式不同，所生樂趣有別，也正是三國題材得以屢次翻轉、推陳新作之因。同人誌方面，肇因無所拘束的創作特點，各種題材均可發揮，並能巧妙連結原作「空白」以補遺、發揮，甚至衍生三國人物之男男戀主題，結合「女性向」特性、「美少年」風潮，逐漸蔚爲三國同人誌之主流趨勢。

　　《三國演義》問世以來，風靡世俗大衆、拓及海外族群，部分讀者單純閱讀，另有部分讀者深爲沉迷，除了吸收章回內容，甚至投身其中、參與創作：

〔註 2〕黃永林，《中西通俗小說的比較研究》（臺北：文津，1995），頁 4。

「迷」通常有明顯的視覺特徵歸屬，如衣服、髮型或其他相關商品，讓迷群不僅是閱聽人展現主動閱聽（active reading）的參與感，有時甚至超越此種感覺，將「迷」的過程轉化成閱聽人創造的自我意義與社會文化現象的實踐。〔註3〕

每個三國改編創作者，前身應是三國故事的閱聽人，既然源頭相同，遂使改編作品具備萬變不離其宗的「同質性」——部分作者延續原作特點，乃是意圖招徠讀者，藉此吸引穩定客源；部分作者並未察覺、逕自延用，則因某些特點乃是三國文本之基本架構，為求維持故事骨架，遂見改編作品之通盤保存。《三國演義》改編文本的常見「同質性」，包括：敘事結構、事件場景、形象塑造。首先，敘事結構為作品骨幹，即是三國故事之分合局勢，也是讀者對於演義全書的既定印象，改編者延續亂世開闊的固定架構，得以喚醒讀者經驗，並且藉由紛亂局勢以引發事件衝突，逐步營造劇情起伏。其次，改編文本依循演義，通常採取「衝突－解決」，憑藉鉅齒狀敘事模式，浮現事件大概、引發關注高潮；同時兼併「雙邊形式」，利用多元敘事以交錯主題，一方面得使劇情舒張變化，另一方面則將事件綿衍貫串，利用後續補足前情，更見伏筆穿梭之妙。

三國改編之共通處，尚有演繹相同場景，包括戰爭事件、特殊事件。前者為三國要事，並以四大戰役——官渡之戰、赤壁之戰、荊州之戰、夷陵之戰——最顯關鍵，不僅牽動真實局勢，經由歷代傳頌、再三增添之後，更已蔚為眾所熟稔的經典橋段，甚有改編作品專述赤壁之戰，足見此戰名聞遐邇，及其藝術效果之豐沛累積。改編者摹述戰事，連結既存印象以引發注目，亦或利用戰事過程，烘托人物形貌性格，尚能憑藉《三國演義》簡述戰鬥之不足，加以精細刻劃，遂能奠基相同特質卻又展現新作特點。另外，三國特殊事件，譬如三顧茅廬、桃園結義，因其牽動局勢、亦或深植人心，同樣成為不可失卻的演繹要點；另有部分事件，僅為過場畫面，但因改編者有心解讀、特為著重，依循演義內容以重現場景，同樣成為改編作品之同質延續。

三國改編同質之處，尚有人物塑造，包括人物關聯、角色具象，均是《三國演義》奠基主軸：

小說寫的是人，描述的是人的世界。人物的長相、言語、性格、生活、內心活動是小說刻畫的主樣對象。作者如何塑造人物，如何決定形貌、性情、氣質、神態、服飾穿戴、胸襟氣度，都會影響人物

〔註3〕 柯舜智，《合成世界：線上遊戲文化傳播研究》，頁81。

的性格與內心的幽微。小說就是創造典型，表現人物的性格，以描
述人性為職志。〔註 4〕

《三國演義》善於刻劃人物，羅貫中憑藉史料、傳說、民間創作及個人觀點，
萬般鎔鑄而成風格殊異的英雄豪傑，不僅躍然紙上，更是震懾人心；因此，
三國當代改編，承攬豐沛卓越的演義摹述，再度重現關鍵人物的必備象徵，
譬如：角色身分、所屬勢力、容貌姿態、裝扮配備、行事作風。上述種種，
經由三國故事普遍流傳，已成不可撼動的既定形貌，遂使改編者便宜行事，
直接承襲既成範例；此外，倘若更改三國人物的基本設定，必將挪動後續行
事，甚至影響全作大綱，除非改編者立意顛覆，要不然通常秉持原貌，以免
無端生波、自尋麻煩，遂見同質延續之必要。

相較於同質延續，三國題材之當代娛樂，更常出現改編之後的異動現象，
雖有部分特質必須遵循原設，以利延續三國梗概，切合讀者預期心態；其他
部分，則是任憑再創者翻轉改造，以利殺出重圍、突顯特點，並且彰顯改編
新作之價值所在。改編作品對於原作之「反動」，其來有自：

> Muggleton 以叛軍（rebellion）來形容「迷」，迷群們以歸屬感
> （belonging）與團體認同（group identity）交織共築一個屬於自己
> 社群的次文化（subculture），創造適合自己社群的制服或符號，如
> 同叛軍一般反抗外在世界的主流文化。所以「迷」與一般的閱聽人
> 相較，顯示出鮮明的反主流色彩。〔註 5〕

三國題材改編者，多半曾是三國故事閱聽人，除了單方面接收、延續原設作品
之特質要點，耽迷三國故事的喜好者，尚會刻意反抗既定結構，另行創造嶄新
特點，展現自己對於原設作品的深入瞭解，藉由翻轉以達原設未盡的理想摹述。
另外，三國故事之改編新詮，雖於歷代創作蓬勃發展，譬如：民間軼聞、傳說
故事、三國戲曲，均見有別史傳的橫生異事；但是，時至現今，則因「後現代
主義」的推波助瀾，更使故事新詮極盡顛覆，傳統意象全然崩解：

> 後現代主義文學不管在內容上，還是在形式上都與現代主義有密切
> 的關聯，但又有很大的差異……後現代主義作家常常蓄意讓作品中
> 各種成分互相分解、顛覆，讓作品無終極意義可以尋求，沒有主題，
> 沒有意義，沒有中心，沒有本質，「一切都四散了」，一切都在同一

〔註 4〕 廖瓊媛，《三國演義的美學世界》，頁 80。
〔註 5〕 轉引自柯舜智，《合成世界：線上遊戲文化傳播研究》，頁 82。

個平面上。這樣，後現代主義作家便可以在創作中進行即興的、隨
意的創作活動，而讀者也可以和作者一起參與作品的創作。〔註6〕
綜觀《三國演義》當代改編，必然存有異變情形，尤以史觀立場、主體內容、
形象塑造，最屬常見，均是解構原設以再行翻轉。《三國演義》秉持「崇蜀抑
魏」、淡化東吳的預設史觀，以忠義爲全書主旨，以虛實交錯爲事件主軸，而
於人物形貌設計，同樣有其深烙人心的強力摹述，上述均是眾所熟悉的演義
原貌；但是，隨著當代思潮更迭，以及後現代主義之推翻權威，加上改編作
品另闢蹊徑、突破原作的現實考量，盡被三國再創者重新詮釋，展現有別原
作的改造奇貌。

首先，史觀立場可分爲尊蜀、尊魏、尊吳，改編作品各行其道，遂使相
同事件可於不同立場，各自展現懸殊觀點；並能因應日本獨有的「物哀之情」，
以及盛行當世的反戰思想，造使改編觀點更加迥異於《三國演義》。其次，主
題內容方面，改編者逕行改動事件原貌，憑藉合理補述以補遺史事，仰賴文
武調置以嶄新詮釋，亦或異動結局以滿足讀者；此外，亦可杜撰新添情事：
包括嶄新元素之主軸置換，文本互涉之套用題材，以及愛情故事的增添強化，
均是改編文本慣用手法，上述諸多特點，也正是《三國演義》對於《三國志》
之反動顛覆。另外，尚有人物形貌的重新塑造，改造舊角之際，多半利用反
差化、豐富化、年輕化、美形化、性轉換，務使人物形貌有所變化，更加迎
合觀眾喜好。部分作品索性創造新角，以便補足舊角難以達成之功能，或是
俾利改編者無所拘束的刻劃形貌，甚至只爲增添原作稀少的女性角色；加入
新角，可爲故事投入更多變因，卻也有改編作品火侯不足，反使新角成爲畫
蛇添足之贅。

《三國演義》當代改編文本，作品繁多且持續推陳，具體數量已難計數，
藝術成效則如涇渭之別：好則極好，壞則極壞。觀察改編文本優點，有其重
新詮釋、延續發展之功，匠心獨具的改編作品，遵循架構兼又融合創新，不
僅助益新作價值，更能誘使讀者回溯原典，亦或作爲瞭解經典的初淺跳板，
俾利舊時章回不被時間淘選，仍能悠遠流長，持續傳播於新生世代。但是，
更受非議之處，在於改編文本常見缺弊：主旨偏離、劇情闕漏、形貌狹隘。
主旨方面，部分作品推翻《三國演義》忠義主旨，卻又無法另創主軸，遂使

〔註6〕高偉光，《前現代主義、現代主義與後現代主義文學》（北京：中國社會科學，
　　　2006），頁138。

全作流於打殺，甚至淪為光怪陸離；劇情方面，則因構思失衡、能力不足，造使劇情雖有衝突，卻無合理邏輯；形貌方面，則因改編者便宜行事，重視「萌要素」之外在刻劃，反倒忽略人物形貌的多重變化，以及內在思維的形塑突顯，遂使三國角色逐漸扁平。關四平認為，《三國演義》勝過《楊家府演義》、《說岳全傳》、《英烈傳》、《隋唐演義》、《東周列國志》之因，在於具備下述特點；筆者認為，這也是三國改編不及原作的缺損之處：

> 第一，作家在形象系列的宏觀設計上，未建構起鮮明的可資對比的層次，缺少「智足相橫，力足相抗」的對比形象系列。第二，在對比方法的具體運用中，多以「醜女」、「懦夫」形之，通過降低對手來達到突出理想人物的目的。這樣，往往事與願違，產生武松打狗之類的滑稽效果。第三，《三國》通過對比，對方人物的性格均能鮮明凸現出來，而有些小說則只有正面人物有性格，反面人物只起陪襯作用而見不出性格的特點，未免同樣筆墨，效果減半。〔註 7〕

《三國演義》雖是史觀偏頗，對於反派角色、陪襯配角，仍然有其刻劃著重，遂見曹操梟雄氣度，亦或瑜亮鬥智情節；反觀現今改編文本，僅只強調單一特性，形塑人物也甚為簡便，倘若持續惡化下去，必對三國故事造生傷害，徒然折損累積數代的藝術成果。

　　另外，尚有部分作品，難以概論功過是非，因其改編甚為成功，予以史事重詮之妙，卻也混淆讀者認知，再度造生史實扭曲，這也正是《三國演義》飽受明清士大夫攻訐之非，卻也正是《三國演義》廣受當代讚揚之處。值得留意的是，日本地區之三國改編，並非承襲《三國演義》，而是依循吉川英治《三國志》；吉川此書，雖是根源羅貫中作品，卻也增添諸多杜撰，造使日人熟悉之三國情境，實與中國流通的演義情節，存有部分差異。守屋洋（？－）指出，日本政界援引三國以學習政治折衝，亦或論述孔明事績做為經營法則；卻非引用正史之語，而盡是吉川杜撰之事。〔註 8〕但因「吉川三國志」風靡日本，依循其作的改編動漫，又於中華文化圈廣泛流傳、備受歡迎，遂使吉川筆下的「假想三國」，反向排擠三國本貌，誠如羅蘭・巴特所言：「一部作品的問世，意味著一道支流融入了意義的汪洋，增加了新的水量，又默默接受

〔註 7〕關四平，《三國演義源流研究》，頁 347。
〔註 8〕轉引自李永熾，〈三國志與日本〉，《三國英雄傳・1》，頁 13。

大海的倒灌。」〔註9〕由此可見，三國改編文本雖是根源《三國演義》，彼此之間也會相互影響、互生取捨，多種變因連瑣交疊，遂使改編風貌變化萬千，卻也不禁令人憂心，下個世代口耳傳頌的三國故事，不再是「七實三虛」的《三國演義》，或許是全然杜撰的假託三國之作？

　　筆者認爲，三國當代改編文本之特點，無論是其發展過程、衍生方式，或是「同質性」傳承、「異變性」更迭，在在均如《三國演義》對於三國故事的翻轉再造。因此，若要全面評論改編作品之優劣價值，通盤觀見所生影響，同樣必須經由時間淬鍊，改由下個世代的評鑑者，方能縱觀全局，予以三國題材當代娛樂作品，更爲精準的功過論定。

　　本論文之研究成果，簡括爲三類：首先，統整三國題材發展脈絡，特爲闡明日本·韓國·臺灣之三國故事改編始末，並介紹各式媒介代表作品，以及各類平台的發展特性，藉此闡明改編文本的因應變化，推論改造原因及發展趨勢；除了觀察媒介特性，本論文所蒐羅之改編文本出版資訊，乃爲今日（2014）所見之最完整版本，雖仍有部分疏漏，對於意欲投身此類研究的有志者，已能提供大略完善的研究基準。其次，綜觀各類改編文本，尋思共通特點、比較殊異差別，本論文大量應用敘事學、詮釋學、迷文化、傳播文化、戲劇理論、解構思潮、讀者解放、後現代主義……諸多文化理論，闡述改編文本蘊藉意喻，就中剖析改編文本之「同質性」、「異變性」，探討改編新作如何承襲《三國演義》，又是如何翻轉舊作，並且兼併二者之同、異面向，拿捏分寸以協調平衡；相較於同是研究三國改編的其它論文，大多專述人物形象、亦或僅述變異狀況，本論文綜括各類媒介、各式主題之同異比較，實爲更見完整且更深析肇因。筆者特爲關注之處，在於三國改編之「同質性」，基於何種理由而務必保存某些特點；以及改編文本之「異變性」，又是參照何等考量，決定其作改造方向，本論文分就創作者動機、閱聽人感受，兼併論述以呈現整體情境。最末，綜覽形形色色改編作品，探討其優劣價值，追溯其可能成因，同時觀照改編文本之間的互涉影響，評論改編新作對於《三國演義》的逆溯波及，以及如何影響後續三國新作的再創改造，成爲有別原設的發展新徑，並且推論可能成果，以呈顯個人對於三國題材的研究心得。

〔註9〕 〔法〕Roland Barthes 著，武佩榮譯，《一個解構主義的文本》（上海：上海人民，1996），頁7。

　　此外，秉持著對於三國改編之喜好，本論文意欲將常人所輕忽、認為難登大雅之堂的當代娛樂，做為深入探究的論文專題。三國主題始終興盛，三國改編更為蓬勃發展，幾乎所有媒介、任何主題、各式類型，均可查見三國故事之改造再創；但是，相較之下，針對三國改編的討論專述，剖析其意涵，鑽研其特點，論述其現象，將三國改編視為文化現象以深入探究的學術論文，相較於如火如荼的改編趨勢，卻是顯得稀少，諸多面向均未開發。筆者認為，此種現象甚為怪異：採用舊式體例的歷史小說，竟能橫跨時空限制、超越文化藩籬，成為當今創作者亟欲開發的興盛題材，此種現象於西方文藝圈甚為罕見；而於東亞文化圈，雖有《水滸傳》、《西遊記》、《七俠五義》、《封神演義》……諸部章回小說，同被改編為當代文本，再創熱潮卻始終難及《三國演義》，更見三國故事之歷久不衰。是故，本論文立意探討三國熱潮，並且綜括當代娛樂四大媒介：影劇、動漫、電玩、同人誌，提述繁多作品以作例證，倘就當今（2014）研究成果，應屬面向最廣且析論最深之作。當然，誠如前言，三國當代改編之研究深述，仍然處於草創時期，後起之秀必能更見卓越，再有論述精闢的全觀之作。

　　本論文之研究限制，有三方面：一是，肇因《三國演義》改編文本，作品數量極為繁浩，本論文又總括影劇、動漫、電玩、同人誌四大面向，遂使諸多作品只能略述梗概，尤以中國發行之動漫新作，囿於商業平台交流有限，實有觀察未及之憾。二是，本論文蒐羅資料之際，一方面懾服於龐博書海，一方面又慨歎於娛樂作品之資料殘缺，年代久遠的影視作品、銷售不佳的動漫遊戲，幾乎難以尋覓原貌，雖能仰賴網路平台的互通有無，仍有部分作品僅存其名，完整內容已無復存在，遑論探究作品特性。三是，本論文撰寫之際，界定於改編文本與《三國演義》之同、異狀態，但於撰文之際，逐漸發現改編文本之間，同有交互影響、相互仿造之現象，礙於篇幅所限、以及主題界定，只能簡略提述一二，尚未深入探究論析。

　　本論文之研究展望，冀能以現今視角，檢閱《三國演義》當代發展，並以持平觀點，探究當代改編之創作特點，不因其立意娛樂即輕忽待之：

> 積極的文化研究並不排斥精英文化，而主張精英文化應與大眾文化共存和競爭，以求得在各自的不同空間和不同層次上滿足文化消費者的需求。其次，他也不否認經典文學藝術的存在價值，而是希望把經典的範圍從地域、時代及審美價值三個方面加以擴大，並且吸

　　收普通的社會成員參與經典的構成和修定。〔註10〕

眾所皆知，三國故事悠遠流傳，《三國演義》實乃居功厥偉。此書雖為羅貫中作品，卻也承襲前人創作、民間話本、以及史傳記載，因其虛實交錯，招致往昔文人批判，貶損其作偏離史實、恣意妄造；卻也因其架構史實，兼又杜撰新事，俾助歷史事件之衍續留存，同時增添藝術創作的拓展空間。時至今日，閱聽人蓋以小說性質評鑑此書，更能彰顯《三國演義》之價值所在；由此觀之，三國當代改編之背離原作，因此衍發世俗大眾的輕視與批判，是否正如百年前過於僵化的雅俗之辨，全然漠視文藝創作應當與時俱進？

　　另外，本論文撰寫之際，發現「吉川三國志」、電玩《真・三國無雙》、漫畫《一騎當千》，實為引領三國改編之重要源流。「吉川三國志」成書甚早、風靡東瀛，以其杜撰情節浸淫人心，包括：劉備買茶、家傳寶劍、歌頌曹操、以及吉川編造的人物稱號；日人未解源由，逕自依循吉川版本，遂使改編故事有別於演義原設。電玩《真・三國無雙》，雖非三國題材首創之作，卻因操作方式簡明易懂，凡事訴諸戰鬥解決，影響改編作品之武打化趨勢；另外，人物造型華麗精緻，更加吸引玩家目光，甚至拓及對於三國未感興趣的其他族群。最後，漫畫《一騎當千》，因其「性轉」三國人物，乃為負評甚多的爭議作品；筆者卻發現，此作簡化三國史事、淡化所屬勢力、只為突顯人物之間的肉搏近戰，無心插柳之下，反使三國作品跳脫團體群戰，更加重視個人意圖，遂能貼切當代意識，影響後續改編，轉而聚焦三國人物之特質闡發，遂見列傳式作品之蓬勃誕生。礙於篇幅所限，上述論點僅只淺析，但可仰賴有志研究者，深入探討其中肇因。

〔註10〕王寧，《全球化與文化研究》，頁58。

參考書目

當代改編文本（依作者姓名筆劃排列）

（一）電影

1. 午馬、柯俊雄導演，馬泉來編劇，《一代梟雄——曹操》（臺北：駿繕，1999）。
2. 吳宇森導演，陳汗編劇，《赤壁：決戰天下》（北京：電影集團，2009）。
3. 吳宇森導演，陳汗編劇，《赤壁》（北京：電影集團，2008）。
4. 李仁港導演，劉浩良、李仁港編劇，《三國之見龍卸甲》（北京：保利博納，2008）。
5. 李國立導演，編劇不明，《諸葛亮與黃月英》（北京：韓露影視，2011）。
6. 麥兆輝導演，莊文強、麥兆輝編劇，《關雲長》（北京：星匯天姬，2011）。
7. 黃祖模導演，陶原編劇，《華佗與曹操》（上海：上海電影，1983）。
8. 廖祥雄導演，江述凡編劇，《武聖關公》（臺北：龍裕，1969）。
9. 趙林山導演，汪海林編劇，《銅雀臺》（北京：光線影業，2012）。
10. 劉鎮偉導演，劉鎮偉編劇，《越光寶盒》（香港：美亞娛樂，2010）。
11. 黎大煒導演，劉鎮偉編劇，《超時空要愛》（香港：金公主，1998）。

（二）電視劇

1. 王扶林導演，杜家福編劇，《三國演義》（北京：中央電視，1994）。
2. 王重光導演，董升編劇，《三國英雄傳之關公》（臺北：中華電視，1996）。
3. 朱莉莉、王淑志導演，簡遠信編劇，《新洛神》（杭州：華策影視，2013）。
4. 柯欽政導演，陳東漢編劇，《終極三國》（臺北：大力，2009）。

5. 胡玫導演，金樂石編劇，《英雄曹操》（北京：電廣媒傳，2012）。

6. 孫光明導演，鄒雲峰編劇，《諸葛亮》（武漢：湖北電視，1983）。

7. 高希希導演，朱蘇進編劇，《三國》（南京：江蘇衛視，2010）。

8. 梅小青導演，陳靜儀編劇，《洛神》（香港：無線電視，2002）。

9. 郭建宏導演，王笠人編劇，《貂蟬》（臺北：中國電視，1988）。

10. 陳凱歌導演，李輝、汪海林、閻剛編劇，《呂布與貂蟬》（太原：太原電視，2001）。

11. 麥兆輝導演，莊文強編劇，《少年關雲長》（發行商不明，2002）。

12. 鄒世孝導演，編劇不明，《三國春秋》（香港：麗的電視，1976）。

13. 鄭克洪導演，程青松編劇，《武聖關公》（廣州：廣東衛視，2004）。

14. 繁華導演，邱明編劇，《少年諸葛亮》（鄭州：電影電視，2014）。

15. 薛文華導演，編劇不明，《臥龍小諸葛》（發行商不明，2001）。

16. 韓鋼導演，武斐編劇，《曹操與蔡文姬》（杭州：華策影視，2002）。

17. 關樹明導演，伍婉瑩編劇，《回到三國》（香港：香港電視，2012）。

（三）動畫

1. KYO，《鋼鐵三國志》（東京：NAS，2007）。

2. 朱敏、沈壽林，《少年諸葛亮》（北京：輝煌動畫，2011）。

3. 佐伯貞夫，《三國志》（東京：DNP 映像センター，1992）。

4. 勝間田具治，《三国志・英雄たちの夜明け》（東京：東映，1992）。

5. 勝間田具治，《三国志・長江燃ゆ！》（東京：東映，1993）。

（四）漫畫

1. Ayami 等，《妄想 BL 世界名著》（臺北：三采，2011）。

2. Daisy2 作，あず眞矢畫，《三國戀戰記・1-2》（臺北：東立，2014）。

3. nini，《三國志百花繚亂・1-6》（臺北：東立，2005-2008）。

4. Viva，《錦城秋色草堂春》（臺北：聯華書報社，2002）。

5. ごばん，《三極姫・1-2》（臺北：東立，2014）。

6. ねこクラゲ，《曹植系男子》（東京：スクウェア・エニックス，2010）。

7. 一智和智，《三國志 F・1-2》（臺北：東販，2011-2012）。

8. 大西巷一，《曹操孟德正傳・1-3》（臺北：東立，2006）。

9. 小林正親著，《眞・戀姫無雙～海戰！邪馬台國》（臺北：青文，2010）。

10. 小池一夫作，平野仁畫，《聊齋三國傳・1-7》（臺北：東立，1996-1999）。

11. 山原義人，《龍狼傳・1-37》（臺北：東立，1994-2007）。

12. 山原義人兼修，草野眞一構成，《龍狼傳～破凰與天運～》（臺北：東立，2005）。

13. 山崎拓味，《新三國志・1-6》（臺北：東立，2005-2006）。

14. 川村一正，《RANJIN 三國志呂布異聞・1-4》（東京：新潮社，2008-2009）。

15. 中島三千恒，《三國貴公子》（臺北：東立，2012）。

16. 北方謙三作，河承男畫，《三國志・1-4》（臺北：東立，2013）。

17. 末弘，《漢晉春秋司馬仲達傳三國志司馬仲先生・1-4》（臺北：東立，2013-2014）。

18. 本宮ひろ志，《天地吞食・1-7》（臺北：東立，1999-2000）。

19. 永仁、蔡景東，《武・霸三國・1-12》（香港：雄獅，2004-2014）。

20. 田代琢也，《三國遊戲・1-2》（臺北：東立，2009）。

21. 白井惠理子，《三國笑傳之孔明的逆襲》（臺北：東立，2006）。

22. 白井惠理子，《三國笑傳之玄德大進擊》（臺北：東立，2007）。

23. 白井惠理子，《三國笑傳之桃園大滿貫》（臺北：東立，2009）。

24. 白井惠理子，《三國笑傳之曹操跌停板》（臺北：東立，2006）。

25. 白貓、左小權，《侍靈演武・1-3》（北京：人民郵電，2012-2013）。

26. 矢立肇、富野由悠季作，鵜田洸一畫，《BB 戰士三國傳・風雲豪傑篇・1-2》（臺北：角川，2007-2009）。

27. 吉永裕之介，《三國亂舞・1-3》（臺北：東立，2009）。

28. 寺島優作，李志清畫，《三國志》（臺北：東立，2004）。

29. 佐佐木泉，《江南行～戲說魯肅》（臺北：東立，2007）。

30. 志水アキ，《怪・力・亂・神 酷王・1-7》（臺北：東立，2004-2008）。

31. 志水アキ，《異鄉之草》（臺北：東立，2007）。

32. 李志清，《三國志英雄傳》（香港：創文社，1991）。

33. 李學仁作，王欣太畫，《蒼天航路・1-36》（臺北：尖端，1997-2006）。

34. 林明鋒，《蜀雲藏龍記・1-11》（臺北：東立，1994-1996）。

35. 武論尊作，池上遼一畫，《超三國志霸－LORD・1-22》（臺北：東立，2006-2011）。

36. 武論尊作，池上遼一畫，《眞三國志－SOUL・1-3》（臺北：東立，2014）。

37. 長池智子，《三國志列傳・破龍・1-5》（臺北：長鴻，2006-2008）。

38. 青木朋，《三國道士傳－八卦之空・1-5》（台南：長鴻，2006-2009）。

39. 青木朋，《關鍵鬼牌三國志・1-5》（臺北：東立，2012-2013）。

40. 宮条カルナ，《みんなの吳》（東京：スクウェア・エニックス，2011）。

41. 島崎讓,《關羽出陣!》(臺北:東立,2006)。

42. 眞壁太陽作,壱河柳乃助畫,《武靈士三國志・1-8》(臺北:青文,2008-2009)。

43. 眞壁太陽作,壱河柳乃助畫,《武靈士三國志:赤壁》(臺北:青文,2013)。

44. 荒川弘、杜康潤,《三國志魂》(臺北:尖端,2013)。

45. 陳某,《不是人・上、下》(臺北:東立,1990)。

46. 陳某,《火鳳燎原・1-52》(臺北:東立,2001-2014)。

47. 塀内夏子,《霸王之劍・1-4》(臺北:東立,2005)。

48. 黃十浪,《雲漢遙かに―趙雲伝》(東京:メディアファクトリー,2006)。

49. 黃玉郎,《天子傳奇・三國驕皇・1-7》(香港:玉皇朝,2010)。

50. 塩崎雄二,《一騎當千・1-21》(臺北:尖端,2001-2014)。

51. 滝口琳々,《江東之曉・1-2》(臺北:長鴻,2001-2005)。

52. 義凡作,L・DART 畫,《KILLIN―JI 新霸王傳・孫策》(東京:小學館,2013)。

53. 鈴木次郎,《魔法無雙天使衝鋒突刺!呂布子・1-8》(臺北:青文,2009-2012)。

54. 夢三生作,雯雯畫,《笑傾三國》(北京:華文,2012)。

55. 緒里たばさ,《王者的遊戲・1-2》(臺北:東立,2014)。

56. 蔡明發,《三國神兵・1-9》(香港:玉皇朝,2008-2009)。

57. 橫山光輝,《三國志・1-60》(東京:潮,1971-1986)。

58. 諏訪綠,《諸葛孔明時之地平線・1-14》(臺北:青文,2003-2007)。

(五)卡牌

1. SEGA,《三國志大戰》(東京:SEGA,2005)。

2. 前景文化,《三國智》(成都:前景文化,2009)。

3. 前景文化,《三國智・決戰官渡》(成都:前景文化,2014)。

4. 游卡桌游,《三國殺》(北京:游卡桌游,2008)。

(六)電玩/單機型

1. BaseSon,《戀姬†無雙》(東京:BaseSon,2007)。

2. CAPCOM,《天地吞食》(大阪:卡普空,1989)。

3. Daisy,《三國戀戰記》(東京:Daisy2,2010)。

4. IDEA FACTORY,《十三支演義》(東京:IDEA FACTORY,2012)。

5. KOEI,《三國志》(東京:光榮,1985)。

6. KOEI，《三國志英傑傳》（東京：光榮，1995）。

7. KOEI，《三國志孔明傳》（東京：光榮，1996）。

8. KOEI，《三國志曹操傳》（東京：光榮，2014）。

9. KOEI，《三國無雙》（東京：光榮，1997）。

10. KOEI，《決戰 II》（東京：光榮，2001）。

11. KOEI，《真‧三國無雙‧2-7》（東京：光榮，2000-2013）。

12. KOEI，《真‧三國無雙 MULTIRAID》（東京：光榮，2009）。

13. KOEI，《無雙 OROCHI 蛇魔》（東京：光榮，2009）。

14. SEGA，《三國志大戰》（東京：SEGA，2005）。

15. SEGA，《三國志列傳亂世群英》（東京：SEGA，1991）。

16. ユニコーン‧エー，《三極姫》（東京：ユニコーン‧エー，2010）。

17. 大宇資訊，《軒轅劍‧漢之雲》（臺北：大宇資訊，2007）。

18. 光譜資訊，《富甲天下》（新北：光譜資訊，1994）。

19. 宇峻奧汀，《三國群英傳‧1-7》（新北：宇峻奧汀，1998-2007）。

20. 宇峻奧汀，《幻想三國誌‧1-4》（新北：宇峻奧汀，2003-2008）。

21. 第三波，《三國趙雲傳》（北京：第三波，2001）。

22. 第三波，《三國趙雲傳之縱橫天下》（北京：第三波，2002）。

23. 智冠科技，《三國演義》（臺北：智冠科技，1991）。

（七）電玩／線上遊戲

1. 4399 忍者貓工作室，《神將三國》（廈門：4399 遊戲，2012）。

2. CAPCOM，《鬼武者魂》（大阪：卡普空，2013）。

3. COLOPL，《蒼之三國志》（東京：COLOPL，2014）。

4. Cygames，《三国志パズル大戰》（東京：Cygames，2013）。

5. Cygames，《拼戰三國志》（東京：Cygames，2014）。

6. Happy Elements，《戰姬天下》（北京：Happy Elements，2013）。

7. KOEI，《三國志 Online》（東京：光榮，2009）。

8. KOEI，《真‧三國無雙 Online》（東京：光榮，2007）。

9. KOEI，《雀‧三國無雙》（東京：光榮，2006）。

10. Mixi，《怪物彈珠》（東京：Mixi，2014）。

11. ONECLICK GAME，《逆轉三國》（上海：ONECLICK GAME，2013）。

12. Pokelabo，《三國 INFINITY》（東京：Pokelabo，2013）。

13. Square Enix，《赤壁亂舞》（深圳：騰訊，2014）。

14. TENCO,《英雄＊戰姬》（東京：TENCO，2014）。

15. Ucube,《暗戰三國》（新北：Ucube，2013）。

16. WaGame,《龍舞三國 Online》（新北：華電行動科技，2013）。

17. ベクター,《転生絵卷伝　三国ヒーローズ》（東京：ベクター，2009）。

18. ユニコーン・エー《三極姬～乱世、天下三分の計》（東京：ユニコーン・エー，2010）。

19. 九眾互動,《將魂三國》（成都：九眾互動，2012）。

20. 力量網路科技,《舞姬三國》（東京：SNSPLUS，2013）。

21. 久遊,《一姬當千》（上海：久遊，2013）。

22. 大宇資訊,《三國擊霸魂》（臺北：大宇資訊，2011）。

23. 中國樂堂,《熱血三國》（臺北：華義國際，2008）。

24. 中寶青,《三國遊俠》（深圳：中寶青，2012）。

25. 天正計算機工程,《戰姬無雙》（新北：星采數位科技，2013）。

26. 巴別時代,《放開那三國》（臺北：奇米娛樂，2014）。

27. 日本一ソフトウェア,《Ｚ／Ｘ　ゼクス》（歧阜：日本一ソフトウェア，2013）。

28. 尼奧科技,《世紀三國》（臺北：尼奧科技，2004）。

29. 甲游,《美女三國》（上海：甲游，2013）。

30. 光濤互動,《群英賦》（北京：聯眾世界，2009）。

31. 宇峻奧汀,《火鳳三國 Online》（臺北：宇峻奧汀，2010）。

32. 有間工作室,《小小諸葛亮》（廣州：星輝天拓，2014）。

33. 百納遊戲,《魔姬》（廣州：百納遊戲，2013）。

34. 完美時空,《赤壁 Online》（北京：完美時空，2008）。

35. 貝海網絡,《猛將傳 OL》（北京：貝海網絡，2009）。

36. 奇米娛樂,《眞三國大戰》（臺北：奇米娛樂，2014）

37. 奇米娛樂,《曹操之野望》（臺北：奇米娛樂，2014）。

38. 金山軟件,《狐狸三國》（北京：金山軟件，2013）。

39. 風雲,《三國征戰 OL》（北京：風雲，2008）。

40. 飛魚數位,《蒼天戰姬》（新北：飛魚數位，2014）。

41. 益玩網絡,《桃園 Q 傳》（上海：益玩網絡，2013）。

42. 神國科技,《亂武門》（杭州：神國科技，2013）。

43. 商獵豹科技,《三國異聞錄》（香港：商獵豹科技，2014）。

44. 崑崙在線,《三國風雲》（北京：崑崙在線，2012）。

45. 崑崙在線,《百萬名將傳》(北京:崑崙在線,2012)。

46. 智冠科技,《三國演義 Online》(臺北:智冠科技,2002)。

47. 智傲,《火鳳燎原大戰》(香港:智傲,2014)。

48. 游民網絡,《三國群英 HD》(上海:游民網絡,2013)。

49. 游族網絡,《大皇帝》(臺北:艾肯娛樂,2014)。

50. 皓宇科技,《三國策 Online》(新北:皓宇科技,2002)。

51. 越進,《桃園英雄傳 Online》(香港:越進,2013)。

52. 鈊象電子,《三國戰紀》(新北:鈊象電子,1999)。

53. 愛遊網絡,《神將列傳》(臺北:奇米娛樂,2013)。

54. 愷英網絡,《神馬三國》(上海:愷英網絡,2012)。

55. 新娛兄弟,《Q妹三國》(北京:新娛兄弟,2014)。

56. 新浪,《三國之亂舞》(上海:新浪,2014)。

57. 新銳,《媚三國》(新北:樂檬,2014)。

58. 蜂巢遊戲,《妖姬三國》(北京:蜂巢遊戲,2013)。

59. 遊戲橘子,《英雄三國》(廣州:網易,2014)。

60. 電魂,《夢三國》(杭州:電魂,2009)。

61. 網易,《主公莫慌》(廣州:網易,2013)。

62. 墨麟集團,《夢貂蟬》(臺北:G妹遊戲,2014)。

63. 樂昇科技,《軒轅群俠傳》(北京:天空遊戲,2012)。

64. 樂迪通,《三國來了》(北京:樂迪通,2012)。

65. 蝸牛數字,《大三國・志》(蘇州:蝸牛數字,2014)。

66. 蕪湖樂時,《桃園結義》(蕪湖:蕪湖樂時,2014)。

67. 龍成網路,《五虎Q將》(臺北:天下網遊,2014)。

68. 邊鋒網絡,《三國殺》(杭州:邊鋒網絡,2008)。

69. 爐石遊戲,《爐石三國》(南京:爐石遊戲,2014)。

70. 騰訊,《全民闖天下》(深圳:騰訊,2013)。

71. 騰訊,《御龍在天》(深圳:騰訊,2012)。

72. 騰訊,《霸三國》(深圳:騰訊,2013)。

二、古籍（依作者年代排列）

1. 〔東周〕卜子夏,《子夏易傳》(臺北:臺灣商務,1983)。

2. 〔西漢〕司馬遷著,《史記》(臺南:大行,1978)。

3. 〔東漢〕鄭玄注，〔唐〕賈公彥疏，《周禮注疏》（臺北：臺灣商務，1983）。

4. 〔西晉〕陳壽著，〔南朝宋〕裴松之注，《新校本三國志注附索引》（臺北：鼎文，1977）。

5. 〔東晉〕常璩撰，錢穀鈔校，《華陽國志》（臺北：世界書局，1979）。

6. 〔東晉〕王嘉，《百子全書小說家異聞·拾遺記》（臺北：黎明，1996）。

7. 〔南朝宋〕范曄，《新校本後漢書并附編十三種》（臺北：鼎文，1977）。

8. 〔南朝宋〕劉義慶等，《中國文言小說百部經典·3》（北京：北京出版社，2000）。

9. 〔唐〕房玄齡撰，《晉書》（臺北：鼎文，1976）。

10. 〔唐〕劉知幾著，〔清〕浦起龍釋，《史通通釋》（臺北：里仁，1980）。

11. 〔北宋〕王欽若編纂，周勛初校訂，《冊府元龜·僭偽部總序》（南京：鳳凰，2006）。

12. 〔北宋〕蘇軾，《東坡志林》（西安：三秦，2003）。

13. 〔北宋〕孟元老著，〔民國〕鄧之誠注，《東京夢華錄》（臺北：漢京，1984）。

14. 〔元〕施耐庵著，羅貫中纂修，《水滸傳》（臺北：三民，1972），頁 164。

15. 〔元〕郝經，《續後漢書》（北京：中華，1985）。

16. 〔元〕鍾嗣成、賈仲明，〔民國〕浦漢明校《新校錄鬼簿正續編》（成都：巴蜀書社，1996）。

17. 〔明〕羅貫中著，〔清〕毛宗崗評改，《三國演義》（上海：上海古籍，1989）。

18. 〔明〕田汝成，《浙江省西湖遊覽志餘》（臺北：成文，1983）。

19. 〔明〕高儒，《百川書志》（上海：古典文學，1957）。

20. 〔明〕王圻，《稗史彙編》（臺北：新興書局，1969）。

21. 〔明〕呂天成著，吳書蔭校註，《曲品》（北京：中華，1999）。

22. 〔明〕韓萬鍾，《新編性理三書圖解》（上海：交通大學，2009）。

23. 〔清〕金聖嘆，〈金聖嘆序〉《三國演義（上）》（臺北：三民書局，1998）。

24. 〔清〕顧炎武，《日知錄》（北京：學苑，2005）。

25. 〔清〕顧祖禹，《讀史方輿紀要》（上海：上海古籍，2002）。

26. 〔清〕劉廷璣，《在園雜志》（上海：上海古籍，2002）。

27. 〔清〕章學誠，《丙辰箚記》，《叢書集成續編·20》（臺北：新文豐，1989）。

28. 〔清〕梁章鉅，《浪跡續談》（揚州：廣陵書社，2007）。

29. 〔清〕王國維，《人間詞話》（新北：頂淵，2001）。

30. 古本小說集成委員會編，《古本小說集成·三國志平話》（上海：上海古籍）。

31. 古本小說集成委員會編，《古本小說集成·三國志通俗演義（萬卷樓本）》

（上海：上海古籍）。

32. 四庫全書存目叢書編纂委員會，《四庫全書存目叢書·子部 191》（臺南：莊嚴文化，1995）。

33. 陝西震旦漢唐研究院，《魏晉南北朝文明卷》（西安：人民，2007）。

三、專書（依作者姓名筆劃排列）

1. 〔日〕ω-Force，《真·三國無雙 4 公式設定資料集》（橫濱：光榮，2005）。

2. 〔日〕中川諭，《「三國志演義」版本的研究》（東京：汲古書院，1998）。

3. 〔日〕手塚 PRODUCTION，《手塚治虫原畫的秘密》（臺北：東販，2008）。

4. 〔日〕北方謙三，《三國志讀本》（東京：春樹文庫，2002）。

5. 〔日〕曲亭馬琴著，歐陽仁譯，《里見八犬傳》（臺北：武陵，1998）。

6. 〔日〕吉川英治著，鍾憲譯，《三國英雄傳·1》（臺北：遠流，1992）。

7. 〔日〕吉川英治著，鍾憲譯，《三國英雄傳·4》（臺北：遠流，1992）。

8. 〔日〕吉川英治著，鍾憲譯，《三國英雄傳·5》（臺北：遠流，1992）。

9. 〔日〕吉川英治著，鍾憲譯，《三國英雄傳·10》（臺北：遠流，1992）。

10. 〔日〕佐久良剛著，王俊譯，《三國志男》（上海：上海社會科學院，2012）。

11. 〔日〕東浩紀著，褚炫初譯，《動物化的後現代化——御宅族如何影響日本社會》（臺北：大鴻，2012）。

12. 〔日〕芥川龍之介，《芥川龍之介全集·第二卷》（東京：岩波書店，1977）。

13. 〔日〕金田一春彥、池田彌三郎，《學研·國語大辭典》（東京：學習研究社，1978）。

14. 〔日〕深澤七郎，《楢山節考》，《昭和文學全集》（東京：小學館，1990）。

15. 〔日〕野村總合研究所著，江裕真譯，《瞄準御宅族》（臺北：商周，2006）。

16. 〔日〕陳舜臣，《諸葛孔明》（東京：中公文庫，1993）。

17. 〔日〕陳舜臣著，崔學森譯，《秘本三國志》（臺北：中華，2010）。

18. 〔日〕陳舜臣著，劉瑋譯，《日本人與中國人》（臺北：五南圖書，2012）。

19. 〔日〕溝口雄三著，林右崇譯，《作爲方法的中國》（臺北：國立編譯館，1999）。

20. 〔日〕雜喉潤，《三国志と日本人》（東京：講談社，2002）。

21. 〔法〕Roland Barthes 著，武佩榮譯，《一個解構主義的文本》（上海：上海人民，1996）。

22. 〔俄〕Victor Shklovsky 等著，方珊譯，《德國形式主義文論選》（香港：三聯書房，1989）。

23. 〔俄〕李福清著，陳周昌選編，《漢文古小說論衡》（南京：江蘇古籍，1992）。

24. 〔美〕George Bluestone 著，高駿千譯，《從小說到電影》（北京：中國電影，1981）。

25. 〔美〕詹明信著，吳美真譯，《後現代主義或晚期資本主義的文化邏輯》（臺北：時報文化，1998）。

26. 〔英〕David Lodge 著，李維拉譯，《小說的五十堂課》（臺北：木馬，2006）。

27. 〔英〕E. M. Forster 著，蘇希亞譯，《小說面面觀》（臺北：商周，2009）。

28. 〔英〕Geoffrey Barraclough 著，張廣勇、張宇宏譯，《當代史導論》（上海：上海社會科學院，2011）。

29. 〔英〕John Fiske 著，王曉珏、宋偉杰譯，《理解大眾文化》（北京：中央編譯，2001）。

30. 〔英〕Keith Jenkins 著，賈士蘅譯，《歷史的再思考》（臺北：麥田，1996）。

31. 〔英〕Paul Gravett 著，連幸惠譯，《日本漫畫 60 年》（臺北：遠足，2006）。

32. 〔瑞士〕Carl Gustav Jung 著，馮川、蘇克譯，《心理學與文學》（臺北：久大文化，1990）。

33. 〔蘇格蘭〕John Storey 著，張君玫譯，《文化消費與日常生活》（臺北：巨流圖書，2002）。

34. Max Ziang，《酷日本》（臺北：御璽出版，2009）。

35. 王向遠，《中國題材日本文學史》（上海：上海古籍，2007）。

36. 王寧，《全球化與文化研究》（臺北：揚智文化，2003）。

37. 王齊洲，《四大奇書與大眾價值取向》（武漢：湖北教育，1991）。

38. 丘振聲，《三國演義縱橫談》（臺北：曉園，1991）。

39. 白玉，《高希希眼中的三國》（北京：作家，2010）。

40. 朱一玄、劉毓忱，《三國演義資料匯編》（天津：南開大學，2003）。

41. 呂思敏，《三國史話》（臺北：臺灣開明，1954）。

42. 宋儉，《奇書四評》（武漢：新華書局，2004）。

43. 李天鐸主編，《日本流行文化在臺灣與亞洲（I）》（臺北：遠流，2002）。

44. 李文學編，《唐太宗詩文札記》（西安：人民教育，1999）。

45. 李衣雲，《漫畫的文化研究》（新北：稻鄉，2012）。

46. 李則芬，《三國歷史論文集》（臺北：黎明，1982）。

47. 李純蛟，《三國志研究》（成都：巴蜀書社，2002）。

48. 李殿元、李紹先，《三國演義懸案》（臺北：三豐，1997）。

49. 李樹果，《日本讀本小說與明清小說》（天津：人民，1998）。

50. 杜松柏，《國學治學方法》（臺北：五南圖書，1998）。

51. 沈伯俊，《神遊三國》（臺北：遠流出版，2006 年）。

52. 沈伯俊，《羅貫中與三國演義》（臺北：遠流，2001）。

53. 沈惠如，《從原創到改編——戲曲編劇的多重對話》（臺北：國家出版，2006）。

54. 周大荒，《反三國演義》（臺北：捷幼，1996）。

55. 周兆新，《三國演義考評》（北京：北京大學，1990）。

56. 周建渝，《多重視野中的〈三國志通俗演義〉》（北京：中國社會科學，2009）。

57. 周英雄，《小說‧歷史‧心理‧人物》（臺北：東大圖書，1989）。

58. 周貽白，《中國戲劇發展史》（臺北：學藝，1980）。

59. 周傳家、王安葵、胡世均、吳瓊、奎生，《戲曲編劇概論》（杭州：杭州美術學院，1991）。

60. 易中天，《品三國》（臺北：泰電電業，2013）。

61. 邱嶺、吳芳齡，《三國演義在日本》（銀川：寧夏人民，2006）。

62. 金元浦，《接受反應文論》（濟南：山東教育，1998）。

63. 金庸、池田大作，《探求一個燦爛的世紀》（臺北：遠流，1995）。

64. 侯文詠、蔡康永，《歡樂三國志》（臺北：皇冠，2014）

65. 柯舜智，《合成世界：線上遊戲文化傳播研究》（臺北：五南圖書，2009）。

66. 洪德麟，《傑出漫畫家——亞洲篇》（臺北：雄獅圖書，2000）。

67. 胡亞敏，《敘事學》（武漢：華中師範大學，2004）。

68. 胡芝瑩，《霍爾》（臺北：生智文化，2001）。

69. 胡適，《中國章回小說考證》（合肥：安徽教育，1999）。

70. 凌宇，《三國演義的文化意蘊》（北京：新華書局，1997）。

71. 徐震堮，《世說新語校箋》（臺北：文史哲，1989）。

72. 高偉光，《前現代主義、現代主義與後現代主義文學》（北京：中國社會科學，2006）。

73. 張育菁，《呂西安‧費弗爾的史學理念與實踐》（新北：稻鄉，2013）。

74. 張庚，《新編聊齋戲曲集》（濟南：齊魯書社，1981）。

75. 張寅德主編，《敘述學研究》（北京：中國社會科學院，1989）。

76. 盛偉編，《蒲松齡全集》（上海：上海學林，1998）。

77. 許盤清、周文業《〈三國演義〉、〈三國志〉對照本》（南京：江蘇古籍，2002）。

78. 許麗芳，《章回小說的歷史書寫：以三國演義語水滸傳的敘事為例》（臺北：秀威資訊科技，2007）。

79. 郭興昌，《三國演義研究在美國》（新北：花木蘭，2012）。

80. 陳大為，《火鳳燎原的午後》（臺北：九歌，2007）。

81. 陳大為，《亞洲閱讀：都市文學與文化》（臺北：萬卷樓，2004）。

82. 陳仲偉，《日本動漫畫的全球化與迷的文化》（臺北：唐山出版社，2004）。

83. 陳光興，《內爆麥當奴‧Culture Studies》（臺北：島嶼邊緣，1992）。

84. 陳怡安，《線上遊戲的魅力：以重度玩家為例》（嘉義：南華大學社會學研究所，2003）。

85. 陳金現，《宋詩與白居易的互文性研究》（臺北：文津，2010）。

86. 馮友蘭，《胡適思想批判》（香港：三聯書店，1955）。

87. 馮文樓，《四大奇書的文本文化學闡釋》（北京：中國社科院，2003）。

88. 黃永林，《中西通俗小說的比較研究》（臺北：文津，1995）。

89. 黃會林、周星主編，《影視文學》（北京：高等教育，2002）。

90. 傻呼嚕同盟，《ACG 啟萌書——萌系完全攻略》（臺北：木馬，2007）。

91. 傻呼嚕同盟，《COSPLAY‧同人誌之祕密花園》（臺北：大塊，2005）。

92. 楊家駱主編，《諸葛亮集》（臺北：鼎文，1979）。

93. 葉唯四、冒炘，《三國演義創作論》（南京：人民，1984）。

94. 廖瓊媛，《三國演義的美學世界》（臺北：里仁書局，2000）。

95. 熊篤、段庸生，《三國演義與傳統文化溯源研究》（重慶：重慶出版，2002）。

96. 劉紀蕙《文學與電影：影像‧真實‧文化批判》（臺北：時報文化出版，2003）。

97. 蔡玉麟，《白話譯解荀子》，（臺中：文听閣，2010）。

98. 蔡源煌，《從浪漫主義到後現代主義：文學術語新詮》（臺北：書林，2009）。

99. 豬樂桃，《世說新語‧八週刊》（臺北：網路與書，2012）。

100. 魯迅，《魯迅全集‧6‧且介亭雜文》（北京：人民文學，2005）。

101. 魯迅，《魯迅全集‧9‧中國小說史略》（北京：人民文學，2005）。

102. 黎東方，《新三國》（臺北：遠東，1987）。

103. 盧盛江，《閒話真假三國》（天津：天津人民，1993）。

104. 蕭湘文，《漫畫研究：傳播觀點的檢視》（臺北：五南圖書，2002）。

105. 錢基博，《孫子十三篇章句訓義》（臺中：文听閣，2010）。

106. 錢鍾書，《管錐篇》（北京：中華書局，1979 年）。

107. 鍾大豐、潘若簡、莊宇新主編，《電影理論：新的詮釋與話語》（北京：中國電影，2002）。

108. 鍾林斌，《公安派研究》（瀋陽：遼寧大學，2001）。

109. 魏怡，《戲劇鑑賞入門》（臺北：萬卷樓圖書，1994）。

110. 關四平，《三國演義源流研究》（哈爾濱：黑龍江教育，2001）。

111. 顧俊主編，《三國演義研究》（臺北：木鐸，1983）。

四、期刊（依作者姓名筆劃排列）

1. 〔韓〕崔溶澈，〈韓國對三國演義的接受和現代詮釋〉，《中國古代小說研究》（北京：人民文學，2005）。

2. 王蘭芬，〈創造新三國熱潮的漫畫家　現身說法　陳某今天亮相〉，《民生報》，2003.02.11。

3. 余楠，〈朱蘇進　在我看來，羅貫中根本就沒寫完〉，《南方人物周刊》（廣州：南方周末，2010），2010 年第 21 期。

4. 李娜，〈淺析《關雲長》對《三國演義》的顛覆性演繹〉，《電影文學》（長春：長影集團，2009），2009 年第 23 期。

5. 杜貴晨，〈《三國演義》徐庶歸曹故事源流考論——兼論話本與變文的關係以及「三國學」的視野與方法〉，《山東師範大學學報》（濟南：山東師範大學，2003），2003 年第 48 卷第 1 期。

6. 沈伯俊，〈《三國演義》版本研究的新進展〉，《中國古代小說戲劇研究叢刊》（蘭州：甘肅教育，2004），2004 年 01 期。

7. 沈伯俊，〈名著改編的幾個問題——以新版《三國》電視劇為例〉，《文藝研究》（北京：文化藝術，2010），2010 年 12 期。

8. 胡世厚，〈三國演義與三國戲〉，《古典文學知識》（南京：古典文學知識，1994），1994 年第 6 期。

9. 胡寶平，〈詩學誤讀‧互文性‧文學史〉，《國外文學》（北京：北京大學，2004），2004 年第 3 期。

10. 張國華，〈尊重經典　敬畏歷史〉，《中國電視》（北京：中國電視藝術委員會，2011），2011 年第 8 期。

11. 寧可，〈什麼是歷史－歷史科學理論學科建設探討之二〉，《河北學刊》（石家莊：河北社會科學院，2004 年 6 期）。

12. 綜合報導，〈高希希：《三國》「整容不變性」〉，《大眾電影》（北京：中國電影家協會，2010），2010 年 12 期。

13. 趙庭輝，〈大陸歷史劇《三國演義》：陽剛特質的建構與再現〉，《藝術學報》（新北：臺灣藝術大學，2005），2005 年第 77 期。

14. 趙偉，〈中日哀感文學之啟示〉，《外國文學研究》（武漢：華中師範大學，2015），2015 年第 2 期。

15. 劉微娜、李占領，〈從三國類文學作品的影視改編看文化快餐化〉，《新聞

世界》（合肥：安徽日報，2012），2012 年第 6 期。

16. 劉熹桁，〈趙雲形象演變的原因與意義探究──從《三國志》、《三國演義》和《見龍卸甲》爲藍本〉，《佳木斯教育學院學報》（佳木斯：佳木斯教育學院，2012），2012 年第 1 期。

17. 羅嶼，〈新《三國》的一場華麗冒險〉，《小康》（北京：求是，2010），2010 年第 5 期。

五、學位論文（依作者姓名筆劃排列）

1. 古孟剣，〈漫畫同人誌在臺灣的發展～休閒與文化產業的觀點〉（臺北：世新大學觀光學系碩士論文，2004）。

2. 吳憲鎮，〈漫畫同人誌創作者的閱讀與書寫之研究〉（嘉義：嘉義大學視覺藝術研究所碩士論文，2004）。

3. 沈裕博，〈從臺灣漫畫同人誌歷史沿革到 VIVA〉（高雄：高雄師範大學美術系理論組碩士論文，2009）。

4. 莊志文，〈電視劇《三國》的人物分析〉（新竹：玄奘大學中國語文學系碩士論文，2012）。

5. 蔡鶴暉，〈三國人物影視形象探析〉（桃園：元智大學中國語文所碩士論文，2014）。

六、網路資料（依作者姓名筆劃排列）

1. 〈A conversation with Paula Smith〉：
http://journal.transformativeworks.org/index.php/twc/article/view/243/205

2. 《Mother Jones》線上版：
http://www.motherjones.com/media/2010/01/death-of-literary-fiction-magazines-journals

3. 《太平記》：http://www.j-texts.com/yaku/taiheiky.html

4. 《喀報・213 期》：
http://castnet.nctu.edu.tw/castnet/article/2351?issueID=91

5. 「《三國志 13》橫山光輝氏とのタイアップ武将 CG『諸葛亮』を無料で配信」：https://www.4gamer.net/games/302/G030244/20160318068/

6. 「《眞三國無雙 7》詳細圖文介紹」：
http://wap.gamersky.com/gl/Content-288626.html

7. 「2007 美少女遊戲賞結果發表特設頁」：
http://bishojyogameaward.org/2007/result.html

8. 「Baseson 根本不懂所謂的人氣角！」：
https://www.ptt.cc/man/Suckcomic/D961/D738/M.1281341272.A.218.html

9. 「Deja vu 'recreated in laboratory」：
http://news.bbc.co.uk/2/hi/health/5194382.stm

10. 「KOEI 英傑傳系列各傳特色」：
https://www.ptt.cc/bbs/Koei/M.1400168922.A.672.html

11. 「KomicaWiki」：https://wiki.komica.org/

12. 「八奇就是楊修」：
https://www.ptt.cc/bbs/Chan_Mou/M.1356546792.A.EDE.html

13. 「三国志ニュース」：http://cte.main.jp/newsch/index.php?topic=14

14. 「三國武將武力排行」：
https://www.ptt.cc/bbs/Koei/M.1408433563.A.8EF.html

15. 「三國題材遊戲大全」：http://www.sanguogame.com.cn/source2.html

16. 「中文百科在線」：
http://www.zwbk.org/MyLemmaShow.aspx?zh=zh-tw&lid=98670

17. 「中華百科全書線上版」：
http//ap6.pccu.edu.tw/Encyclopedia/data.asp?id=2551&htm=01-170-0170%A4T%B0%EA.htm

18. 「日本の火祭り青森ねぶた」：
http://www.nebuta.or.jp/kiso/yurai/index.html

19. 「日本國會圖書館」：
http://iss.ndl.go.jp/books/R100000002-I000002301511-00

20. 「日本經濟產業省・クールジャパン／クリエイティブ」：
http://www.meti.go.jp/policy/mono_info_service/mono/creative/

21. 「水鏡的第八奇」：
https://www.ptt.cc/bbs/Chan_Mou/M.1149899367.A.CF3.html

22. 「火鳳燎原補完計畫」：
http//www.tongli.com.tw/WebPages/Comicerinfo/pre_comicer_008_faq.htm

23. 「王扶林親戰三國　鮑國安演活曹操」：
http://www.sanguocn.com/article-1002-4.html

24. 「北伐しよう」：http://ihiro.web.fc2.com/hokubatsu/

25. 「同人誌生活文化總合研究所」：
http://www.st.rim.or.jp/~nmisaki/index.html

26. 「多重宇宙論與創造論」：
http://www.techyon.co.nz/joomla/index.php?option=com_content&view=article&id=198%3Amultiverse&catid=34%3Ascience&lang=zh-tw

27. 「自然果力・桃園三結義篇」：
https://www.youtube.com/watch?v=B72fgBx74Uk

28. 「西瓜引種中國與發展考信錄」：

http://www.agri-history.net/scholars/huangshengzhang1.htm

29. 「吳宇森：這是一個世界性的三國」：
http://www.lifeweek.com.cn/2008/0701/22062.shtml

30. 「呂布與貂蟬　太暴力遭停播」：
http://ent.163.com/edit/020911/020911_133631.html

31. 「求歷史人物曹操之孫女曹嬰的簡介」：
http://wenda.tianya.cn/question/01e7950f3c57541b

32. 「国内歴代ミリオン出荷タイトル一覧」（日本國內百萬銷售一覽表）：
http://geimin.net/da/db/m_domestic/index.php

33. 「岱超同盟」：http://daixchao.koiwazurai.com/

34. 「阿里通信・桃園三結義篇」：
https://www.youtube.com/watch?v=BxYBe5JkOBY

35. 「泰權同盟」：http://sky.freespace.jp/spheroid/

36. 「迷糊理科雙魚女求教如何讀三國演義」：
http://www.douban.com/group/topic/53788655/

37. 「逆襲隆中高富帥，免費黨爽玩三國演義三顧茅廬」：
http://web.duowan.com/1212/219841719206.html

38. 「惇遼同盟」：http://tonryo.180r.com/

39. 「莊文強、麥兆輝訪談：《關雲長》的新鮮感」：
http://hengshizc.com/7/view-8615687.htm

40. 「最強のジャンプマンガは？」：
http://zasshi.news.yahoo.co.jp/article?a=20141113-00005163-davinci-ent

41. 「最強人妻的綽約風姿《火鳳三國 Online》多張遊戲圖釋出」：
http://gnn.gamer.com.tw/3/37563.html

42. 「煮酒論火鳳・人物篇」：http://hkgalden.com/view/151751

43. 「絕對盃三主義」：http://segretezza.web.fc2.com/love/secret.html

44. 「萌娘百科」：http://zh.moegirl.org/

45. 「進擊の巨人・自由の翼 CMV」：
https://www.youtube.com/watch?v=xVcYH3Fsdwg

46. 「傳梁朝偉回《赤壁》演周瑜　身高配戲成話題」：
http://ent.sina.com.cn/m/c/2007-04-18/09001523870.html

47. 「遊戲基地新聞」：http://aglucon2.rssing.com/chan-2526718/all_p251.html

48. 「臺灣博碩士論文知識加值系統」：
http://ndltd.ncl.edu.tw/cgi-bin/gs32/gsweb.cgi/ccd=eCQokM/result#result

49. 「臺灣碩博士論文知識加值系統」：
http://ndltd.ncl.edu.tw/cgi-bin/gs32/gsweb.cgi/ccd=aIDIBo/result#result

50. 「趙陸同盟」：http://zlunion2417.web.fc2.com/index.html

51. 「趙雲是女人論」：
    http://evchk.wikia.com/wiki/%E3%80%8C%E8%B6%99%E9%9B%B2%E6
    %98%AF%E5%A5%B3%E4%BA%BA%E3%80%8D%E8%AB%96

52. 「寫給某作家的一封信」：
    http://udn.com/news/story/7009/488285-%E5%87%BA%E7%89%88%E7%
    B7%9A%E4%B8%8A%EF%BC%8F%E5%AF%AB%E7%B5%A6%E6%9
    F%90%E4%BD%9C%E5%AE%B6%E7%9A%84%E4%B8%80%E5%B0%
    81%E4%BF%A1

53. 「樂俠網」：http://www.ledanji.com/news/43029/#t